2021我们都爱短故事

"我们都爱短故事"编辑小组　选编

秦俑　主编

漓江出版社

·桂林·

编选前言

“我们都爱短故事”编辑小组

人生很短，故事很长。

2017 年初，微信公众号“我们都爱短故事”正式上线，由《小小说选刊》主编秦俑与他的 7 位朋友周洁茹、海飞、陈毓、邓洪卫、非鱼、夏阳、王溱共同发起创作，致力于打造最好的短篇叙事类文学公号。运营五年来，这个文学公号共推出百余位作者的优质原创作品逾千篇。2019 年初，漓江出版社打破惯例，为一个小众的微信公众号出版年选本，而且将之纳入“漓江年选”系列图书，这是传统出版与新媒体、自媒体出版融合创新的一次有益尝试，也让“短故事”从手机搬上书架，由虚拟进入现实，完成了一次“逆潮流”的神奇嬗变。

《2021 我们都爱短故事》编选沿用之前体例，共分八辑：第一辑“贩梦者”，贩卖的是形形色色的人生故事；第二辑“太后的午餐”，试图用文字之光穿透历史的尘埃，烛照时代与现实；第三辑“晃来晃去”，从文学创作最常见的生活层面出发，横向关注社会大千，芸芸众生；第四辑到第六辑的关键词分别为“幽默”“爱情”“幻想”，突出体现类型化创作特色；第七辑带有“实验”色彩，是我们长期倡导“创意写作”的重要收获；第八辑是一组“闪小说”，为精短写作树立新的标杆。选稿总体上更注重故事性、创新性与可读性，希望能一如既往地得到广大读者的喜欢。

写下这些文字的时候，2021 年已经接近尾声。经过多年时间的沉淀与打磨，“我们都爱短故事”的定位越来越清晰，我们就是一群“讲故事的人”。就像我们在海报里说的："我们小众而不另类，精致而不做作。我们希望每一篇文字都青春焕发个性盎然，每一个故事都有温度有质感。"我们从不孤独，我们还在坚持。因为，我们知道，不管是刻在木牍上，印在书页里，还是发布到网络、手机上，只要还有人保持幻想与好奇，只有还有人相信真爱与善良，故事就永远不会消失，文学的阅读也永远不会过时。

天黑了，故事才刚刚开始。

亲爱的，如果你愿意，请闭上眼睛，跟随我进入下一段故事。

目 录

Contents

第一辑

贩梦者

第二辑

太后的午餐

第三辑 晃来晃去

第四辑
大象在天上飞

第五辑
现实与爱情

第六辑
马丁的奇妙冒险

第七辑
不能随便给动物脱衣服

第八辑
吃石头的人

第一辑

贩梦者

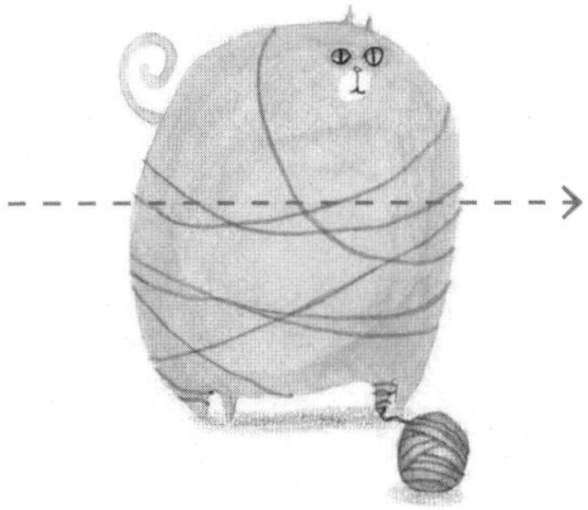

贩梦者

石钟山

林又在讲自己的梦，说的是，一位盲人演唱师傅带着自己的盲人徒弟走街串巷说书唱戏。一日，徒弟问师傅：眼睛如何才能看到光明？师傅应道：等你拉断第一百根琴弦时，眼睛就会看到光明。小徒弟有了希望，随师傅奔走于一处又一处的演出场所，风里雨里，弦声始终伴随着他。后来师傅离开了他，他又有了自己的徒弟，为了一百根琴弦的目标，他带着徒弟一如师傅带着他那样在执念中拉琴。每拉断一根琴弦，便藏在一个树洞里，一根根被拉断的琴弦都刻在了他的心里，终于迎来了第一百根琴弦，想象着这根弦一断，自己就可以见到光明了，他期待着这一天的到来。终于在一次演出中，第一百根琴弦拉断了，然而期盼中的光明并没有如约而至。他病倒了，因为心里那浩大的希望落空。在小徒弟无微不至的照料下，他躲过了这一劫，一下子明白了师傅的用意。他又一次带着徒弟走街串巷时，徒弟问他：师傅，我的眼睛什么时候才能看到光明呢？他学着师傅的口气说：当你拉断一百二十根琴弦时，自然就会看到光明。徒弟咧开嘴，笑着，心里已经亮了。他虽然看不见徒弟，但他知道徒弟一定是这样的，一如当年自己的样子。

林讲完这个故事时，宿舍里所有人都沉默着，仿佛自己做了一场梦，醒来时盯着上方模糊的天棚，久久地思考着什么，却想不到尽头，越想不透就越想。不久，宿舍的人便陷入梦乡，各自寻找自己的梦境去了。

他把自己的故事讲完了，却并没有睡着。他还要想下一个故事，以供明晚临睡前讲给大家听。此刻，他们已经是大四学生了，他讲了四年故事，每天晚上都是如此，就像他刚讲完的故事中那个徒弟一样，一根又一根琴弦拉断了，又期待着下一根。他不是盲人，只是贫困学生，记得自己很小的时候，父母跑运输，车出了事故，再也没有回来，是爷爷靠拾垃圾把他养大，又供他上大学。为了减轻爷爷的负担，他申请了助学贷款。为了还贷款，他一有时间就出去打工还贷。

四年前刚入学时，住在下铺的赵姓同学一天晚上睡不着，动员大家讲故事，并许诺说：谁的故事讲得好，就把他明天的一日三餐全包下来。赵同学家境殷实，父亲是开公司的，吃的用的，自然是全宿舍最好的。于是大家为了第二天的三顿饭，都在搜肠刮肚地拼凑着故事，似乎这些故事总不能让赵同学满意，他仍然失眠。直到林开始讲故事，等他讲完后，赵同学很快进入梦乡，其他同学有的在他的故事还没讲完时，便酣然入梦了。赵同学从不食言，第二天林的三餐他果然全包了下来，自己吃什么就让林吃什么。有荤有素，有时还有水果或者酸奶什么的。

他节省了一日三餐的钱，生活自然轻松了不少。只是每天的故事，要常新求变才好，不然觉得对不起赵同学的一日三餐。每天同学们睡着了，他自己却不能入睡，他要想明晚的故事。

一天赵同学认真地凝视着他问：你怎么会有这么多故事？他沉吟一下，还是答：我讲的不是故事，是自己的梦。赵同学哑然，同学们亦哑然。在同学们眼里，他便神秘起来，他每天的梦有头有尾，还丝丝入扣，引人入胜，这是什么人才能做的梦呀。他们的梦往往有头无尾，等早晨睁开眼睛时，梦境早忘光了。他在众同学神秘又羡慕的目光中度过了四年。在这四年中，一间宿舍其他五个人，都享受了他的梦，也有许多同学轮流请他吃一日三餐；赵同学并不争抢，当没有别的同学主动请林时，他才会出现。

一晃四年大学生活结束了，林和赵被双双保研，又去读硕士研究生。他俩依然是一间宿舍，没了上下铺，两人并排躺在各自的床上。熄灯后，赵同学依然要听林的故事，直到林听见赵同学的呼吸均匀起来，进入梦乡，他的故事才会终止。

在这期间，林也曾拒绝赵同学的一日三餐，但总会被赵同学驳回。赵同学感激地冲他说：你的故事治好了我的失眠，没有你的故事，我睡不着觉。于是林的故事照讲，赵同学仍然有滋有味地听。

终于他们一起研究生毕业了，赵同学留校做学术研究，而林在家乡的省城联系到一家单位。分手时，赵同学拥抱了他，拍着他的后背说：谢谢你每天给我讲的故事。他想到这些年赵同学每日请他的三餐，也不禁眼睛湿润，感动地说：我吃了你这些年的饭，说感谢的应该是我。两个同窗好友在用力拥抱中分别。

他和赵同学分别后却没断联系，仍有电话往来，聊工作，说生活。赵同学每次在电话里都说：我怀念你的那些故事，有机会见面，还想听你的故事。他就在电话里笑一笑，并不说什么。

又是几年后，他突然接到赵同学的电话，说要到他所居住的省城出差。两人约好相见。

地点是他定的，还没到约定时间，他就站在饭店门口张望了。饭店是五星级的，赵同学见到他时吃了一惊，望着他身后的饭店责备道：怎么定在这儿了？咱们是老同学，就是叙叙旧，何必这么破费。他不说什么，只是引领着老同学往里走。

偌大的包间就他们俩，菜品在任何人眼里都称得上奢侈，酒也是顶级的。赵同学扫了一眼酒桌上的菜品，正色道：今晚我请。他不说什么，只是笑一笑。两人坐下。他端起酒杯道：老同学，这些年我一直想找机会答谢你，是你让我大学生活有饭吃。说完一口喝光杯中的酒。赵同学凝视着他，半晌才道：我不失眠，不听你的故事也能睡着，但你的故事可不是三顿饭能换来的。

那天两个老同学都喝多了，又一次拥抱在一起。一晚上他说得最多的一句话就是：谢谢老同学，我永远记着你的一日三餐，也感谢你让我讲故事。赵同学突然想起什么似的说：你为什么把研究所的工作辞了，现在靠什么生活？他听了又淡然一笑说：我现在是个贩梦者。赵同学似乎不解，怔怔地望着他。他忙解释道：我现在是个网络作家，每天在网上写故事，我的笔名就叫贩梦者。赵同学如梦初醒，惊叫一声，又一次狠狠地把他抱在怀里，小声地说：其实当年你不讲故事，我也会请你一日三餐；但怕你不接受，才让你每天讲故事。他推开老同学，认真地冲老同学鞠了一躬道：感谢你让我成为现在的贩梦者。

那晚两人走在街上，他又想起多年前讲的故事，道：老同学还记得当年那个拉断一百根琴弦的小徒弟吗？老同学望着天空悠长地说：当然记得，人得有梦才能美好。

奇　梦

莫　言

大概在我五岁的时候，在一个炎热的夏天的中午，我躺在热如煎饼鏊子的炕上睡觉。睡梦中我看到院子里的水缸无声无息地碎了，缸里的水汹涌地四处奔流，缸中养着的两只绿毛大螃蟹也随水涌出，在潮湿的泥土中爬动，还有在缸中养着的那两条青背鲫鱼在泥巴水中弹跳，一只红色的公鸡奓着羽毛，歪着头，啄鲫鱼的眼睛。我一骨碌从炕上爬起来，冲到院子里。我的快速行动把正在堂屋里用艾蒿熏蚊蝇的母亲吓了一跳。母亲大喊：树根，你干什么去？

我说：水缸破了。

我一语未了，院里的水缸随即真的破了。所有的景象与我梦中的景象相同。

母亲惊愕地看着这一切。她拾起一块碎缸片看看，目光中流出狐疑和迷惘。祖父和祖母也闻声而至，都铁青着脸，责我打破水缸的罪过。母亲为我辩解。但她的辩解碰到祖父母铁一般的逻辑上，显得软弱无力。祖母气汹汹地指点着我母亲的额头说：不碰它它如何会破！护孩子也不是这个护法。俗话说得好：惯子如杀子！

母亲只好忍气吞声。我刚想替母亲也替我自己辩解，父亲好像从天而降，插在了两个阵营之间，在祖母阴险的煽动下，他赏了我一脚一巴掌，又赏了母亲一巴掌。母亲捂着脸哭了，而我没有哭。我感到心中燃起了怒火，咬牙切齿地骂道：总有一天我要向你们讨还血债，千刀万剐了你们这些坏家伙。

我的话刚骂出口，母亲竟然也赏给我几巴掌，这回不是装模作样地打，而是真打。我分明感到她的手骨被我的头骨反弹回去。我心中百感交集，一时不知道究竟谁是我的敌人，谁又是我的朋友。

当天夜里，在点燃的蒿子散发出的烟雾中，我蜷缩在炕角上，咬着牙根儿恨人。我听到母亲叹息一声，并随即感到母亲布满茧子的手伸到我的头上。她的手摩擦着我的头皮，嚓嚓响。于是，母亲退出了我的敌人的阵线，与我站在了一边。母亲说：树根，我的儿，再也不要瞎说。他们是你的祖父母，你要孝敬他们，否则，天要用雷轰你。

可是，母亲，您是亲眼看到的，那水缸并不是我打破的呀。

你果真在梦中看到了那水缸破裂的情景？

母亲，我没有骗您。

母亲不说话了。我虽然闭着眼，但是也能看到母亲在黑暗中盯着黑暗沉思。

母亲说：儿啊，你帮娘梦一梦，看看去年我们家丢失那五个饽饽被谁偷去了。你记得不，为那五个饽饽，我承受了多大的委屈。你祖母至今还咬定那五个饽饽是被我偷吃了。

好。我答应了母亲。我将用自己的梦为母亲洗刷冤屈。

这天夜里我果然梦到了那五个饽饽，它们是被一只黄鼠狼弄到院子正南靠着杏树的那个陈草垛里了。黄鼠狼用尖尖的嘴巴拱着团团旋转的饽饽，四条粗短的小腿笨拙又麻利地挪动着。

我把梦中的情景对母亲讲述了一遍。母亲说：树根，这事儿你对谁也不要提起。

几天后，母亲对祖母说：那垛陈草，该倒一倒了。要不就烂掉了。

祖母不满地说：你早就该倒了，我天天闻着那烂草的味道，但强忍着不说，省得得罪了你。好像这日子是为我过的一样，我能活几年？一撒手一闭眼，一个铜板也带不到阴曹地府，所以呀，糟蹋了也是你们的，积攒了也是你们的。从今往后，我不与你们积恶为仇，也免得让你那宝贝儿子成了大气候回来将我千刀万剐。

母亲连声赔不是，说树根小孩子，不知从什么野孩子那里学来几句匪话，胡乱运用，其实他并不知道这些话的意思。

祖母却说：好了，倒草去吧！任你是巧嘴的鹦鹉，也说不破我心中的潼关！我心里像明镜一样。

祖母狠狠地斜了我一眼，我感受到了她对我的刻骨仇恨。

母亲揭掉草垛上那腐朽的苫片，一股股的蒸汽冒了出来。那些陈年的麦草结成了个儿，一块块，宛若破毡。

果然，母亲从草垛的中央翻出了一堆长了绿毛的饽饽。其中一个还完整着，其余的已被那小兽的牙齿啃嚼得七零八碎。母亲立即惊呼起来：婆婆呀，您快来看！

祖母极不情愿地走过去，还问：让我看什么？

她随即便看到了，阴沉着脸，一声不吭地回屋里去了。

我看到母亲的脸上飞扬着神采，眼睛里饱盈着泪花。我心中也跳跃着欢欣鼓舞的情绪，终于为母亲平反了冤案，靠了我做梦的奇艺。但愿这奇艺永远伴随着我。但我的祖母又如一股黑旋风从屋子里转出来，用令人难以忍受的嘲讽口吻说：谁又能保证不是贼偷了藏在这里的呢？

这无疑是直指母亲是贼了，我愤怒地说：我梦见了，是黄鼠狼偷的！

好大一个黄鼠狼！祖母说，我活了七十年，还没见过两条腿的黄鼠狼呢！

简直就如梦话一样，母亲面前的乱草拱动起来，一只硕大的黄鼠狼钻了出来，似乎对着祖母点了点头，然后一溜烟地沿着墙根走了。

祖母一屁股坐在地上，嘴里叨咕着：黄大仙恕罪，黄大仙恕罪。

母亲赶紧扔掉手中的草，用一双黑手把祖母架起来，扶到屋里去。我原本以为母亲会对祖母展开猛烈反击，杀杀她的威风，让她在铁一样确凿的事实面前低下头去。但想不到母亲的态度较之从前更加谦恭，好像受冤屈的不是她而是我的祖母一样。

百岁妈妈生

蔡　澜

“银座有几千家的酒吧，你去哪一家？”

这次农历新年旅行团在日本的最后一个晚上，吃完饭目送团友们回房睡觉后，我独自走到帝国酒店附近的 GILBEYA。主要是想见见这家酒吧的妈妈生有马秀子。有马秀子，已经一百岁了。

银座木造的酒吧，也只剩下这么一家了吧？不起眼的大门一打开，里面还是满座的。这家酒吧我以前来过，那么多的客人，她要一一记住是不可能的事。

她的衣着还是那么端庄，略戴首饰，头发灰白齐整。有马秀子坐在柜台旁，看见我，站起来，深深鞠躬，说声“欢迎”。

几名年轻的吧女周旋在客人之间。

“客人有些是慕名而来的，但也不能让他们尽对着我这个老太婆呀！”有马秀子微笑。

说是一百岁，她的样子和那对金婆婆银婆婆不同，看起来也就是七八十岁，笑起来给人一种很亲切的感觉。

坐在我旁边的中年男子忽然问：“你不是《料理的铁人》那位评审吗？”

我点头不答。

“他还是电影监制。”这个人向年轻的酒女说。

“我也是个女演员，姓芥川。”那个女的自我介绍道，听到我是做电影的，兴趣一来，坐下来问长问短。

“那么多客人，她不去陪陪，老坐在这里，行吗？”我有点儿不好意思。

“店里的女孩子，谁喜欢做什么就做什么。”有马秀子回答，“我从来不指使她们，只教她们做女人。”

“做女人？”我问。

“嗯。”有马秀子说，“做女人先要有礼貌，这是最基本的，有了礼貌，温柔就跟着来。现在的人很多不懂。像说一句‘谢谢’，如果是发自内心，对方一定能感觉得到。我在这里五十年，送每一个客人出去时都说一声‘谢谢’。银座有那么多家酒吧，他们单单选我这一家，不说‘谢谢’怎么对得起人？你说是不是？”

我赞同。

有马秀子生于一九〇二年五月十五日，到二〇〇二年五月十五日满一百岁。许多杂志社和电视台都争着采访她，她成为银座的一座里程碑。

那个认出我的客人前来纠缠，有马秀子看在眼里。“你不是已经买单了吗？”

这句话有无限的权威，那人即刻道歉走人。

我有一百个问题想问她，像她一生吃过的东西什么最难忘，像她年轻时的罗曼史是怎样的，像她对死亡的看法如何，像她怎么面对孤独，等等。

“我要问的，您也许已经回答过几百遍了。”我说，“今天晚上，您想讲些什么给我听，我就听。如果不想说，就让我们一起喝酒吧。”

看见我在把玩印着店名的火柴盒，她说：“GILBEYA 这个名字来自英国金酒的牌子，那个 A 字代表了我的姓 Arima（有马）。店名是我先生取的，他在一九六一年因脑出血过世。”

“妈妈从没想过再结婚，再有一段故事。”酒女中有一位来自大连，她用汉语告诉我。

有马秀子好像听懂了，笑着说：“也不是没有人追求过。其中一位客人很英俊，既有身家又懂礼貌，他也问过我为什么不再结婚。我告诉他，我再也没有遇到另一个像我先生那么值得尊敬的人，事情就散了。”

已经到了打烊的时候，有马秀子送我到门口，望着天上。“很久之前我读过一篇记载，说南太平洋小岛上的住民相信人死后会变成星星，从此我最爱看星星。看星星的时候，我一直在想，我先生是哪一颗呢？我自己死后又是哪一颗呢？人一走什么都放下了，还想那么多干什么？你说好不好笑？”

我不作声。

有马秀子深深鞠躬，说声“谢谢”。

下次去东京，希望能再见到她。如果她不在，我会望着天空寻找。

遇狼记

申　平

十五岁那年，为了进山挖药，我险些命丧狼口，现在想来都有点儿后怕。

那天，我跟着同村十六岁的老猫，去山里寻找传说中的黄芪。那个时候，学校都停课了。我们这些孩子，整天到山上去挖药材挣钱。防风、知母、远志……什么药材都挖，特别是那漫山遍野的黄芩，更是我们的最爱。但是近处的药材很快被挖光了，这天老猫神秘地对我说，听说远处的山里有很多的黄芪，它的秧子很高，叶子很密，开粉色花，花骨朵就像是一个个小铃铛，风一吹，还会发出响声呢！关键是它的根很值钱。

我心动了，就背着家人跟着老猫上路了。

走啊，走啊，走得我两脚生疼，两眼发花，到地方的时候，天已经晌午了。我们就着山泉水吃了点儿干粮，就开始寻找传说中的黄芪。找啊找，直到太阳落山，还是没有找到。

我对老猫说："不找了，咱们回去吧。"

老猫却说："要回你自己回吧。我今天要住在山上，明天接着找。"

我望了一下来的路，实在没有勇气一个人往回走。天黑之前，我们在几棵树下搭了个简易的窝棚，又拔了些野草铺在上面，然后钻进去睡觉。但是蚊虫凶猛，哪里睡得着。最要命的是我们竟然听见了狼叫，先是在很远的地方，后来好像就在离我们很近的地方。我吓得浑身发抖，不由得哭了起来。老猫就像个凶神似的骂我："你哭吧，把狼招来，先吃了你！"后来狼不叫了，却又下起雨来。四下黑得伸手不见五指，窝棚根本就挡不住雨水，身上很快就湿透了。雨水像虫子一样在身上爬，我的牙齿开始打架。脸上湿湿的，不知道是雨水还是泪水。

我们把身体蜷成一团熬着。后来好像天晴了，又圆又大的月亮升起来，把山野照得一片通亮。老猫这时对我态度又好起来。他让我学他的样子，把身上的衣服脱下来拧干再穿上。他又说："反正也睡不着，月亮这么好，我们干脆接着找吧。"

我说："那要是狼来了怎么办？"

老猫说："不怕。我听大人说狼就是欺软怕硬的家伙。咱们边敲铁锹边喊，它肯定不敢来！"说着，他真的找了块石头，当当当地敲起铁锹来。在寂静的山谷里，敲击铁器的声音显得格外响亮，还带着回声。接着，老猫又喊叫起来，他的粗嗓门似乎传得更远，连远山都在回应。我受到鼓舞，也跟着边敲击边喊叫起来。

我们一直找到天亮，吃了口干粮，喝了点儿冷水，又接着找。这时候，我渐渐觉得全身发冷，肚子也开始疼痛。好不容易挨到中午，我在那个简易的帐篷里一躺下就不想起来了。恍惚间，我仿佛听见老猫在很远的地方不断叫我，我想答应，却没有力气；我迷迷糊糊的，觉得自己马上就要死了，再后来我什么也不知道了。

后来的事情，是通过老猫的讲述和我的回忆才慢慢连缀起来的。

因为淋雨和喝生水，我病了。我躺在那里，浑身滚烫，人事不省。

说到底老猫也才十六岁，他一下子慌了手脚。他拼命喊我，但是喊哑了嗓子我也不应；他又想背我走，但是走了几步又觉得不行。他跳脚大喊救命呀救命呀，但这大山深处哪有人应。最后，他又把我放回到窝棚里，砍了一些树杈堵住窝棚口，撒腿就往回跑。

多亏他堵在窝棚口的树杈子，救了我一条命。

我醒过来的时候，天又黑下来了，感到周身无一处不疼，特别是脑袋，好像要裂开一样。隐约间，我听见外面有哗啦哗啦的声响，我一时间不知道自己这是在什么地方。周围一片黑暗，我伸手一摸，摸到了身下的草，还有身边的铁锹。我一下子想起了黄芪，想起了老猫。我不由得喊道：“老猫，老猫！是你吗？”

那哗啦哗啦的声音停顿了一下，但是很快又响了起来。不好！我突然打了个激灵，猛地坐了起来。这时我的眼睛已经适应了黑暗，透过窝棚口的树杈空隙，我看见外面有两只像狗一样的东西正在用嘴和爪子把树杈移开，准备扑进来。

是狼！

我感到自己的头发一下子竖了起来，浑身冷汗直冒。我想哭，想喊，但是我却发不出声音。我傻呆呆地坐着，眼睁睁看着两只狼离我越来越近了。这一瞬间，我好像看到了自己被狼撕咬吞吃的景象，仿佛看到了哥哥和爹娘伤心欲绝的眼神……

不！我突然大喊了一声，同时我也想起了老猫昨晚对我说过的话。我抖着手摸到了铁锹，摸不到石头，我就脱下了自己的鞋。我突发一声大喊，用鞋底当当当地敲起铁锹来。

立刻，外面的两只狼转身就逃。我继续敲击，还趁机把狼扒开的树杈子又拉回原位。透过窝棚的空隙，借着外面的月光，我看见两只狼并没有跑远，两双绿莹莹的眼睛正在对面的山包上向这里张望。

有好几次，我都想推开树杈往回跑。但是因为是夜间，山路又难走，而且只有我一个人，只能躲在窝棚里死守。

事实证明我躲在窝棚里死守是对的。狼弄不清窝棚里有几个人，又不知道我手里拿的是什么武器，所以它们不敢轻易再来。如果我跑出来，让它们看清只不过是个孩子拿把铁锹，那我的小命肯定没了。

我敲一阵儿，停一会儿。我发现只要停止敲击，狼就会试探着往这里走；一敲，它们立刻又退回去张望。后来，它们就开始嚎叫，好像在呼唤更多的狼前来助阵。但是这个时候，我却好像已经忘记了什么是恐惧。我找到了一块石头，把铁锹敲得更加响亮，惊得两只狼又后退了很远。

就这么和两只狼对峙了很久，我忽然看见两只狼飞快地逃走了。接着就听见山下人喊马嘶，随即，许多人的“二平，二平”的吼声响彻了整个山谷。

啊，是亲人们来救我了。我推开树杈跳出来，边回应边往山下跑。我看见了灯笼火把，看见爹娘和村里人一起向我跑来，哥哥和老猫跑在最前面。

我身子一软坐在地上。我的手触碰到了一种植物。我低头一看，那上面开着粉色花，花骨朵真像小铃铛一样。我喊了一声“黄芪”就昏了过去……

歌声与微笑

王　族

好几天，都听大家不停地说起巴哈台唱歌的事。

索伦格感叹："他哪里是在唱歌？只要嘴一张，那简直就是用刀子在扎人的心嘛，弄得人的眼泪止不住往下掉……"细问之下才知道，巴哈台就唱那样一首歌，而且整首歌只有一句歌词，大意为母亲站在蒙古包前呼唤着儿子归来。我揣摩不出那样会唱出一首什么样的歌，于是便期待能早日听到。当然，最迫切的心情还是想见到巴哈台，我想看看他是怎样一个"弄得人的眼泪止不住往下掉"的人。

想着有关听歌的事情，胯下的马却跑得很快，我们一群人按捺不住急迫的心情赶到巴哈台的家门口。从外貌看，巴哈台无疑是一个普通的牧民，而且掩饰不住双眼中的羞涩，似乎总是想躲到一边去。

吃完饭，喝毕茶，没有任何开场白，巴哈台唱起了那首歌。听到第四句，我就坐不住了，巴哈台唱的歌和我听过的哈萨克斯坦的《一句歌》如出一辙——把一句歌词反复地唱，只是在音调上有所变化，但厉害的地方就在这里，正是音调的变化表达出了不同的倾诉。歌词的意思是儿子出去好多天没有回来，母亲站在蒙古包前苦苦等待，唱歌呼唤着儿子：回来吧，儿子。这首歌只有一句歌词，但是经过歌唱者音调的变化，表现出了等、望、急、悲、痛、忧、想、思、恨、呼、哭、忍、盼、寻等具体的场景，让简单的一句歌词，唱出了母亲等儿子不归的种种感情，表现出母亲不同的心理，具有不同的感情渲染。

巴哈台用歌声不停地变化着母亲的心思，随着他的歌声，我感觉自己似乎被牵引着走出了屋，像那位母亲一样在向着远处眺望。

被歌曲征服是一件多么幸福的事情，在如此偏僻之地，歌声在耳际萦绕，便感觉空气中弥漫着一种浓浓的味道。

从巴哈台家出来后，大家又说起巴哈台唱歌的一件事。

一次，巴哈台和村里人赶着马去沙漠中驮运东西，在中途遇到沙尘暴。新疆人谈沙尘暴色变，说到最厉害的沙尘暴时便免不了提起发生在托克逊县的一次惨剧。当时一列火车不巧正经过那里，沙尘暴顷刻间呼啸而来，把火车掀翻脱离了铁轨。不巧一位牧羊人刚好在那一带，他的羊也被沙尘暴卷走，直至事后他才看见羊贴在车厢上。他痛苦地叫了一声，可恶的沙尘暴，把我的羊变成了相片。

巴哈台那次遇到的沙尘暴不大也不小，别人都躲进了树林或石头后面，实在没地方躲的人便双手抱头，挨着时间等沙尘暴过去。但巴哈台却并不躲避，而是牵着马径直向前走去。有人想拦住他，但那人阻拦的声音很快便被沙尘暴淹没。呼啸的沙尘暴中传来了巴哈台的歌声，原来他边走边唱歌，似乎歌声可以抵御沙尘暴，亦可以让他走得更远。所有人都惊呆了，但沙尘暴刮得正紧，谁也无心欣赏他的歌声。

那场沙尘暴刮了一个多小时后才停止，阳光重新普照大地，安静下来的沙漠像是什么也没有发生。人们赶紧寻找巴哈台，此时的他早已停止唱歌，一人一马已走出很远。

后来，大家又说起巴哈台母亲的故事，一位母亲的形象便在大家的讲述中变得清晰起来。

巴哈台的母亲小时候跟着爷爷在草原上放羊，看着草原上的羊群，心里就会产生歌唱的冲动，于是她就开口唱了起来，爷爷听着她的歌声舒心地笑起来，羊则把嘴深深地伸进了草丛中。

一天，有几只乌鸦循着她的歌声飞来，围绕着唱歌的她盘旋，过了一会儿，便向着一条小河飞过去，落入水中扑棱着翅膀洗自己的羽毛。河水被它们激起了浪花，她继续唱着歌，并没有在意乌鸦的举动，但不久她便十分惊异地发现，乌鸦扑打着水的节奏完全和着自己的歌声，乌鸦似乎随着她的歌声在洗它们的羽毛。乌鸦也是爱美的，她不免在心里那样惊叹，便不由自主地停住了唱歌。歌声一停，乌鸦僵在了那里，她的歌声像是它们身体里的筋骨，被突然抽走后便一动也不能动。过了一会儿乌鸦好像才反应过来，绕着她盘旋几圈后鸣叫着飞走。

回到村里，她告诉人们，乌鸦会听歌，但人们都不相信，认为她胡说。她不和人们争论，以后再去那条小河边时，她仍唱那天唱过的歌，虽然乌鸦们再也没有飞来，但她一直坚信乌鸦会听她唱歌。

她唱着歌长大后，像所有适龄的姑娘一样嫁了人，身为主妇，她不再去放羊，但她喜欢唱歌一直没有改变，忙着家务，她会随口把心里想说的话唱出来。只有唱歌的时候，她才觉得幸福，好像又回到了少女时代，脚下是碧绿的草原，头顶是蓝蓝的天空。

我们在巴哈台家没有看到他的母亲，问了之后才知道，她在前几天去世了。听到这个消息，猛然间感到有一股郁闷的东西堵在了心头，直至晚上回到县城后才好受了一些。我怀着遗憾地打听她的事情，得到的确切消息是：前几天巴哈台生病，她又去放了一次羊。她把羊群赶到山坡上，坐在一块石头上眺望远方。当她发现自己看不清远处到底有几座山时，才知道自己的眼睛花了，她从内心感叹，老了。中午，羊群吃草到了山顶，山顶上的草很好，羊一直都把头低下吃着。突然，正在专心吃草的羊群发出惊恐的叫声，她扭头一看，有几只狼已经逼到了羊的跟前，正与羊对峙着，随时准备进攻。当时羊群已经慌乱，东张西望惊恐地叫着。狼紧盯着羊前蹲后立，已做好进攻的态势。她尽管已经双眼昏花，但还是看清了眼前的局势。怎么办？可自己年老体衰，根本不是狼的对手。 着急，她突然开口唱了起来。她的歌声几乎是不假思索的，嘴一张就唱了出来。狼和羊都被她的歌声吸引，扭过头一起看着她。她不停地唱着，一会儿看看狼，一会儿又看看羊。

狼在她的注视下，似乎忘了要扑向羊撕咬一番。慢慢地，羊发出轻柔的咩咩声，狼眼里的凶光也悄悄退去。她继续唱着，她不知道歌声是否能改变今天的遭遇，但她就那样唱着歌，似乎已忘记周围的一切，她甚至想起了那次乌鸦洗澡的情景。过了一会儿，狼站起来，发出几声轻柔的叫声走了。羊群一起拥过来蹭她的腿，她停住歌声，这才意识到了什么。少顷，泪水止不住从她双眼中奔涌而出。

几天后，她去世了。

最后一次唱歌，成为她一生中的绝唱。

父子三人落难

麦　家

这个故事说的是 1943 年，主人公是上校在上海的五个手下中的一个。因为叛徒的出卖，特务全城追杀他们，五个人死了两个，逃了两个，抓了一个。抓的就是他，后来关押在湖州长兴山里的一个战俘营里劳改，战俘营四五百人，天天挖煤。

一次山体塌方，把一百多人堵在坑道里，大家拼命救，几百人昼夜不停挖塌方。但塌方面积太大，十多天都挖不通，大家就泄了气，放弃营救——因为救出来也是死人，不划算。

上校讲："只有一个人不放弃，那是一个江苏常熟人，四十多岁，入狱前在上海十六铺码头当搬运工，壮实得像一头牛。他有两个儿子，老大二十一岁，跟他在码头上做工；小儿子十七岁，做母亲的帮工，在乡镇上盘了一爿杂货店，卖油盐酱醋。常熟就是沙家浜在的地方，也是新四军经常出没的地盘。新四军也要吃饭，常来店里买东西，一来二往，把小儿子发展成了交通员，经常往上海跑，传情报，采购药品、枪械、弹药什么的。后来小儿子把老大也发展了，兄弟俩你来我往，成了新四军一条活络的交通线。"

父子三人落难，最后被关进战俘营挖煤。那次塌方，父亲和上校是一个班的，算是躲过一劫，但兄弟俩都埋在里面。

"这简直要了当爹的命。"上校讲，"从发生塌方后，十来天他就没出过坑道，人家换班他不换，累了就睡在坑道里，饿了就啃个馒头，谁歇个手他就跟人下跪，求人别歇。他总是一边挖着塌方乱石一边讲着同一句话——你们把我儿子救出来后我就做你们的孙子，你们要我做什么都是我的命。这话讲过千遍万遍，喉咙哑了还在讲。只要是人，听了看了他这可怜的样子，都情愿替他卖力卖命。”可塌方是个无底洞，几百人轮流挖了十多天，并且都卖了命的，就是买不来里面人的命。眼看过了救命时间，狱头放弃营救，要大家去上班，只有他不肯放弃，白天被押去上班，夜里一个人去挖塌方。大家劝他算了，救出来也是死人，别把自己的命也搭进去。

他呜呜地叫，你不知道他在讲什么，因为喉咙已经哑掉，发不出声。但只要看到他的空床铺，你就会知道他谁的话都没听进去，他的被窝成了老鼠窝。他本是搬运工，一个壮汉子，却眼看着一天天瘦下去，日子像是一把钢刀，在一刻不停削他、剐他、放他的血水，连血带肉一层层剥下来，干下去，枯得像个鬼。

一天夜里有人打架受伤，上校去给人包扎，老远看见一个人在腊月的寒冷里踉跄着往坑道晃去。天已经黑透，只能看清一团黑影子，看不清模样，但上校知道他是谁——那位可怜的父亲。这些天上校多次这样见过他，在黑夜的寒风里孤独一人往黑洞里奔走，但现在不是在走，而是在跌跌撞撞，一步三晃，几步一跤，像吃醉了酒，糊涂得手脚不分，连走带爬的。

夜里睡觉时，上校眼前老是浮现这个身影，心里很难过，想他可能是腿脚有伤。上校带上药水和几个冷馒头去看他，也想劝他回来歇一夜。去了才发现，他已死在坑道里，半道上，离塌方还有一个几十米的弯道。他已经爬了几十米，几十米的坑道都是他爬的手印子、吐的饭菜，最后死了也是趴着的，还保留着往前爬的姿势。

上校讲：“我想他一定是想跟两个儿子死得近一些，就想把他抱到塌方段去埋葬。他本是那么壮实，大冬天，穿着棉袄棉裤，看上去还是很大块头。我以为要花好大力气才抱得起他，可一抱才发现他轻得像个孩子。我知道他已经很瘦，可想不到会瘦成这样子，完全只剩下一把骨头，骨头好像也枯了，朽了，轻飘飘的。我本来是鼓足力气抱他的，反而被这个轻飘压垮了，哭了。我前半辈子都在跟死人打交道，战场上、手术台上死人见得多，从没哪个人的死让我这么伤心。我一路抱着他都在哭，葬他时也在哭，哭得喘不过气来，现在想起来都难过。”

大河［四题］

陈　毓

水　生

一碗水是黄土高原腹地的一个村庄。

水生出生在这里，水生出生时，一碗水已经 119 天没下过一滴雨，村外的窟野河枯死在野地里，在全村人跪在黄尘中仰望苍穹祈雨之际，人群中的水生娘要生产了。缺啥啥稀罕，于是，水生便得了这名字。

长到十八岁，水生离开了一碗水，一步步，走到有一盆水、一缸水的地方。现在，水生住的房子有自来水。

第一次看见水从管子里流出来，水生很害怕，担心水流完，有个地方就要像一个人流尽血管里的血一样。水生小的时候见过这样一个人，他在乡间一脚踩下去就能腾起一朵黄尘云的路上走着。忽然，一个带火团的铁疙瘩疯了似的扑来，把那人扑倒在黄尘中，水生看见那人身体里爬出一条黑色的蛇，爬不远，就被黄尘嘶嘶吃掉。于是，那个人死了。

想起那个可怕的画面，水生仓皇地关了水龙头，又忍不住轻轻敲击水龙头，水龙头发出回应声，叫水生感到宽慰。手心的水龙头硬挺饱满，耳朵贴近，鼻腔里满是冰凉的铁腥气，水生把水龙头慢慢打开，听到汩汩的流水声，关了又开，开了又关，直到耳朵因为长久贴着水管而变得冰凉。

女房东喜欢水生，说水生用水节约，只要听见水龙头发出细弱的近乎于无的动静，她就知道外面公共水池边用水的人是水生。

“不像他们，哗哗哗哗，盼人穷。”女房东换个表情，气狠狠的。

其实水生恐惧水流声比女房东严重，水生在不隔音的出租屋听见窗外公共水池发出哗啦哗啦的流水声就觉得尿急。厕所在巷子里，又远，又黑，臭气熏天，男女厕所之间隔着一堵砖墙，两边动静分明。某天深夜，水生蹲在厕所，听见隔壁有奇怪的叹息声，再听又没了动静，惊吓得毛发竖立，仓皇跑出，待清醒下来，想清楚一定是人不是鬼，喊人去看，果然有个女人昏倒在粪池边。原来是被粪池里冒出的沼气熏倒了。

这都是十年前的旧事了。水生现在二十八岁。从十八岁到二十八岁，十年时间，他在这个城市从北到南，在建筑工地砌砖，在小学校刷油漆，临时清理过下水道，阴差阳错在高尔夫球场捡过半年球，还给一个老年女人看过一星期狗，水生做得久一点的工作，是在一所电视大学看大门。对了，在电视大学看大门这件事水生愿意多说说。在电视大学看大门那会儿，水生真是朝气蓬勃，走路都像“脚底下安着弹簧”。那些和水生有交集的学生就是这么说的，仿佛他们不是和水生同龄，而是比水生老一大截。那些学生走路从容不迫，有种不必要非记住什么、不必要非认准什么、不必要非听清什么的别样气质。水生总是充满了紧张，水生走路是跑着的，站定也要眼观六路耳听八方。有一次，水生在一位同学拍的一组照片里看见自己，双手的肘关节僵硬地提着，是身体和神经高度紧张、准备随时听从召唤的样子。水生看着照片自语：我是一个紧张兮兮的人。

自从这个同学拍摄了水生，水生从此有了一个兼职，他做他们的摄影模特。他们喜欢水生，说水生有特点，不一般。

生活别开生面，只要空闲，水生就做任何他们需要他做的事情。他帮学生买饭、送饭、送情书，他帮他们洗衣服、修鞋，水生干这些不要钱，他用跑腿换来学习的机会，换来学生们不要的书和将要扔掉的笔记本。在那些当模特的日子里，水生对照相机、摄像机也熟悉了。水生虚心求教的样子叫学生们感到满足，把他当成他们提前实习的对象。一个学生毕业后，想吃大学南门那家闻名半座城的牛肉水饺，吃完水饺顺道回母校看看。他在门口和水生不期而遇，慨叹水生不应该看大门：“你这个岗位应该给一个退休的老人，你的世界才刚开始，不能过早变成一枚钉子。你跟我弄摄影去，我教你。”

水生熟悉那个同学，他当年不止一次和水生感叹，说水生若是早几年给他讲那些乡村故事，他高考作文一定会多出十五分，那样，他可能就不会上这所大学了。水生听见的时候还想，那他俩不就不能在这所大学遇上了吗。

水生倒是辞职不看大门了。他现在称呼那个学生为董事长，水生学摄影、摄像，连董事长都夸他，有模有样。可是刚过了半年，董事长要随父母出国了，走之前，嘱咐水生不要担心，好生照看公司和那些机器，能干啥就大胆干，往后就算他在国内还有个亲戚。

水生接下公司，接住一个承诺，他忽然有一种从未有过的庄重，觉得既快乐又有点沉甸甸的。水生郑重地给自己印好名片，名片背后印着公司名称和业务范围，在大街上见人就发，接下他名片的人同时得到一包餐巾纸。名片发完了，水生满怀信心地等待业务找上门来，在接不到活儿的时候水生就带着机器扫街。这天正在街上，水生的电话响了，是女房东的丈夫老练。老练说，赶紧收拾收拾，去朱鹮保护站给我拍点东西回来。那里大河浩荡，你怕水的毛病没准能一次性治好。

惠　子

房客都说惠子的脾气古怪。

尤其在对待房客用水这件事上，惠子表现得简直病态，不惜和一个个冒犯她的房客发生冲突，冲突过后，人家忘了，她却耿耿于怀，愤怒的情绪会株连她的丈夫。“你要死吗？水龙头有多粗多宽，你就能放出多宽多粗的水？是洗你那二指宽的鼠脸，又不是洗猪头。”这话多难听啊，听得水生都眼皮子跳，担心惠子的丈夫扔毛巾摔盆，但这样的事情一次也没发生过，骂的常骂，不可思议的是听的却总像是微风擦耳。他怎么总不生气啊？是不是因为不生气才从未想到要改变？把水龙头开小一点，对老练而言是一件艰巨而无望实现的事情吗？世上的人真是千奇百怪。

但是不久水生就听不见惠子的骂声了，或者水生听见也习惯当微风擦耳了，因为惠子骂或者不骂，老练还是那样放出哗哗啦啦的流水声，还是把水溅到水池外面的台上地上。

唉，既然那是一件没意思的事情，关注多或少又有啥区别呢？

水生每天都要带着摄像机去这里那里，一当练手，二当积攒素材。城市发展太快了，今天这里动工明天那里拆迁，没准今年拍下的影像明年就成绝版。何况应人事大，那是他的营生也是信誉。

作为有一栋小楼 12 间房可以出租的女房东，惠子的日常就是早上醒来从自己住的屋子里走到院子里，站在葡萄架下，站腻味了，再走出大门，在门口的牌桌边站一会儿，然后继续行动，到街上去。之后会在一个固定的时间走回院子，手上有时空着，有时拿着东西，但都会在大门口牌桌边站一会，再走进院子，在葡萄架下站一会儿，日复一日，像公交车进站一般准确。之后才进屋。此后天井里的阳光一寸寸移动，直到贴上墙，消失。这段时间惠子不会无故出屋。天总是会黑，无论春夏秋冬，无论院子里的葡萄藤向上又伸展出几个巴掌高，无论长到水生窗口的桂花树这年开花繁密还是稀疏，天都是一天天黑的。

天黑了，惠子的一天，水生的一天，都是一天。

这天早上，水生端着摄像机在楼上延时拍摄天井里葡萄藤在阳光下移动的影子，看见惠子站在天井里，不觉把焦距对准了惠子。水生拍的时候还想，拍过之后他就直接按删除键，惠子不是他的拍摄素材，又不付费给他。拍惠子完全是一时之念，在接不到活儿的日子他还是很无聊的，但是拍摄过程里，他却把惠子给总结梳理了一遍。

惠子漂亮，耐看。嗯，尽管有点丰满，有点圆滚滚，有点小爆炸的感觉。但脸还是很清秀。嗯，脸形是一颗完美的南瓜子的形状，下巴的弧线尤其美，下巴尖那地儿，像是随时有一滴饱满的水滴要滴下来。透过镜头看惠子的水生一再感叹。沿着这感叹，水生就想惠子的生活，想惠子为啥要一天天无所事事呢？难道是因为没有孩子？惠子没有孩子需要照顾。也没有老人需要照顾。惠子不用工作。除了流水一般来去的房客，惠子就只有一个似乎和她不亲不远，很像是远房亲戚的丈夫。惠子每天具体要做的事情好像就是做自己和丈夫的一日三餐，餐饭很简单，水生虽然从未走进他们吃饭的正厅，但他完全可以从惠子隔天一次，甚至三天一次提回来的菜篮子里的食材加以判断。唉，收那么多的房租有什么用处呢？

水生这天在摄像机里还有一个发现，他当然知道惠子在看书，他早都从她一次次随手摊在葡萄藤架上的书了解到她的阅读爱好，都是武侠类的书籍。尽管水生自己没有读过其中任何一本，但他几乎是从惠子的书封知道金庸、梁羽生、古龙，甚至六神磊磊的。再沿着这个思路，水生想，或许因为这些书籍，惠子才不去门口的麻将桌边坐吧，麻将桌就摆在惠子的大门口，从早开张到晚，一天下来，围桌而坐的人可以换几轮，叫上班晚归的人大感吃惊，恍惚又熟悉，生出关于时间的错觉。惠子顶多就是在麻将桌边站一站，看人家出牌也不吭声，之后走掉，人家也没发现。

刚来的时候水生对惠子的婚姻好奇过，但八卦的动力不足，房东和房客的关系就是他和惠子的关系，按时交房租是他的事情，保证房子归他住是惠子的事情，仅此而已。

但此刻，水生在楼上，隔着一棵桂花树的高度，腾挪转换，借用角度、光线和葡萄藤的修饰，想办法把读武侠小说的惠子拍得好看一点、有意味一点。他甚至中间还去换了一次镜头，但是，回来他发现惠子一点都没有变动姿势，就连表情都没一点点改变，拍到后来，水生发现光线变了，因为能照到天井里的阳光总是有限的，惠子头上身上的光消失了，但惠子的姿势一点也没变。是什么内容叫惠子读得如此专心？水生把镜头推向惠子面前的那本书，他看见摊在惠子膝盖上的那本书是《论摄影》。水生的心加速扑腾了几声。他悄悄放下摄像机，猫步走回自己房中，他没有在桌子上找到自己的那本同名书籍。那是他的老板留给他的一架书籍中的一本，是他留给他的财产的一分子。

再回来，水生发现惠子已经离开了天井，甚至刚才惠子看着的书，也不见了。甚至惠子刚才坐过的凳子，都不见了。

下一周，水生一回来，就看见苏珊·桑塔格的那本《论摄影》好端端放在自己书桌上。

惠子照旧骂老练，不该水龙头有多粗多宽，就放出多粗多宽的一股水。“你恨不得一秒钟出一吨水。”

老练照旧有方法叫惠子的骂声如微风过耳。

奇怪的是，现在水生听见惠子的骂声，就有一种天下太平的感觉，于是，也如微风过耳一般不以为意。

惠子的影像倒是还留在带子里，他不是忘了按删除键，而是手指在删除键上停留了几秒钟，轻轻挪移开了。

老　练

出大门左手边有棵栾树，伞状的树冠罩下一地树荫，树下常常摆放一张牌桌，白天到晚上，常有人围坐，日久，给人牌摊从来不散的印象。一臂之外，是小街上匆匆的行人车辆，比照之下，越发觉得这个小角落如在恒常。牌桌是老练支的。只要打牌的人够，老练绝不上桌，他殷勤伺候打牌的人茶水，谁嘴上的烟没了，老练及时补上一根，若是哪回打牌的人三缺一，老练也会及时补缺。惠子为水和租客发生抵牾，给打牌的邻里街坊补茶水，老练倒从无二话。

惠子在，老练仿佛就成了褪色的老练，薄、淡，似有若无。按说老练比惠子胖、大、高，视觉上肯定比惠子凸显，但谁都弄不明白老练是如何能做到那么自然妥帖地被人忽略，仿佛你忽略他，他会打心眼里感激你。初来的房客喊“老练”，话还没说完整，老练就挥舞起一只手臂，嘴里支应：“找惠子说，你找惠子说。”老练挥舞一只手臂，另一条手臂夹紧胳肢窝里的一根拐杖，老练常年拄一根拐杖，以缓解两条腿的压力，有人说老练的拐杖是战争的遗物，老练上过老山前线。有人说，腿疾是老练为救惠子和几个恶人斗的结果。上战场也罢打群架也罢，英武的气概在今天的老练身上已难觅踪影。现在的老练胖，痛风，极不喜动，如果哪天他爬上三楼再下去，踩踏楼梯发出的僵硬的动响叫屋里的水生都要心疼。

老练是怎么娶了比自己小二十岁的惠子？水生在牌桌边听人说，老练是惠子在广州打工认识的。水生发挥想象，老练是惠子的恩人？直接撂倒一群调戏惠子的坏小子，之后双双回到惠子的城市，他们结了婚。那时候，惠子的父母尚在，他们不会料到，未来短短的二十年，城市将以他们做梦都不曾想到的速度扩张。老练适时把房子在原基础上加盖两层，以满足外来租房的打工者，惠子的父母相继去世，惠子老练靠出租房屋当起了房东，收入供养他们的生活宽绰有余。老练从不过手房租，日常的收与出，全凭惠子做主，他就是一个名副其实的甩手掌柜。邻里们都说，老练花钱，靠惠子每月发给他。

惠子的餐桌简素，老练却是老饕，他真正喜欢的都是惠子不喜欢的，老练在惠子的饭桌上吃过，一点不影响接下来的食欲，门外的街巷两端延伸到下两个街口，都是大排档，早上卖到深夜不重复。早上卖豆浆油条包子胡辣汤，中午水饺羊肉泡馍水盆扯面炒米，到了晚上，一翻桌又成了食客盈门的烧烤摊。老练喜欢大排档的早餐，烧烤摊更是喜上加喜，以他的好胃口，就是不在惠子的饭桌上坐一分钟，也不会挨饿一顿，所以说到底，能安坐于惠子面前，积极配合惠子的餐桌习惯，于老练而言，那份耐心已经算是爱情了。所以，从牌桌到深夜的烧烤摊，几乎可以构成老练一年的 365 天。

烧烤摊上能陪老练的人，水生算一个，而且还能常叫常到，这让老练很是喜欢。喜欢体现在买单这件事情上，两人啤酒都灌得差不多了，买单，老练压住水生的手腕，哥来，哥年纪大了，花钱的地方少，你年轻，钱的用场多。水生不好意思，说，那提前说好，下一回，我请哥。老练说好。下一回，还这样。

这天，水生正在扫街，接到老练电话，老练说，来，我在赵家烤肉等你，有重要事情托付你。

老练托水生的事情具体明确，就是要水生去秦岭南边的朱鹮保护站，给他拍回些视频，顺带找一个人，捎一句话。

这事在老练那里显然早有谋划，他像一个运筹帷幄的人，早把水生要问的都想到，并且准备好了答案，比如，视频的内容以及长短，将来是要干什么用，要找的人的线索以及为啥要选择他。老练一一作答。

比如，视频内容从入保护区开始的，都算，时间拍够五个小时就行，看见什么动心起意了就拍摄，水生的眼光和取舍就是老练的审美与需要。至于要找的那个姑娘小溪，只要找到保护站那个石头画馆，就能找到她，画馆有两个姑娘，有一个就是小溪。

为什么要找小溪？小溪是否老练的私生子？或者老练在惠子之前结过婚生过子？水生嘿嘿哈哈追问老练，老练回答，不是亲闺女却比亲的还亲。水生心中嘀咕，你和惠子也没亲闺女。老练响亮地回答水生，只要你见到小溪姑娘，只要你说过请她来看看我老练，她来还是不来，都算你完成请托了，工钱一分不少。

水生很想问老练，对小溪如此熟悉，为啥不亲自去？“我可以陪你。”水生说。或者，干脆自己打电话亲口说。老练拍拍水生的肩膀，打电话说，那有啥意境？何况，你啥时候听见我给小溪姑娘打过电话？自己去一趟？你看我，平路都走得山高水长。再说，我要是去，那就是我去看小溪，不是小溪来看我。意思就不是那个意思了嘛。老练在水生肩头用力按一按，再说啊，那里大河浩荡，你怕水的毛病没准一次性给你治好了。

水生最后的一个念头是，老练不去找小溪，是在惠子那里避嫌，但是，若真小溪来了，不也一样嘛。算了，看不懂想不透那就不想了，和老练饶舌这么多完全是他们熟，其实他心里美着呢，去找小溪，在他首先是一份有钱的差事，他愿意着呢。

小　溪

一出城，景象即刻不同，白云镶边，远山如海浪翻卷在目力所及之处，城市和山之间，是广大的金黄麦田，村庄点缀其上。高铁穿过麦田，眨眼到了秦岭跟前，水生眼前一黑，列车钻进隧道了，哗啦，又出了隧道，眼前再次明亮，一抹闪着光点的翠色跃入水生眼中，来不及细看，又眼前一黑进了隧道，反复几十回，水生已身在秦岭深处了。

出高铁，路两边候着出租车，水生询问朱鹮保护站如何走。一个年轻人热情地招揽水生，说他家就在保护站大门口，他送水生，顺路回家吃饭，给水生算顺风车，费用可以减。水生直在心里赞：保护区的天，是晴朗的天，保护区的人民我喜欢。的哥比水生看上去年轻，爱说话，爱笑，热闹人。水生干脆打问，保护站可有个石头画馆？当然有，的哥说。又问水生，没来过保护区，咋知道石头画馆？水生就把自己此行的目的说了。的哥说，小溪正是他姐，另一个姑娘这两天回家给猕猴桃树间果去了。他就是回石头画馆吃饭，超乎所想的顺利叫水生欢喜得手脚都没处安放。

的哥告诉水生，就叫他小磊吧。

车子沿河走，听水生不断赞叹河流，小磊告诉水生，真正的大河在山的那边，眼前水生不断赞美的河和那条大河比，只能算是溪流。

小磊直接把水生带到石头画馆，画馆静悄悄的，小溪不在。看店的是熊猫、朱鹮、羚牛、鹳鸟、麻雀、狗、猫……以及许多水生不知名姓的昆虫、花草、树木、人物，当然，无论人、动物，都安静无声。熊猫从容啃食竹子，两只公羚牛正在打架，一群食谷的麻雀，叼着一条鱼儿的朱鹮，都寂静无声，因为动物和人都在石头上，画在石头上。

哎哟！水生被自己的赞叹弄得不好意思，自从坐上高铁，他真是觉得言语贫乏，他找不出适当的赞美词，所见皆新鲜，叫他感动，但他知道自己那一声声哎哟的分量。好在水生想起用另一种方式表达他的赞叹，他取出摄影机，拍啊，拍啊，红灯闪烁，分分秒秒和着他的心跳。

一个姑娘闯进水生的镜头，姑娘头戴斗笠，半截裤腿湿着，半挽在膝盖，白色短袖衫暴露着她的两截小臂，是与太阳过分亲昵的关系，一只胳膊挽着只竹筐，筐子里十几块石头，显然经过主人用心挑选，在看过那些石头画之后，水生无师自通，明白这些石头的用处。

如果说没看到那些石头画前，水生心中还有老练这个甲方，那在石头画馆这一番浏览和拍摄之后，水生立即找到自己此行的线索和魂了，变得格外主动，他要完成一件叫自己满意的作品。尽管此刻，他还一点不确定此行自己到底能完成什么，怎样完成。当面前这个姑娘以本色却又比专业演员更显自然的状态出现在他的镜头里，他对自己说，工作正式开始。他要以这个姑娘为主线，记录朱鹮保护站一个画石头画的姑娘的日常。

好吧，开始。

小磊成了水生的司机、向导。他们翻山越岭，去往小磊说的大河，小溪去找一些可以拿回来画画的石头，这一行，是三个人。

远远听见低沉的轰鸣，越近声震越大，那是真正的河声，大河在此奔流了亿万年，水生用了二十九年才走进，他震惊，觉得不可思议，他看着不断涌动，前面扑、后面赶，从一道山出又入一道山的河流，觉得困惑与迷茫。他看得眼花缭乱，不知道水流是来自前方的引力还是后面的推力。而就在他的一个眨眼间，刚才的那条河流早已不见，可是看看河岸，河流似乎还在那里奔流，这一秒和下一秒，到底有什么不同呢？水生想要高声喊，想要大声哭，想要放声歌唱，但是，他都不能够，说到底，他本身是一个羞涩的人——何况，小溪和小磊就站在身边。他哆嗦着走到距离大河稍远一点的地方，一个水流回旋形成的清水潭。他在一片青石上坐下，他慢慢看清潭中有小鱼，一群鱼，看见他，尾巴一摆游到一块大石头下，藏着了，一会儿，又唰一下，游到他跟前。水生试着向鱼儿伸出手，鱼儿好像也不避讳，但是，也没表现出多么喜欢他的手的样子，还是那样，随心所欲，呼啦一下这里，呼啦一下那里，爱游哪里游哪里。

水生在顺手揭起的一块石头下发现了两只螃蟹，螃蟹见头顶的遮蔽忽然没了，笨拙慌乱地奔向另一处藏身的石头，水生哈哈大笑，笑过之后，赶紧把石头放回原处。

小溪和小磊在河滩找石头，他们找下很多石头，爱不释手，最后却并不带走几块。当又一条“河流”流过水生眼前，水生看见小溪和小磊脱掉鞋了，涉过一道浅流，爬上一块大石头，两个人坐在那里的样子和大河那么般配，真是一幅美好的画面。水生也想涉水到那边去，和他们并肩坐，但把一只鞋脱掉后又止住了，他把鞋穿好，去取摄像机，他要记录下河边的小溪和小磊。

水生去保护站一个月后的一天，老练接到水生电话，说他要在保护站再待一段时间，给老练拍的素材等他回去才能交给老练，还说，老练托付的话已经转告小溪。小溪说等到秋天山里五味子红透的时候再去看老练，小溪说，叔叔最爱五味子和茱萸泡的酒。

老练电话里一迭连声，不着急回，你不着急回，想待多久待多久，明年回来也行。老练答应水生，就算他不在，房子他也会嘱咐惠子留着，不住可以给水生减房租，水生听得出电话里老练的欣慰，似乎在保护站待着的是老练自己。

此前的疑问现在水生不必再询问老练，从小溪姐弟那里他已全部知晓。老练当年参加“社教”，蹲点的就是保护区深处小溪那个村，当年招待老练的是小溪的父母，老练和小溪父母建立下很深的情意，甚至老练的腿，也是在山里一次山洪暴发救灾中落下的。小溪小磊现在住的已经是移民搬迁后的新屋，朱鹮保护站成立后，山里的居民搬迁到山外，小溪的石头画馆，是政府扶持旅游项目的一部分，喜欢画画的小溪开了这个石头画馆，倒是吸引游客。

小溪画石头画，抬头问水生，自己的石头画，可能和石头上的天然纹路比？

水声说，有时候能，比如正画的这幅，石头上的这条大河边，你能添上我们三个人吗？

水生说出这句话，觉得自己心里有一扇窗，一扇门，同时打开了。

他不知道自己要在保护站待多久，反正这里的山、水、天、地都是他无比喜欢的，在这里他觉得一天是那么短，又是那么长，长到他能看见往后要做的事情。

至于他哪天返回，也许要过很久，也可能是明天，如果明天小溪出发要去看老练，那他一定和小溪一起走。

蒙面少女与隐形男孩

万　芊

一天，我过江去讲课，一位朋友托我把蒙面少女带过江，去见她的网友。我不解，朋友说，他也是受朋友所托。蒙面少女是网名，去见隐形男孩。

七时许，薄雾缭绕，渡船推迟了第一渡的起锚时间，码头上人头攒动。我在预先约定的“大海女儿”的雕像下见到了一名亭亭玉立的少女，披着轻纱，身边立着一个小巧的行李箱和一个巨大的琴盒。

我上前打招呼，你就是蒙面少女？

那小女子似乎听觉优于视觉，第一反应的是她的耳朵，她的眼睛顺着耳朵的指引，向我迎来，粉嫩的笑脸上透出一缕红晕。她银铃般的声音随即传来：我是，我是蒙面少女，您是万叔叔？

我说，我是，朋友所托，送你过江。

蒙面少女身子很轻盈地动了一下，似乎做了一个致谢的动作。我不懂，但我感觉到了。我似乎又感觉到了她眼睛对于四周人与物反应的迟钝。虽说她有一双水汪汪的大眼睛，但似乎那只是跟洋娃娃一样，纯属摆设而已。

我背起大琴盒、拎起小行李箱，腾出一只手，扶她上船。

她其实也不需要完全依赖我，她能够凭借敏锐的听觉弥补视力的缺陷。

我喜欢音乐。蒙面少女银铃般的声音又响起来，甜甜的。

我说，大琴盒是你的标志。

她笑了，似乎笑自己有点儿幼稚。

她只字没提自己的眼睛，我自然也不便提及。

首班渡轮，拥挤、嘈杂。其实，我们不用找更多的闲话来排遣陌生人之间的尴尬。我需要用一些指令帮助她上船、进舱、找座、让她放心我在照应她的物品，然后，再进行离座、上岸的一整套动作。

根据朋友托付的要求，上岸后，我安稳地把她送到“大海母亲”的雕像前。我的任务也算圆满完成了。

把她安顿好，我又在一边的“温馨早餐车”上给她买了份热腾腾的蛋卷饼、珍珠奶茶，小心地放到她的手上。这算是我的一份小小的心意。

临别时，只听得她一连串银铃般的声音，谢谢万叔叔，您慢走！

这天讲课后，我又参加了主办单位的一些观摩项目，并用了晚餐，才匆匆来到江边轮渡码头，准备赶最后一班渡轮回家。当我赶到码头时，我无意中朝早上安顿蒙面少女的地方瞧了一眼，不觉吃了一惊：蒙面少女仍旧坐在“大海母亲”雕像下，安静得像另一尊雕像。

我急忙赶过去，问，见到你的隐形男孩了吗？

蒙面少女平静地摇摇头，轻轻地说，他没来。

你在这坐了整整一天？我问。

她微微地点了点头，似乎在说一个跟她关联并不大的人的境遇。

我急了，又问，你联系上他了吗？

她说，联系了，他一直关机。

让我看看他的手机号码。我说。

我的手机没电了。她说。

我觉得非常抱歉，竟然把一名高度弱视的远方来的少女丢在轮渡码头整整一天。我马上与我的朋友联系。我的那位朋友也正在着急，说，约定的蒙面少女与隐形男孩见面的音乐网络直播时间即将到了，而他们双双失联了。

朋友说，你得先连上网络，你的手机也可以，我拉你进去。

我跟朋友说，我估计女孩到现在还饿着肚子呢，最后一班的渡轮就要起航了。我得带她上船，我得给她找吃的。

上了渡轮，我安顿她坐下，一边给她找吃的，一边开始用我的手机进行网络直播。

蒙面少女取出她的琴，边弹边唱，神态可爱、笑容可掬、音色甜美、款款动人。

没想到，一会儿，隐形男孩也出现了，在网络上，也是边弹边唱，活泼萌动、青春焕发、声音浑厚、充满磁性。

渡轮上，顿时围过来很多乘客，大家不约而同地掏出手机，拍着录像。我还不时听有人在说，我们遇上蒙面少女了，真幸运，真意想不到。看来，蒙面少女还真是个网红。

渡轮到对岸了，我们的直播也即将结束。朋友兴奋地跟我视频聊天，问我，你知道吗，刚才的直播，吸引了多少粉丝？二十万，二十万呀！这是一次网络盛宴，你知道有多少人为此痴狂？谢谢你！多亏了你。否则，我们这次精心策划的见面会让多少人因为他们的失联而极度失望。是你救了场。谢谢你，谢谢你！

我冷冷地问，那隐形男孩到底是怎么回事？

朋友说，他其实是个高位截瘫的残疾人。他们是网络上的一对金童玉女，有好多共同的粉丝。今天，正巧是他俩十八岁的生日。我们早就开始策划这一次具有划时代意义的见面。可是，到了后来，隐形男孩的父母知道了，他们不同意他俩见面，隐形男孩只能放了蒙面少女的鸽子。是你的热忱相助，他们总算没让网络上的粉丝们失望。

切断手机，我背起大琴盒、拎起小行李箱，腾出一只手，扶蒙面女孩上岸。

我掏钱把她安顿在靠江的一家快捷旅店，备了些点心，又给朋友发了一个定位，有点儿不放心地离开了宾馆。

第二天一早，我去外地参加一个学术会议。高铁上，我见几个年轻人在边看网络视频边兴奋地谈论蒙面少女与隐形男孩的音乐见面会。

一半视频是我拍的，我知道蒙面少女为此饿着肚子整整等了一天。

河上有风之万某庚

非　鱼

很久没到河边到桥上来了。

泄洪之后的河水浑浊、细瘦，失去了往日的磅礴气势，裸露的河滩被茂盛的葎草占领，除了来往两省的车辆依然匆匆忙忙，桥上驻足的人少了，我也去得少了。

遇到万某庚的那天纯属意外。

我原本是要约一个师妹吃饭，想在毕业前让自己的感情有个着落，她答应时明明很开心，可临到吃饭的时间了，她却发微信说有急事来不了。我选择从善良的角度出发，去理解她说的急事，但心里还是很憋闷，打算独自去吃饭。刚出校门，我就看到了她的背影，旁边还有一个男生。

这就是她说的急事。为什么总有人喜欢开这样的玩笑，每天我们遇到的玩笑已经够多了。

出师未捷身先死，悲催。

我又晃荡到河边，在一片灿烂的晚霞中看到了万某庚。

河边人很少，远远就看到了他。他越过栏杆，坐在堤岸的斜坡上，伸长了两条腿，弓着腰，仰着头，那颗锃亮的脑袋泛着明亮的光，黑色松垮的背心遮盖之外，两条赤绛色肌肉饱满的胳膊支在身体两侧。他的面前，是河水退去后形成的一个小小的湖泊，湖边有人在钓鱼。

如果我没有记错，那个湖泊的位置，之前是一个码头，码头上常年停泊着几艘船，船上标注着号码，船与船之间，圈养着鸭子、鹅、灰雁。几条小船和快艇在河面上往来穿梭。

当然，那几条船是一直泊在那里的，船成了吃饭的场所，大家俗称渔村。城市紧依黄河，河水一个弯下来，弯住几条船，就成了渔村。夜晚，船上彩灯闪烁，人声鼎沸，偶尔，有客人会要求把船开到河中心泊下来。站在甲板上，四周静寂，河水汤汤，风从耳边吹过，明月高悬或斜挂，又大又亮的金星站在对岸隐约起伏的山顶，别有味道，吃饭倒成了其次。

我只在船上吃过一次饭，是蹭导师的饭局。他来敬酒，见过，好像姓万，就叫他万某庚吧。他那颗圆得不像话的脑袋，和来者不拒的酒量，让我记忆深刻。

那时的他和现在的他，完全是两种状态。怎么说呢，那时他更像一条河中自在的黄河大鲤鱼，端着酒杯，满面笑容，与每个客人把酒言欢，现在，则完全像躺在砧板上等待腌制的鱼了，气息微弱。

我在他身后站了很久，最后还是翻越栏杆，坐在他旁边。

船拆了？我问他。

拆了。他看也没看我一眼。

我在你的船上吃过饭。

很多人都吃过，喜欢我做的鱼和炖菜。

拆船的时候，路封了，我远远地看过一眼，阵势很大，各种机器轰鸣穿梭。有关河道治理的新闻，在网上看的，但没想到这么快。

损失不少。我说。

这倒没啥，政府有补偿，就是舍不得啊。我在这儿快三十年了，孩子都在船上长大。他扭头看了我一眼。我儿子和你大小差不多。

我笑笑。你儿子现在上学还是工作？

他看着远处的河。他要在的话，应该在市里工作了吧，也可能都已经娶媳妇了，说不定娃都有了。

哦。我咕哝一声，很显然这里隐藏了一个悲伤或曲折的故事。船拆了你做什么？

船没了，人得活啊，别的不会，只能开饭店了，还做鱼和炖菜。我儿子不喜欢吃鱼，他说看不了鱼眼睛。一个从小在船上长大的孩子，看不了鱼眼睛，倒真是怪了。我们天生就是吃鱼饭的，捞鱼、杀鱼、卖鱼、做鱼，从我爷那辈儿算起，到我爹，我，三辈人了，都是干这个，就他，生在船上，长在船上，却不喜欢船，也不喜欢水，不喜欢鱼。

他突然大声说，嗨，在水坑里钓鱼，急死人，一网下去，多过瘾。

你喜欢吃鱼吗？万某庚问我。

不喜欢。主要是不会吃，一堆鱼刺，麻烦。我说。我在山上长大，从小不吃鱼。

我儿子从小在水里长大，也不爱吃鱼。你说，他是随了谁呢？

他的头低垂，我看到了他脸上的悲伤。我说，有些人，有些事，就是很难说清楚。

不爱吃就不吃吧，现在船没了，鱼也少了，想吃，大都是养殖的，肉都没嚼头。他说。

你儿子，是在河里出事的？我试探着问。

是啊。那天，我让他和他叔去收网箱，他站在岸上，说不去。我吼他，说客人预订了，晚上七八桌呢，赶紧的。他嘟嘟囔囔地跟他叔上了小船，就再也没回来。他叔说，看见他侧身去捞漂浮的垃圾，转个脸，人就不见了。

我不知道该如何劝他。这条河，对他而言，感情太复杂了，是该爱还是该恨？

万某庚突然站起来，拍了拍屁股，冲着远处瘦弱的河道说，船没了，河还在，大鱼，还都在河里呢。

他明亮的脑袋此刻金光闪闪。我说，这是黄河，可不永远都在。他看了我一眼，嘴角轻轻扯了一下，算是打过招呼，然后利索地翻过栏杆，走了。

山尖上最后一抹橙红的光消失了，那颗硕大的金星亮起来。这时，师妹打过来电话。她说抱歉，她表哥来市里出差，所以才临时爽约。

这该死的风。吹久了，头还真有点儿疼。

两小只

邓建华

后院，物业特别交代过，谁家使用就谁家来打理。

看着扯不尽的野草，老陶不免有点儿急。有个邻居建议，你可以请乡下老弟背个喷雾器来，打上一两遍百草枯，不就干干净净了？老陶不是没想过，只是他看见草丛里总有三五只肥嘟嘟的癞蛤蟆在动，就下不了这个决心。

唉，让这些癞蛤蟆死在自己手里，那怎么行呢？只要活着，万一它们哪天吃到天鹅肉了呢？

于是，老陶就到一家杂货店，选了把锋利的镰刀。没办法，还是和野草硬拼算了。乡村出来的，砍柴、打青、割牛草做过那么多年，这个业务还能不熟？

星期天一早，老陶就上岗了。有风吹过，满院杂草起起伏伏露珠滚落，一只有点儿“资历”的癞蛤蟆趴在草丛里闭目养神。老陶一脚将它拨开，它一泡尿就撒了过来。

老陶骂道，你还成精了啊，惹不起了？信不信我把你给逮住、剖开、晒干、磨粉，送给患癌的黄十万去泡水喝、煎蛋吃？

癞蛤蟆可能是真的听懂了，一转身，就跳走了。老陶一笑，摸支烟点着，准备开镰割草。镰刀刚举起来，老陶突然就僵在那里。

我的天，这是什么？

两小只！两小只……黄鼠狼？它们毛光水滑立着行走，相互搀着肩，眼还四处瞅。不知道它们在找什么宝贝，不知道它们在看什么稀奇，根本无视眼前他这个大活人——这个拿着一把锋利镰刀、满脸胡茬儿的五大三粗的老男人。

它们不疾不徐，从老陶的脚边走过去。对，不是溜过去，是走！在一个没有盖好的下水道口，它们仍保持着嘻嘻哈哈的样子，逗留了片刻，直接就下去了。

城里为什么会有它们？听说乡下好多年都难看见。老陶记得，还是自己八九岁的时候看见过这样的家伙。

那天早上，他到黑狗坡的高岸田去捡田螺，妈妈喊他回家吃饭时，他突然看见，抽水渠里有一只这样的精怪在试图跳上来。他听妈妈说过，这家伙不仅是偷鸡高手，而且还特别记仇。要不你就别打，要打就给打死。他的斗志一下子高涨起来。他拿起湿漉漉的田螺当炮弹，狠狠发起攻击。那精怪被他打得蹿起老高，伤痕累累。眼看就可以抓到手了，可刚刚靠近它，它突然放出一串串臭屁。那个臭啊，是让人一辈子都不能够忘却的味道。就这样，在老陶还是小陶的时候，不仅没有逮到猎物，而且白白损失了一桶子田螺，还被臭了个半死。后来，连身上那套衣服都没法穿了，洗了三五遍，臭味儿却是总也除不掉。

想不到啊，几十年后，在城市里，居然还能够碰见这些家伙。

老陶再点一支烟。他要好好想一想，刚刚那两小只在想什么？它们是从哪来的，又往哪里去？是自己先住这里，还是它们先住这里的？

老陶狠狠吸了一口烟。他要好好想一想，刚才为什么没有想法，让它们试试镰刀是否锋利，而只是看着它们，从容不迫地走开？它们还会来吗？它们听说过田螺的故事吗？

哦哦，难怪，这里草多树杂，没有见到蛇和老鼠，是因为有它们在？

烟吸完了，老陶已没了割草的兴趣。

他慌慌张张地回到屋里，洗手，收拾镰刀。他要再好好想想。

这时候，响起了敲门声。老陶把门打开，两个小孙子欢呼雀跃进来。

星期天，他们到爷爷家来打闹了。两个小家伙儿相互攀着肩，眼还四处瞅，找寻有什么好东西吃，有什么东西好玩。

老陶心一惊，突然就明白了，自己刚才为什么没有挥舞镰刀。

父亲变成马的那一天

刘诗寒

父亲变成马的那一天，母亲和我就站在他的身旁。

那天夜里，残云遮月，星辰隐蔽，爷爷将洗脸盆摔在了墙面上，撞出一阵山响。他像往常一样，刚喝完一瓶二锅头，烈酒在肚子里翻腾着，将他的灵魂搅得不得安宁。他瞪着烧得通红的眼珠子望着父亲，动作矫健得就像个小伙子一样骑在了父亲身上，而枯瘦的父亲却宛如一匹老迈的马，不停地喘着粗气，躺在地上像个泄了气的皮球，一点点地干瘪下去。

爷爷扬起胳膊，朝父亲的脸上打去，一下接着一下，打得无比响亮。

爷爷又扬起腿，将前来劝架的奶奶踹在了门槛上，不仅撞破了她的脸，而且磕坏了她的腰。

那条白狗哆哆嗦嗦地缩在墙角，浑浊的狗眼盯着父亲快要翻白的鱼眼。它嘴里打着呼噜，显然是吓坏了。

爷爷脖子上直爆青筋，嚷道：“我们家祖上几代本本分分！竟然出现你这样的畜生！滚，离开这个家！永远也不要再回来！”

母亲就站在一旁，盯着父亲跌进尘埃里的脸，嘴角布满了灰尘，鼻孔渗出一丝鲜血。母亲的表情很平静，好像她也认为爷爷这样做是对的。

爷爷的喊声划破了寂静的夜空。

离我们家两公里远的深巷不停地传来犬吠。

就在前一天，父亲送给我一只白狗陪我玩耍，我特别喜欢它。说心里话，父亲每一次都会变着法儿地送给我各种我喜爱的东西。

但是爷爷却将白狗一脚踢开，愤怒地说：“别动！这又是偷来的！”

我便害怕地将白狗放在了一旁。

直到派出所的警察来到了我们家……

畜生！屈心的孽障！爷爷每次都会这样叨念着让人听起来胆战心惊的话，他的眼睛里同时也闪现出来他们父子曾在院子里对峙的场景。

父亲长相粗俗，豁着两颗门牙，游手好闲，气管还不好，常常哮喘，算命先生说他活不过十八岁，可他却顽强地活到了现在，并娶了我的母亲，还生下了我。

我对母亲说，我不喜欢父亲，我很讨厌他，讨厌他给我的一切，玩具、书包、学费。还有，我听到人们背地里的窃窃私语和声声叩问，说他就是一个贼，一个盗窃犯。我想，他给我搭建的城堡，很有可能是用各种见不得人的方式偷来的。

所以我不喜欢他，甚至是厌恶他。

我不知道这些话是不是违心的。

我说：“我不喜欢他。”

而母亲却一直沉默着，后来她说：“连我都是他偷来的。”

我便不再说话了，因为我不能不喜欢我的母亲。

最先看到父亲变成马的，是我们的街坊邻居。他们手指向远方，一脸诡异地对着我笑嘻嘻地说：“鸟儿，那就是你爸。”

“在哪儿？”我傻里傻气地张望着。

我很久都没有看到父亲了。

我顺着他们手指的方向看去，辽阔无边的大野地里，一匹老迈而又略显笨拙的马，没有任何嘶鸣，马蹄踩进深沉的大地里，埋着头，漫无目的，孤独地朝着夕阳奔跑。

后面，有一群农民在追逐着它。

父亲真的变成一匹马了吗？也就是爷爷口中常骂的畜生？

我怀疑父亲是不是疯了，母亲却什么都没有讲，她低下头，感到很羞耻。

我问母亲："父亲为什么不再是人了？变成龙，变成凤凰，哪怕变成其他一些说得过去的动物也行啊！"

母亲说："这已经是你爸最大的本事了，变成一匹马也没什么不好。"

爷爷去世的那天夜里，他也像匹失去族群的老马一样，没有了力气，身躯渐渐坍塌。有人看见父亲站在大野地里，面朝家的方向，发出阵阵嘶鸣。爷爷的耳朵抖动了一下，眼睛盯着天花板，嘴角微微颤抖着，像在诉说着什么。

后来母亲对我说，爷爷是在呼唤着父亲的乳名，他一定很悲凉，也很难过，是他放弃了那个小偷小摸的父亲，任他像恶之花一样在暗夜里生长。父亲曾经也是一个不谙世事的婴儿，只是在奔跑的过程中迷失了方向。爷爷的暴虐不仅使他失去了自身的父爱，而且失去了他曾最心爱的小马驹。

母亲就这样一个人带着我，我也渐渐长大，当我再见到父亲的时候，我们中间不光隔着一层铁栅栏，似乎也隔着无法逾越的鸿沟。他试图努力地扬起手臂向我挥动，可我感觉他不像来自我们这个世界里的人。我害怕极了，试图逃离……

你知道吗，羚羊宁可溺死在湖里被鳄鱼吃掉，也不愿意丢掉小羊。

我知道，妈妈。

这也是我为什么一直没有放弃的原因。

我知道，妈妈。

你爷爷曾经放弃了他，可我们不能。

我知道，妈妈。

后来，每当有人一脸假笑地问我："鸟儿，你爸呢？他什么时候回来啊？"

我说："快了。"

快了？

我鼓起勇气，又走进了男子第一监狱，心中对自己说："是的，快了！"

不曾失落的春天

丁迎新

又一个春天兴奋地扑进门的时候，老人的脚，正蹒跚地朝着门外遥远的方向。

春天是老人最喜欢的孩子，比对自己的孙子还喜欢。孙子顽皮了捣蛋了，至少会骂几句，但打是不会的，只是装腔作势罢了。但对春天，他只会在心尖上宠着捧着，一个眼色一个表情都在意不过，生怕恼了溜了走了，使出全身的力气拴住才好，不离左右。

其实春天也有顽皮的时候，稍不留神就变了脸，阴着、黑着、气着，刮风，下雨，做出魔鬼似的吓人的样子，闹腾一番，发疯一番。但没耳性，从不记仇，转个身，就又知错地娇羞上了，比那性情好的女娃子还温顺。春天犯下再大的错，老人都不会见怪，这是老人给予春天的特殊待遇。

没有了春天，才是世间最大的错。人算啥？世间不起眼的一小粒灰尘。这是老人与人争辩时的说辞，说时很急促，带着点儿气愤，还有恨铁不成钢的意思。好像是说，这么浅显的道理，怎么就不懂呢？还不如我一个不识几个大字的老农。

春雨贵如油，春时就是农人的命。

但现在，老人是老了、迟钝了吧？连春天也不认识了？

最愤懑不过的是搁在门后和墙角的农具们，还有那些个头儿大些的，架在屋后檐角下。它们中有锄、有镐、有锹、有铲、有镰、有斧、有耙、有筐、有箩、有犁、有耧、有耢，它们的眼睛都望干巴了，心急火燎得似乎一粒小火星就能使它们燃烧起来，碰一下它们就能冲进地里翻江倒海。曾经，它们多威风呀，横冲直撞，一往无前，没有什么能挡住它们的步伐，连春天都怕它们几分，秋天就是它们造出来的，想要秋天什么样就是什么样。它们的心大着呢，装得下天，装得下地，最骄傲的是寿命，比人还长，送走了一代又一代人，像血脉和香火，绵延不息。

农具们那个急呀，心急干了、碎了，躯体龟裂了、枯了，一口气吹过去，仿佛就消失了曾经的威武，一切归于尘土。一次次地等待，一次次地落空，已经好些年了，那个带它们出门的人，一直不再出现。他是丢弃了它们，还是忘记了它们？儿女再好，那是我们帮你辛苦养大的呀，成了人，有了出息，到了叫作城市的地方。他们孝敬你了，供养你了，那我们呢？

这个春天，老人是来告别的。

老伴儿去世后，儿女硬是锁了门，把老人接到了城里。可是城里有楼，有马路，有汽车，有商场，唯独没有田地的影子，连泥土味儿都闻不着，也没有最亲近最喜爱的农具。

老人病了，医院查不出问题，反正是病。只有每个周末，儿女开车带着老人到城郊到农村转上一圈，病才会轻些。老人不知足，不过瘾，不解馋。老人说自己就是土，就是农具，就是种子。老人又说得回来告别一下，趁着还清醒、还记得，得把回家的路记在心里。

从进门到出门，屋里的边边角角都到了，可目光是直的、模糊的，如同他粗糙的大手，只在表面一掠而过。从进门的那一刻起，老人压根儿就不敢看一眼那些农具，他怕看一眼就会粘上，割不断，撕扯不开，更怕老伙计们嘲笑和怪罪他，骂他无情无义。老人的痛苦和无奈，只有他自己知道。

老人何尝愿意丢下它们？只是带不走啊，跟带不走田地是一个意思。

只是匆匆一圈，匆匆一眼，老人就转身出来，已经蹒跚的脚步更添了踉跄。他怕自己会软下来，身子、腿脚和心思一起软，从此赖在了这里。但答应过儿女的呀，不能耍赖，老人一生从没耍过赖，对人，对物，对田地，从来都是说到做到。

老人走了，哭还在，直到一个年轻的身影回来。他轻巧地搬出农具，放到车上，一溜烟儿拉到一个新地方，窗明几净的，像几千年来的老百姓供奉祖宗牌位一样，鲜亮地陈列起来——“农耕博物馆”，时光记住了历史。

一路之上，农具们惊讶地发现，田地变了，变得不再像田地。看不到人，只有庞大的机械来回穿梭，庞大但并不笨重，所有的劳作胜过女人手中的绣花针，像是在绣花，也像是在画画。不用看收获，只看这劳作的画面就让你心悦诚服了。

农具们这才知道，没有哪一块田地会在春天里闲着，现如今的田地，一年四季都是春天了。春天一直都在的。传统而古老的农具们的春天，已经移去了原来它们想都不敢想象的地方，与更多的年轻人、学生娃一起分享。

第二辑

太后的午餐

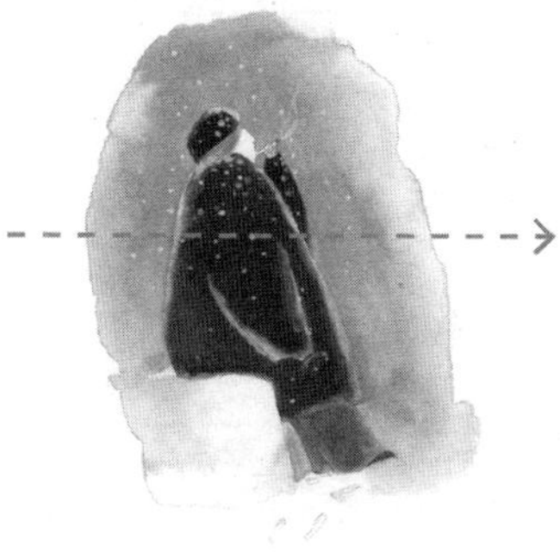

太后的午餐

侯德云

光绪二十六年七月二十一日巳时刚过，三辆牲口拉的轿车和一辆拉杂物的蒲笼车，出现在颐和园北侧的乡间土路上，朝着更远的北方，颠簸而行。

第一辆轿车上坐着三个人：一位是大清国慈禧皇太后，身穿半新半旧深蓝色大襟褂，浅蓝色裤子，全新的黑鞋白袜，后脑上一盏盘羊式发髻；一位是光绪皇帝，身穿深蓝色无领长衫，肥大的黑裤，圆领小草帽，活脱脱一个商号的小伙计；两人身后是太后寝宫乐寿堂的掌事大丫头娟子。

第二辆轿车上坐着大阿哥、隆裕皇后、瑾妃和侍女。

第三辆，坐着几个皇亲国戚的女眷和伴驾的格格。

蒲笼车上除了杂物，还坐着太后的贴身大丫头荣儿。

荣儿的头等差事是侍候太后抽水烟。

太后不可一日无水烟。

车队前方，走着乐寿堂二总管崔玉贵。车队后边，走着乐寿堂大总管李莲英。这二位在宫里有个外号叫“哼哈二将”，现在正好一前一后护卫着太后和皇上。

各色人等，都一律汉人打扮。

那天一大早，车队慌慌张张出了京城，途中在颐和园小憩片刻，又匆匆赶路。八国联军已经攻进北京，谁都不知身后有无追兵，也不知此行的终点在何方。

由于走得过于匆忙，既没带吃的也没带喝的，都天真地以为，只要带着银子就可以。

路两边是一望无际的青纱帐，一丝风也没有，太阳瞅着就像火盆一样。昨天下过一场雨，地面的湿气蒸腾上来，汗水渗透衣衫，难受劲儿就别提了。

正午时分，总算走到一个小小的集镇。车夫对太后说："老人家，不能再走了，牲口该喂了，人也得吃点儿东西呀。"

"老人家"就是太后。太后有旨，逃亡路上，无论何人都得管她叫"老人家"，同时管皇上叫"当家的"，万不可暴露身份。

太后听了车夫的话，身子一动不动，对光绪说："当家的，你发个话。"

光绪说："歇歇吧。"

这些话都是娟子后来告诉荣儿的。

停了轿车，李莲英和崔玉贵赶紧上街买吃的，可是所到之处，各家店门一律紧闭，室内空无一人，连民宅也是空的。后来在大车店里逮着一个乡民，好说歹说，用十两银子买了他半亩地的玉米和豇豆。

荣儿和娟子好一通忙活，剥玉米剥豇豆，煮玉米煮豇豆。在大车店的厨房里烟熏火燎，呛得二人不停地咳嗽。

荣儿和娟子边咳嗽边说话。

荣儿说："这时候洋人该进宫了吧？留在宫里的姐妹们不知怎么样了。"

娟子说："能怎么样？大概都跳井上吊了吧。"

荣儿说："临行前她们把首饰都给了咱俩，就是预备去死的。"

说完二人大哭起来。

崔玉贵过来帮忙，听见对话和哭声，接茬说："姑娘别怕，就当咱们已经死了吧，现在能喘气算是赚的。事到临头须放胆，死都不怕，别的就没什么好怕。"

等崔玉贵离开，娟子对荣儿说："难得崔总管狗嘴里能吐出个象牙来。"

娟子深得太后宠爱，并不把崔玉贵放在眼里，常在荣儿面前说他的坏话。

不过这一回，荣儿没有迎合娟子，只兀自小声说了句：“就当是已经死了吧。”

不大一会儿工夫，崔玉贵又回来了，对她们说：“兵荒马乱的，有银子也买不到东西，以后几天怕是更难，咱们是老人家身边的人，无论如何也得想出办法，不能让老人家挨饿。”

荣儿和娟子又哭了起来。

娟子说：“那就割我们俩的肉吧，先割我的，我不怕。”

荣儿说：“还是先割我的，我也不怕。”

崔玉贵说：“姑娘，咱谁的肉都不割，多尽心尽力就可以。”

这时一个车夫手持一棒生玉米，边啃边往厨房这边走，生玉米的白浆顺着车夫的嘴角淌下来。

崔玉贵说：“实在没辙，我们也可以啃生玉米。到处都是青纱帐，老天爷有眼，饿不死咱这些小家雀。”

娟子瞪了崔玉贵一眼，崔赶紧改口：“咱们可以生吃，老人家和当家的当然不能。”

午饭做好了，按人头每人一棒玉米加半碗豇豆粒。太后和光绪都不吃，只各自喝了一碗热水。

按李莲英的安排，把没来得及煮的青玉米和豇豆角全部装上蒲笼车，还砍了两大捆玉米秆绑在车上。

车队出发前，娟子递给荣儿一个布包，包里有两棒熟玉米。

娟子要荣儿跟她换车。娟子说：“给你一个机会单独去孝敬老人家和当家的。”

荣儿知道娟子是想让她在太后和光绪面前有一个露脸的机会。娟子对荣儿的好，荣儿在心里记了一辈子。

轿车里很热。热气和牲口的腥膻味儿，让人非常恶心。但这些都还能忍。最难忍的，是喉咙渴得要冒烟。

李莲英吩咐崔玉贵给各辆轿车都送去几枝削掉外皮的玉米秆，让大家嚼玉米秆解渴。

太后拿起玉米秆，瞅瞅光绪，又瞅瞅荣儿。光绪和荣儿都半低着头，不敢看她。

太后忍不住一小口一小口嚼起来。随后光绪开嚼，荣儿也开嚼。

下午三点，是太后平时午后加餐的时辰。荣儿掀起车帘子，瞅瞅太阳，估计时辰差不多了，这才把娟子的孝心禀报给两位主子。

荣儿觉得，她不能抢了人家娟子的功劳。

太后听完，慢声细语地说了句："娟子和荣儿都有孝心。"

荣儿把一棒熟玉米呈给光绪，光绪接过就啃，狼吞虎咽，一点点皇帝的风度都没有。荣儿把另一棒上的玉米粒轻轻剥下来，放到手绢上，然后双手捧给太后。

太后拔下头上的簪子，用簪子扎玉米粒，斯斯文文，扎一粒吃一粒。

太后的眼泪像玉米粒一样，从眼角簌簌往下落。

太后边落泪边说："要是能有几个鸡蛋吃吃就好了。"

颐和园的一天

侯德云

光绪二十年五月底的一天，天刚亮，颐和园乐寿堂便被阵阵鸟叫声惊醒。在正门口悬挂的一只鸟笼里，有两只五彩鹦鹉一声接一声地叫，叫声里时而夹杂着人声，听着很像李莲英的腔调：老佛爷吉祥，老佛爷万寿。

颐和园乐寿堂，还有个别名，叫“玉堂春富贵”，缘于周边种满了玉兰、海棠、迎春和牡丹。

老佛爷在五彩鹦鹉的祝福声中笑吟吟地起床，笑吟吟地梳头洗漱，笑吟吟地传早膳。

鹦鹉叫门，是乐寿堂总管李莲英的杰作之一。这只是一个开场，好戏还都在后头。

本年十月初十是老佛爷六十“万寿”盛典，这是大喜的年份，谁不想把老佛爷哄得开心呢。

用罢早膳，老佛爷照例要到乐寿堂前赏鸽子。一群鸽子，浑身白色，但脖子上有套黑圈的，有套紫圈的，有不光套圈还戴着肚兜的，有肚兜上还闪着紫红色亮光的。有几只浑身纯黑色脖子上套白圈的，取名玉环。还有几只俗称“小灰”的银灰色小鸽子，不是很好看，但打出的“水声”像一串银铃铛似的，那真叫一个好听。听说小灰是山海关总兵进贡的，他可真是有心。

鸽子有天敌，头上飞的雀鹰，脚下跑的黄鼠狼，都是。还有些野鸽子整天混在老佛爷的鸽群里骗吃骗喝，这哪行啊。那些护军，整天拿着弓弩，在园子四边转悠，一门心思消灭鸽子的天敌和那些野生的杂种。

赏完鸽子便是游湖。这年夏天来得早，昆明湖中的荷花，一朵朵都笑盈盈的。老佛爷昨个儿已经吩咐下去，说明天游湖。马动铃铛响，老佛爷一动，整个颐和园都要动。从护军到敬事房，不光动，还要早早地动起来。

9 点刚过，龙舟开始启动。琉璃瓦式的舱盖金光闪闪，舱的两边挂着龙凤呈祥流苏幔帐，舱中摆着团龙宝座，两根朱红抱柱上刻着金字对联。船头的桅杆上高悬一面黄龙旗，丝绣的腾龙在空中舞动，两条蓝色金丝龙须飘拂而下，落到水中，鱼一般随船游动。

陪侍老佛爷的，有恭亲王的女儿荣寿公主，人称大公主；有庆亲王的女儿四格格；有内务府大臣庆善的女儿元大奶奶。这三位贵妇有个共性，都是先由老佛爷指婚，之后很快成为寡妇。老佛爷似乎有点儿过意不去，常派人把她们请到宫里或园子里游玩。

龙舟后面三丈远，有一条同样大小的副船，除舱顶漆成绿色、没有团龙宝座和桅杆稍短之外，格局跟龙舟差不多。主座坐着隆裕皇后，陪座是珍、瑾二嫔，还有几位王公家的贵妇。

龙舟在水上缓缓航行。前面两只小艇，时而靠近，时而避开，活像龙的两支触须。御膳房的两条船，在龙舟两侧随行，一是茶船，二是膳船。远处湖面上，三三两两点缀着一些更小的船，太监们叫它“飘扇扇”。一船二人，一太监做艄公，一宫女做江南女子状，泊于荷花丛中，活生生一幅江南水乡采莲图。

蓦然音乐声起，先是东面的笛声，再是西面的箫声，还有清脆的琵琶和檀板声……不知何时，龙舟周边出现了几条音乐船。

太阳升高，湖面上霞光万道，龙舟好像行进在水晶宫里一样。先是向西绕一个弧形，到玉带桥，西堤六桥，再划向湖心。这时音乐声戛然而止。片刻之后，南岸传来一阵哨声，一群名叫花和尚的小鸟，由北向南朝哨声飞去，一边飞还一边呼唤同伴：“胡——饽饽，胡——饽饽。”过一阵子，南岸哨声停止，北岸哨声响起，那群花和尚又飞向北岸，还是满嘴的“胡——饽饽”。

老佛爷看了也听了，说声“傻东西”，随后咯咯笑起来。老佛爷一咯咯，整个龙舟都咯咯起来，就数李莲英咯咯得最响。

船到湖心，老佛爷发布懿旨停船传膳。李莲英走到船尾，将竹筒喇叭一吹，左右的茶船和膳船迅速靠拢，用翘板跟龙舟连接。东边的膳船是上菜的船，西边的茶船此时便成为撤菜的船。此时音乐再次响起。

老佛爷的午餐跟在宫里一样，一百二十道菜是必不可少的。龙舟上的膳厅格局小，侍膳的大公主启禀老佛爷之后，拣无关紧要的往下撤，或者吃过一两口的都往下撤，送到副船给皇后和贵妇们吃。场面热闹得很，这边川流不息上菜，那边又不断往下撤。

老佛爷用半个时辰吃完饭，对站在身侧的大公主说："你也在这儿吃吧。"

大公主谢恩，一边跟老佛爷说话，一边吃饭。

音乐声一直响着。

膳后，老佛爷下旨，将龙舟划往南湖岛上岸休息。刚上岸，李莲英就狗摇尾巴似的禀告："老佛爷今天游湖，连鱼都高兴呢。老佛爷您伸出玉手，往水皮一沾，鱼会往您手上跳呢。"

老佛爷笑吟吟看了李莲英一眼，慢慢蹲下身子，把手指往水面一伸，刹那间奇迹出现，一群大大小小的鱼前呼后拥，白花花一片，在水面上泼哧哧乱跳，湖水溅了老佛爷一身。

老佛爷又一次咯咯地笑起来："给赏！"

当天晚上老佛爷听书，也就是让太监来说书，刘邦、项羽、程咬金什么的，引逗得老佛爷骂那个夸这个。这是宫里的老把戏，不说也罢。

老佛爷当然知道，颐和园里的鹦鹉、鸽子、音乐、花和尚小鸟、传膳、逗鱼等情状，都是李莲英苦心经营出来的。以逗鱼为例，那是李莲英花费几年工夫，喂了几百担红虫才换来老佛爷的开心一瞬间。

李莲英经常对乐寿堂的太监宫女说："老佛爷是天地间最尊贵的人，天上飞的，水里游的，都应该向她表达敬意。"

李莲英人虽长得丑，事却干得漂亮，老佛爷喜欢得不得了。那些个太监宫女背地里给他取了个绰号，叫"佛见喜"。

陈公弼与苏东坡

申 平

苏东坡刚入官场时，并不叫苏东坡。他本名苏轼，字子瞻，另外还有一个雅号，叫作苏贤良。

那年他金榜高中，名动京师，正在自我陶醉时，却不料被派到既偏又穷的陕西凤翔府，当了个小小的签判（秘书），不免有大材小用之感。说实话，他全靠“苏贤良”这个尊称活着呢！

但自从那个陈黑子上任以后，这个称呼竟然被无情地取缔了。

那天早上，东坡和往日一样上班，但见他身着锦袍，足蹬快靴，昂首走路，一副与众不同的模样。路遇同事，那个亲切的称呼便在耳边响起：

“苏贤良，你早！”

“你好，苏贤良。”

东坡心中熨帖，颔首微笑，口中回复，俨然谦谦君子。

突然听见一声断喝，宛如狮吼：“住口，什么苏贤良！一个小小的签判，也敢妄称贤良。以后谁敢再这样叫，重责四十大板！”

东坡扭头，见是一个黑脸壮汉，别看个子小，眼睛却不小，目光凶狠，令人望而生畏。他立即认出来了，这是新任知府陈公弼，昨天他们已经见过面了。听说他是行伍出身，并没多少文化。不过他自称是青神县人，和自己是老乡。正待有机会聊聊，不想这么不给面子。东坡不由得停下脚步说道：“大人，卑职这苏贤良的称呼，不是妄称。我曾经参加过贤良方正科的考试，名列优等。大家这样叫我，并无不妥！”

不料陈公弼听了，一双牛卵般的眼睛立刻瞪向他，厉声喝道：“你娃娃还嫩，懂个屁！你的进士也是考的呢，难道也要叫出来吗！记住你现在的身份就是签判，赶快去给我整理文书，本官等着签发上报！”

“陈黑子！”东坡心中暗自骂道，自此便在心里恨上了他。

不想这陈公弼比他心眼还小，竟然开始找他的麻烦。东坡很快将一些文稿拟就上报，自觉文采飞扬，也好让陈黑子见识一下新科进士的厉害，不想那厮一看，竟然又是牛卵眼一瞪：“我说苏轼，请问你写的这是公文呀还是花花文章啊，快给我重写！”

从这开始，东坡和陈黑子的战争就打响了。不但他起草的公文动不动就被那厮改得面目皆非，而且就连他下乡体察民情，写的有关《差役法》弊端的调查报告，也被陈黑子压起来不做回复。东坡又气又恨。这日，陈黑子召集开会，苏轼故意缺席，以示抗议。

不想麻烦更大了。据说陈黑子暴跳如雷，当众宣布，苏轼无故不来开会，罚黄铜八斤，以儆效尤。从此以后，府衙开会，有时还故意不通知苏轼来参加了。

大名鼎鼎的苏轼，就连一代宗师欧阳修也要让他三分的苏轼，却落到这样一介武夫手下，整天受这样的窝囊气，东坡心中充满怨气，整日借酒浇愁。

这天夜里，东坡睡不着觉。他想起来到凤翔任职之前，当朝宰相韩琦曾经特意接见他，拍着他的肩膀说：“小苏啊，你去了好好历练，遇到什么困难，可直接写信给我。”东坡立刻起身下地，来到书房，点亮蜡烛，铺好纸砚，奋笔疾书……

自从给韩琦的信件发出后，东坡再看陈公弼，眼神就有点儿躲躲闪闪。他心中有不安也有期盼，不安的是这陈黑子毕竟也没把自己怎么样，你却告了人家的黑状；期盼的是朝廷突然来人，宣布陈公弼因不关心百姓疾苦，加之打压人才而被降职。两种想法在心中纠结，东坡感觉更加痛苦。有时他想，人啊，活着怎么就这么累哟！

不想陈黑子对东坡的态度突然好转起来，这倒让他有点儿丈二和尚摸不着头脑。也不知道是那封信起了作用，还是陈黑子黄鼠狼给鸡拜年。几天后他才知道，原来是陈公弼主持建造的凌虚台马上要竣工了，要苏轼写一篇《凌虚台记》。哼，你牛，到最后还得来求老子吧！且看我如何借题发挥。

“物之废兴成毁，不可得而知也……夫台犹不足恃以长久，而况于人事之得丧，而说于人事之得丧，忽往而忽来者欤！”当晚，东坡书房的灯火彻夜不息，他历数历代楼台兴废，指出当权者不过是忽往忽来的匆匆过客，只有为老百姓办好事办实事，才能千古不朽。他写得痛快淋漓，一洗心中块垒。天亮上班之时，便把文稿交给了陈公弼。

他猜想，要么这厮看不懂，要么这厮看懂了，东改西改，甚至弃之不用。他暗暗做好了各种应对的准备。谁知陈黑子却毫无动静，见面也不提此事，显得高深莫测。这让东坡十分郁闷。

凌虚台终于落成了，这天举行了隆重的开台仪式。当红布揭开，东坡定睛细看，却发现自己写的文稿竟然一字未改，完全照刻。这使他感觉十分意外。

这时，陈公弼笑吟吟地走过来，问道：“怎么样，看你的大作刻得还满意吗？”

东坡慌乱点头称是。

陈公弼又道：“你以诗人的眼光，借古讽今，为民请命，劝我多做好事，难得。你这个苏贤良，看来还真的不是白给的。”

一提苏贤良，东坡气就不打一处来，立即说道：“哪里，我娃娃还嫩，懂个屁！”

陈公弼立刻笑了起来，点着他说：“怎么，你还真的记恨我呀？”

东坡急忙争辩道：“不是这事，我指的是我写的那个有关《差役法》的报告，你为什么一直压着，不理不睬？”

陈公弼说：“那个报告，你给我的第二天我就送上去了。你不知道就等于没送吗？”

东坡一时语塞，又听陈公弼说：“你这个娃娃啊，年少名高，恃才傲物。我来凤翔上任时，韩琦宰相曾亲自交代我，要严格要求你，要磨磨你的性格。你前些天是不是给他写信了？嘿嘿，你这个小老乡啊！”

东坡听了，又羞又愧，眼泪都快流出来了。他赶快给陈公弼鞠了一躬，低声说：“对不起陈知府，是我错怪你了。”

从这天开始，东坡和陈公弼成了忘年交。多年以后，陈公弼去世，轻易不为人作传的东坡满怀深情，为他写了墓志铭：

> 轼官于凤翔，实从公二年。方是时，年少气盛，愚不更事，屡与公争议，至形于颜色，已而悔之。

争座位帖

苏　平

要是能够少说几句，颜真卿早当上宰相了。

那时候，颜真卿还在御史台，只是个正八品的监察御史，却盯上了职掌宫中、京城巡卫的正三品左金吾卫将军李延年。其实也没什么大事情，李将军私自用了下公车，没有按规定报备。正好这事归颜真卿管，按理碰上这种事，一般人都是睁一只眼闭一只眼，有多远就躲多远。可颜真卿很认真，追着问李延年为什么，李延年当然暴跳如雷，这还了得，敢到太岁头上动土了，皇上还靠我保护呢。

李延年当着百官的面发作了，狠狠地骂了颜真卿一顿，你算个什么东西？颜真卿年轻气盛，一本参到玄宗那儿。到底理亏，刚好玄宗也想找李延年的事，就将他从京城一气贬到了乡下。

天宝九年，杨国忠和李林甫斗上了，这是唐王朝的两个重量级人物。事情说大不大，说小不小。贤相宋璟的三儿子宋浑是个色鬼，还是个马屁精，靠溜李林甫的须当了御史中臣。一天，他听说东京畿采访史薛稷的甥女是个寡妇，长得很漂亮，就让人家把她娶了，实际上呢归自己所有。这个事情被杨国忠知道了。

哈哈，掏空了泥巴，萝卜自然就长不大。杨国忠把这事一捣鼓，宋浑吃不了兜着走，而李林甫这萝卜一下子伤了根须，有痛还得憋着，不能哼哼。

这事本来和颜真卿八竿子打不着，是他自己凑过去的。颜真卿说，你们怎么可以为了自己的私愤而危害宋璟公的后人呢？宋璟是唐玄宗时的第一任宰相，也是公认的贤相。颜真卿当然知道宋浑不是什么好东西。只不过，他是站在很客观的角度来说话的，并不向着谁。可是别人哪管这么多，你不拉偏架，不向着谁，那就是没向着我。好，一句话，把两边都得罪了。

过了两天，颜真卿就被贬了。杨国忠和李林甫本来斗得不可开交，没一件事能商量到一块，唯独这件事意见很统一，一拍即合。

到了上元元年，肃宗和他老爹玄宗的关系搞僵了。肃宗把玄宗赶到西内宫，软禁起来。这本来也算是家事。可颜真卿又上表了，嫌不过瘾，还率领百官一起去问肃宗，你爹生活过得怎么样？这不是打人脸嘛，肃宗那个气，脸都憋成了茄子。

广德二年，郭子仪打了胜仗。代宗一高兴，就让百官到长安城西门去迎接郭子仪。这么多人自然要排队，尚书右仆射郭英乂，为了拍大宦官鱼朝恩的马屁，把他的位置排到了最前面。排最前面就最前面吧，人家鱼朝恩现在是代宗跟前的大红人，有什么办法呢？颜真卿又看不下去了，写了一个帖子给郭英乂，狠狠地批了他一通。他说，朝廷纪纲，须共存立。这个帖子就是有名的《争座位帖》。

因了这个帖子，鱼朝恩的心里搁了块石头。鱼朝恩想，哼哼，跟我玩隔山打牛，等着吧。好在，鱼朝恩很快被元载给干掉了。

永泰二年，元载已当了好几年宰相，坏事也做了不少，心里就有些泛小九九，不会有人到代宗处告我的状吧？元载就想了个法子，说，皇上很累，不能什么事都让他操心。以后百官有事先让我来处理，我处理不了的，再给皇上处理。代宗一听很高兴，这个法子好啊！

颜真卿急了，说，皇上，这不是堵大家的嘴吗？当年李林甫和李辅国专权的时候，还允许百官说话呢。

元载一听这话，鼻子都气歪了，这不是把自己比作奸相李林甫和李辅国了吗？

颜真卿可不管这些，就这事回家写了个疏呈给代宗。这个疏呈上去后，代宗没理。倒是代宗身边的那些太监们觉得写得真好，真解气，偷偷地把它抄出来，传了出去。

元载急了，随便找个理由，把颜真卿贬了出去，这已经是颜真卿第五次在多嘴这块石头上被绊倒了。

到了德宗朝，有一阵子，德宗倒是想让颜真卿干宰相。可又对他的直性子没底，就去问杨炎。杨炎听了，眉心跳了一下。

杨炎说，皇上，我给你讲件事吧。

德宗疑惑地看看杨炎，不知道他葫芦里卖的什么药。

杨炎用舌头绊了下唾沫星子说，那年颜真卿到陇右巡察，陇右节度使哥舒翰是两天一会三天一聚地招待他，把他当星星一样捧着。第二年，哥舒翰打了胜仗，攻下了吐蕃的石堡城，这是大唐王朝几十年来的一次大胜利，皇上高兴，在大明宫表扬哥舒翰。哥舒翰也高兴，就多说了几句话，你猜颜真卿怎么着？

德宗就使劲地回忆，可是那时他虚岁八岁，还穿着开裆裤呢，自然记不清了。德宗问，怎么了？

杨炎又用舌头绊了下唾沫星子，接着说，他当场就上奏弹劾哥舒翰话太多，太吵，不成体统。

德宗很奇怪地问，上朝时应该庄严肃穆，这是朝纲，颜真卿维护朝纲没有错啊，怎么了？

维护朝纲……杨炎哼哼了两声，再不言语，告辞走了。

德宗想了很久，也没想明白杨炎这两声哼哼是什么意思，但德宗生性多疑，之后，就再也没提颜真卿当宰相的事。

很快，杨炎当了宰相。杨炎当了宰相后，还提了颜真卿一级，把他从重要的吏部尚书，升到没有实权的太子少师。有一次，在一个很私人的场合，杨炎多喝了几杯，大着舌头对众人说，他不是话多嘛，让他和小朋友去说吧。

再后来，颜真卿被缢死了。

三百多年后，即北宋徽宗崇宁三年，大书法家米芾得到了颜真卿的《争座位帖》。他净了手，在铜香炉里插上一炷点着的檀香。小心翼翼地展开，静静地看了三个小时。接着，他在书桌上铺开一张四尺徽宣，在上面画了个人，又画了顶宰相帽。画完，写好落款：争与不争。米芾哭了，哭得很伤心。

移蔡帖

苏　平

在去许州的路上，颜真卿想起了一个人。

这个人叫李元平。

建中三年李希烈造反了。德宗很着急，怎么办呢？德宗在大明宫里走过来走过去——绕圈子，绕得大家头都晕了。

这时，中书侍郎关播说，皇上，臣举荐一人，这个人文能安邦，武能定国，是个奇才。德宗说，急死人了，能不能不啰唆，快说是谁。关播说，湖南判官李元平。德宗说，好，就让他到汝州去当别驾吧。

汝州和许州接近，李希烈就是在许州造的反。李元平一到汝州，就撸起袖子干了起来。当然先是招募工人修缮城墙。李希烈知道了这个事，拍了一下他的龙椅，指着他那些干儿子说，好，太好了，你们都给我当泥水工去。

李希烈是个很有意思的人，他喜欢当人家的爹，只要他相中的人，不管老少，都得管他叫爹。他有一千多个干儿子。他要这么多干儿子干吗呢？鬼知道，敢情他是把当爹作为一项事业来做了。

城墙修好了。李希烈也出兵了。李希烈的兵马一到城下，那些干儿子泥水工就打开了城门。里应外合，抓住了李元平。

李希烈早就听说过李元平的事，对李元平充满了期待。接见李元平之前，他好好地设计了一番。

李元平被带上来。李希烈喊，你可知罪？

李希烈喊完，他的干儿子们齐声吼——杀！

李元平站着一动不动。李希烈暗想，此人果然非同一般。

李希烈还没想完，突然听到细微的“嘶嘶”声，接着他看见一条水线从李元平的裤裆上挂下来，洇了一地。

吓得尿裤子了。干儿子们都笑起来，笑得东倒西歪的。

李希烈的脸立即黑下来，狠狠地拍了下桌子，说，拖下去！

两个士兵上来，驾起李元平，刚转身，又听“噗”一声，一阵恶臭散开，熏得李希烈直干呕。

李元平这货，竟然屎都吓出来了！

李希烈真的很失望，骂了一句，狗皇帝派了这么个人来对付我，也太瞧不起人了。

李希烈要杀了李元平。行刑前，他想再羞辱一下李元平，说，要想活命，你得先叫我一声爹。

李希烈还没把话说完，李元平马上跪下去，恭恭敬敬地磕了个响头，然后叫了声爹。

李希烈没想到，这个比自己年长许多的李元平，膝盖这么软。

这是建中四年的事。

颜真卿想起这些，头都大了，好在许州很快就到了。他才迈进郡府大门，李希烈的那些个干儿子就围了上来，有的拿着刀，有的挥着拳，有的瞪着眼，一个个张牙舞爪，像要生吞活剥颜真卿似的。

颜真卿看都不看他们一眼，径直选个位子坐下来，喊了一声，让李希烈来见我。

颜真卿说得并不重，可字字掷地有声，全场顿时静了下来。

李希烈一看这帮龟儿子唬不住颜真卿，忙打着哈哈从幕后闪了出来。他说，只要朝廷把汴州给我，当作我的劳军费，我就收兵。

颜真卿站了起来，拂了下衣角说，李希烈，你曾经也立过战功，为大唐做过不少贡献，你做个忠臣才是正道。现在你受人蛊惑，迷失方向，要做乱臣贼子，那可是死路一条。我劝你还是及早收手，别一条道走到黑。

李希烈大怒，让人搬一副铡刀上来，说，你以为我的铡刀不舔血吗？颜真卿冷冷地哼了一声。李希烈见颜真卿视死如归，没有法子。两人就这样僵持不下，熬了几天，李希烈决定送颜真卿回去。

临行，李希烈摆了一桌丰盛的饯行酒。李希烈从骨子里佩服颜真卿，想好好地敬他几杯酒。酒至三巡，陪坐的李元平站起来斟酒。李希烈介绍说，这位是李元平。

李希烈刚说完，颜真卿“啪”的一声，把筷子拍在桌子上，站起来，说，我岂能和这种人同桌吃饭。颜真卿之前并不认识李元平，现在他才看清楚了，原来李元平是个眼睛细小不长胡子的东西。

李元平的脸红了，又黑了。他想要说什么。李希烈一挥手，让他下去。李希烈本来还想让李元平现身说法，劝劝颜真卿的。

李元平走后，李希烈不停地敬颜真卿酒，小心地赔着不是。还说，一路顺风。可是中间，李元平让人给李希烈递上来一个纸条。李希烈看完，就改了主意，强行把颜真卿留了下来。

这时，比李希烈还早造反的幽州节度使朱滔、魏博节度使田悦、成德节度使王武俊、淄青平卢节度使李纳，四人各派使者来劝说李希烈称帝。李希烈得意扬扬地对颜真卿说，你看，这是民心所向啊。

颜真卿说，看来，你是真的不想活了。

李希烈宴请使者，让歌伎演戏诋毁朝政。颜真卿大怒，拂衣欲走。李希烈讨了个没趣，只好呵斥歌伎退下。四位使者趁机对李希烈说，你就要当皇帝了，颜鲁公德高望重，可是天赐的宰相啊。

颜真卿说，你们听说过我二哥颜杲卿吗？临死也要痛骂安禄山的那个人就是。你们是不是还要再看看我们颜家的风范。我都快八十岁的人了，早就了无所求，不就是一个死嘛。

使者闭了口，李希烈却不甘心。他让士兵把颜真卿关起来，又命令士兵在院子里挖了个大坑，把颜真卿推下去，说，你不是要死吗？我成全你。

颜真卿说，不就是一个死吗？拿把剑来，何必这么麻烦。

李希烈还是不死心，又让人生起一堆大火。颜真卿毫不犹豫地就往火堆里跳，害得旁边的士兵救都来不及。

贞元元年，李希烈吃了败仗，逃回蔡州。颜真卿也被押到了蔡州。就在这一年，颜真卿写下了他生前最后一纸书帖——《移蔡帖》。之前，他已经感到来日不多，写下了遗表、墓志和祭文，可惜都没能流传下来。他对关押他的士兵说，如果我死了，就把我埋在西墙角下吧。士兵们不解，问，为什么啊？颜真卿朝西方指了指说，那是京城长安的方向。

当年八月，李希烈感到大势已去，便派干儿子辛景臻把颜真卿缢死在蔡州龙兴寺。第二年，李希烈被他另一个干儿子陈仙奇给毒死了。据说陈仙奇气不过的是，李希烈让他叫爹，而他的老婆和李希烈的老婆窦桂娘却情同手足，互唤姐妹。因此，他要叫老婆为姨娘，他怎么也转不过这个弯来。

当然，最让人转不过弯来的是：李元平给李希烈的纸条上到底写了些什么呢？

墨　香

叶仲健

宫里传出消息，皇上纳妃，当朝官员如有待嫁女儿，可以将画像上呈甄选。

李知府很激动，他有个貌美如花的女儿正待字闺中。

当然得先找一名画师。

应征者络绎不绝，经层层筛选，入围者五人。

春来百花相争艳，唯有牡丹真国色。最后一关比的是画牡丹。

管家将五幅牡丹图呈给李知府。

观赏着一幅幅牡丹图，李知府眉头紧蹙。五位画师笔下的牡丹跟真的一样，似乎能从画中闻到牡丹的香气，实难取舍呀。

咦，不对，是真真切切的香气！李知府将画凑于鼻下，翻至其中一幅，舒展眉头，对管家说，就这个了。

作这幅画的是最年轻的画师，年方二八，白皙清瘦，管家对他有印象。

命人召之前来。

李知府问画师，你画的牡丹为何有香气？

画师答，草民作画用的是香墨，加了牡丹汁液的香墨。

香墨？

香墨是我家祖传技艺。除了牡丹香，还有桂花香、海棠香、玉兰香、茉莉香、蜡梅香……

还有吗？李知府打断画师的话。

画师很自信，大人能想到的香气，只要给草民足够时间，都能调制出来。

李知府说，不错，凭你的画技，加上这独特的墨香，再凭我……

初见李知府之女，画师惊愕不已。他从没见过如此美丽的女子，肤若凝脂，明眸善睐，出尘脱俗，仿若仙子。走近了，竟有香气袭来，丝丝缕缕，若有若无。

画师作揖道，不知小姐用的是何种香料？

一旁婢女呵斥，那是我家小姐天生体香，不懂莫乱说话！

体香？画师若有所思。

接下来的时间，画师为李知府之女作画。或倚窗，或含羞，或忧伤，或眺望，或沉思，或抿笑……

只是类似李知府女儿体香的墨，一直未能调制出来。时间一天天过去，画师越来越焦虑。

李知府说，用其他香墨吧，只要能吸引皇上兴致即可。

画师摇头，世上没有无缘无故的香，也没有草民调不出的墨，再给草民几日时间吧。

一个春意盎然的清晨，画师终于露出笑容，随即，一丝忧伤又爬上面庞。

勾线、点墨、上色……画师用调好的香墨为李知府之女画了最满意的一幅画。末了，画师说，京城，太遥远了……

屋内光华，瞬间暗淡。

李知府的女儿果然入选，天生体香，深得皇上宠爱，被赐封为宣妃，在宫中传为美谈。

两年后的春天，御花园，百花争艳，牡丹正红，蝶儿纷飞，宣妃跟皇上说起画师的事，说想让画师再为她画一幅画像。

皇上也想见见传说中的画师，遂传召入宫。

画师成为宫中最年轻的御用画师。

有人向皇上进言，说画师的香墨极好，理应在宫中推广，但画师对配方守口如瓶，这是对皇上不忠呀。

皇上觉得有道理，传令画师写下所有香墨配方，说好东西不应埋没。

画师知道躲不过这一关，一一写好呈给皇上。

几日后，有人对皇上说，用香墨作画，效果奇佳。只是有种香墨，臣试过多次，有些不对。

皇上问，哪种？

那人答，宣妃的香。

皇上还是很喜欢画师的，召他来，问他是不是有所遗漏。

是或不是，画师不说。

再问，还是不说。

皇上觉得很没面子，盛怒之下，说，难不成还怕朕盗取你配方不成！即命人将画师关进大牢，说给你三天时间，若再执迷不悟，就把你头砍了。

皇上原本只是想吓吓他，但得知宣妃私下去牢里看望画师时，就真的起了杀心。

宣妃去牢里看画师，说，那个配方，真有所遗漏？

画师说，是的。

宣妃说，为何不说？

画师说，有些事，不能说。

宣妃说，比性命还重要？

画师说，比我的命还重要。

宣妃说，让你入宫，是害了你，我……

画师说，娘娘不要说了，这几年来，我时时刻刻想进宫，你……我懂。

宣妃说，你真懂？

画师郑重点头。

宣妃淌了泪。

画师被斩首。

那道配方并不复杂，所需材料有甘草、桔梗、薄荷、丁香、百合……还有牛粪。是的，牛粪。牛粪有着独特的清香。年少时，父亲曾告诉画师，很多的香，需要臭的孕育。

不就牛粪吗？至于丢掉性命也不能说？

画师知道，他还真不能说。

汉朝那只兔子

张爱国

六月天，太阳一跃过光秃秃的山顶，就像坐上了人的头顶。没有风，就连一丝绿也难见。马喘着粗气，张着大口喘息。

“大汗，山脚下歇一会儿吧！”有人喊道。

“不！马邑城近在眼前。”军臣单于一马当先，声震云霄，“诸位草原之子，马邑城藏尽天下粮食、丝绸、牲畜和美人。诸位长鞭勿停，今夜吃睡马邑城，尽享大汉之美！”

“尽享大汉之美！”十万匈奴大军精神一振，长鞭当空，哨声连天。山谷间，黄尘漫天。

一股黑云不知道从哪座山谷冒出，瞬间挤走了太阳，又翻过近旁一座山头，直接砸进山谷里。转眼，黑风席卷，暴雨如注。

“谢天神，赐我好雨！”军臣单于大笑。十万人马大叫、嘶鸣。

像来时一样，转瞬云开雨去，太阳又重现头顶之上。山谷间却有了绿意，牛羊也三三两两地冒出来，啃食、撒欢。军臣单于突然勒住马，手搭凉棚，四下张望，犹疑渐渐凝聚眉宇。

“大汗，有异样？”身边的人问道。

“看，那些牛羊。”军臣单于站到马背上，“放牧人何在？”

众兵士也站上马背看去，远远近近，虽有牛羊，但不见一个放牧人，连一个路人也不见。

“大汗，太阳神如此发威，汉人懦弱，不敢出吧？”

“不！”军臣单于坐回马背，“左贤王，将马邑城传回的消息再细细说一遍！”

“大汗，一切尽在事先谋划之中！”左贤王策马上前，“昨日晚间，汉人聂壹领我三十强兵潜入马邑城，当夜又潜入县令家中，聂壹亲手杀死县令，我匈奴军士又亲手将其头颅悬挂至马邑城头。大汗放心，马邑城此时有兵无将，待大汗一到，聂壹即开门献城，我等即可尽享汉人之美！”

“汉人奸诈，不可不防！”军臣单于鹰隼一样的眼睛继续四下搜索，还是不见一个人。

“大汗，不必犹疑。商人好利，大汗答应那商人聂壹，计成后，南草原的市场均由其经营，他无理由使诈；他又亲手杀死县令，如今已无退路。”左贤王很焦急，恳请道，“大汗，聂壹杀死县令已过半日，汉人不久定然获知，必定调兵遣将固守马邑城。那时，攻城必将难上加难。”

“嗯，有理！”军臣单于点点头，正要命令大军继续驰向马邑城，却见远处有一个人影在向南跑动。军臣单于飞马而去。身边的十几人也飞马跟上。

军臣单于就要到了，那跑的人却全然不知——他虽然疲惫不堪，跑得很慢，但每跑几步，身子就向前扑一下，再直立起来，继续跑，继续前扑。军臣单于不愧为草原之鹰，相隔二三百步就看出那人是在追逐一只兔子，而且兔子左后腿有伤。军臣单于心里一笑，感谢这只受伤的兔子，要不然，好好的兔子早就跑得没了影子，这汉人还哪里去追？他不追，又如何能会被发现？

“啾！”军臣单于一甩鞭，兔子就吊在鞭子上，又被送到那汉人面前。汉人哈哈一笑，双手紧紧地掐住兔子。“跑！还跑……”

“哈哈，什么人？”军臣单于一探身，一把将汉人提溜起来。汉人这才意识到异常，回头一看，脸色大变。“汉、汉人……”

“知道是汉人。”军臣单于将汉人往地上一丢。汉人急忙跪下，浑身颤抖。“尉史、尉史、马邑尉史……”

“哦，尉史，是汉人最小的官吧？”军臣单于淡淡一笑，“为何到此？”

“办差，办差。途中遇雨，亭下避雨。雨停，见兔，追赶到此。”

“所办何差？汉人近日是否向马邑城调遣人马？你是否参与？”军臣单于两只鹰隼一样的眼睛突然一瞪。

“大汗饶命！”汉尉史吓得想磕头都磕不成了，“小人未曾参与，小人只是奉命布告百姓，离家避让。”

“避让何事？”军臣单于笑了笑。

“小人不知，小人只听百姓私下传说，说朝廷有令，匈奴大汗不日率大军前来马邑城，百姓需入山避让。”汉尉史终于平静了一些，恭恭敬敬地给军臣单于磕了几个头，“小人今晨奉马邑城县令之命，出城布告百姓务必人人入山，但牲畜务必开栏外放，说这是为了迷惑……”

“如此说来，此处直到马邑城，都埋有伏兵？”军臣单于不由得倒吸一口凉气。

“大汗，小人官小，无从知道。”汉尉史不停地磕头，“然小人以为，大汗所说应当不错……”

“好！你为草原立了大功，本汗接纳你为草原之子！”军臣单于将汉尉史提上马背，掉转马头，一声令下：“汉人奸诈，埋有伏兵，快撤！”

——公元前133年（汉武帝元光二年），匈奴军臣单于率十万大军即将钻入汉武帝精心谋划的“口袋”，却因一名小小的汉朝尉史，抑或一只受伤的兔子，而功亏一篑。史称马邑城之谋。

沙场醉

张爱国

太阳似乎被摁在后背上，身下的黄沙像是在被爆炒。

王翰伏在沙丘上，后悔自己逞能。作为文官，他是完全不必上战场的，但他实在想亲身领略一下将士们战斗和杀敌的快感。何况，大将军昨晚也不是这么说的。

昨晚，大将军在帅帐里和将士们喝酒时说，天亮时分，敌军一支不足二百人的小队将从这里经过，由偏将陶腾领五百人伏击消灭。王翰见大将军说得轻松，就请求上战场。大将军竟然同意，还笑说："大诗人啊，你能不能杀敌无所谓，但回来后要给我写一首诗！"

说好天亮，现在都午时了！

王翰正想着一定是探马有误，正北方突然腾起一股沙尘，继而敌旗隐约可见。

"准备迎敌！"偏将陶腾大声命令。王翰不由得紧张起来。

敌军的队伍越来越长，半天也见不着尾巴。

"这……这……何止两百人啊？"王翰脸色苍白，嘴唇哆嗦，一看身边的偏将陶腾正恶狠狠地瞪着自己，连忙闭嘴。

敌军越来越近，显然不是小队，更不是二百人，至少三千以上。

"兄弟们，为我大唐百姓，杀一人是一人。"陶腾箭在弦上，目光坚定。

"杀敌！杀敌……"五百唐军将士一个个也箭在弦上，声音高昂，毫无畏惧。

“杀敌！”王翰跟着大声叫了出来——奇怪的是，话一出口他就顿觉轻松，畏惧全无。偏将陶腾朝他一笑，点点头。王翰回以一笑，紧握手中佩剑。

“准备放箭！”陶腾话音刚落，晴朗朗的天猛然一暗，继而黑色的暴风仿佛在地底下憋屈得太久，猛然喷射。黄沙顿成黑色，漫天翻卷。

敌军乱成一团，欲下马避险。

“放箭！”陶腾一声令下，飞箭如雨，射向敌军人马。

敌军战马大惊，敌军大乱。黑夜般的沙暴里，敌军人踩人，马踩人，人撞马，风沙声、箭鸣声、马嘶声、喊杀声、逃命声、喝令声、哭叫声，似乎到了世界末日，令人毛骨悚然。王翰却越发兴奋，几次要冲下去杀敌，被陶腾摁住。

风停沙静。太阳重新出来，依然白花花热得要命。大沙漠仿佛什么也没有发生，除了敌军留下的一地血肉模糊的尸体。唐军五百将士爬起来，抖落身上黄沙，说笑着凯旋。

“大将军，我们打胜仗啦！”一进大营，王翰就兴奋地叫道。

大将军平静地说：“要不是这沙尘暴，我们五百人早已全部死在此地了。”

王翰不由得有些后怕。“大将军，不是说敌军只有二百人吗？”

“这是打仗，不是你写诗作文，你想他多少人他就多少人。”大将军依然很平静，“大诗人，我让你写的诗呢？”

“大将军取笑。”王翰若有所悟，“战场上，性命随时都没了，哪还有写诗的心思。”

大将军点点头，高声道：“诸位，为今日我大唐捡回五百条人命，晚上喝酒！”

落日圆硕，夕阳如血，懒散地浸淫在黄沙上。大营里，将士们十几人二十人地围着一口大锅，席沙而坐，锅里的牛肉咕噜噜冒着热气，肉香弥漫。黑压压一大群乌鸦飞来，呱呱盘旋。

“兄弟们，喝酒！”大将军声震云霄。

“遵大将军令！喝酒！”将士们大笑，举杯痛饮。

太阳落去，火把燃起。有人已经醉倒。王翰走到大将军面前。“大将军，此地离敌营不远，当心敌军夜袭。”

“书生！书生也会打仗啦！”大将军醉醺醺，指着王翰哈哈大笑，“这就是我大唐！我大唐的书生都能打仗，哈哈……”

“报！大将军，敌军三万人马正向我军行进！”探马来报。

“尚有多远？”大将军镇定自若。

“三十里！”

“再探！”大将军又举杯，神色淡定，“兄弟们，喝酒！”

“遵大将军令！来，咱们喝酒！”

“报！敌军离我不到十五里！”

“知道了。”大将军仰头将一杯酒喝尽，“兄弟们，该上阵杀敌啰！”

“杀敌啰！”刚刚还醉卧黄沙的将士一骨碌爬起来，拿起武器，整齐列队。

琵琶声起，是大军出战的乐曲，昂扬激越，声震四方。

大将军将王翰叫到跟前。“大诗人，这一仗你就不要去了，就待在大营里写诗吧。记住，子夜时分，大军不回，你就快马回都中。”说罢，大将军一马当先，全营将士策马而上。

跑出一箭之外，大将军又回头高声道：“大诗人别忘了，本将若是倒在沙场，不是敌人杀的，而是被美酒醉倒的，哈哈……”

子夜将至，大军还未归来。王翰步出营帐，面向北方，低声吟诵：

葡萄美酒夜光杯，
欲饮琵琶马上催。
醉卧沙场君莫笑，
古来征战几人回。

吟罢，王翰和留守的文官翻身上马，驰向东方。

哨　探

解　良

两个哨探渎职，等待大汗处理。

大汗坐堂审问：瓦吉马，你因何渎职？

哨探瓦吉马回答，在放哨的地方，我取下马鞍放马。

大汗怒斥道，你身为哨探，放哨的时候把自己的马闲放，发现敌人时你怎么能够牵到马？你若不知道敌人入侵，一旦你被敌人逮捕，敌人乘虚而入怎么办？定你死罪，冤吗？

瓦吉马说，大汗，我取下马鞍放马是在诱敌，想捉一个活口。

大汗拍案而起，你麻痹大意差一点儿酿成大祸，还找什么借口？

小的罪该万死。瓦吉马不敢再多说话。

大汗指向第二个哨探，你呢？有何罪过？

谎报敌情。这个叫乌林的哨探说，我把大河的破冰之声当成敌人的炮声，打响了报警的云板。云板一路报警，亥时抵达大汗城，惊碎了大汗的好梦。

放屁！大汗骂道，你为什么就不能靠近大河去仔细辨听？

我……当时闹了肚子。乌林还在狡辩。

你们两个都是死罪。大汗拍板定案。

乌林当即跪倒，哭喊，大汗，您高抬贵手饶我一命吧，我当时确实是在闹肚子呀！

瓦吉马也下了跪，但没求情，只是一声悔恨交加的长叹。

大汗话锋一转，虽是死罪，但我可以给你们一个死里逃生的机会，让你们当中的一个人免死，但有一个前提。

二犯为之一振，齐问，什么前提？

大汗说，替一个人去死。

乌林心凉半截，替人去死，哪还有活的机会？

瓦吉马则问，替谁去死？

大汗说，替你们的上司噶尔泰去死。

噶尔泰是哨探额真。前几天，朝廷辖民偷越到大汗的辖地盗伐树木被噶尔泰抓到，当场杀死。朝廷大怒，扣押了大汗派去的谈判使臣，要大汗送噶尔泰来偿命，将其押至边界，让人看着杀死。大汗虽与朝廷缠斗，但小胳膊拧不过大腿，他不想让爱将噶尔泰去死，知道朝廷边官并不认得噶尔泰，于是决定从死刑犯中选一人冒名顶替。

大汗看看乌林，又看看瓦吉马，对二人说，替噶尔泰去死，可能会死，但也有机会活下来，这就要看你们的造化。你们两个人当中有谁愿意替噶尔泰去死？

我愿意！报名的是瓦吉马。

你为何愿意替噶尔泰去死？大汗问。

瓦吉马说，您不是说替噶尔泰去死有活的机会吗？我愿赌一把，反正我也是死罪。

好，就这么定了！大汗当即拍板，乌林长出一口气。不过，大汗接着说，明天我们押送瓦吉马去见朝廷边官，由乌林解送瓦吉马去边界那边。

乌林与瓦吉马被押回囚牢，各怀心事。大汗云山雾罩一番操作让人摸不着头脑。瓦吉马虽然领命替死，却不知活的机会在哪里。乌林不愿替人去死，却被指定押送瓦吉马，不知凶吉，提心吊胆。在被押往边界之前，二人在牢中苦思冥想。

翌日，大汗率兵抵达边界这一侧，由乌林将五花大绑的瓦吉马交给朝廷边官。大汗在边界这侧喊话，我把噶尔泰交给朝廷，请将我的使臣还给我吧。

朝廷边官看看瓦吉马，问，你就是杀我边民的噶尔泰？

瓦吉马噗地吐出一口血，指着自己的血嘴“呜呜”地叫。

朝廷边官先是一惊，继而冷笑，对着边界这侧的大汗大骂，你割下一介草民的舌头来冒充额真噶尔泰？太小瞧本官了，今天你不把真的噶尔泰交出来，朝廷绝不会放过你！

押送瓦吉马的乌林没料到瓦吉马会口吐鲜血，慌作一团。原本大汗将额真噶尔泰的通关敕书带在他身上，要他交给朝廷边官以证明噶尔泰的身份，谁知一紧张居然忘了这件事，急忙向朝廷边官大喊，他就是哨探额真噶尔泰，没有错！朝廷边官仔细打量乌林，乌林毛了，连说我是乌林，不是噶尔泰！撒腿就往回跑。朝廷官兵一拥而上，当场将乌林擒获，从他身上搜出通关敕书，敕书上赫然写着通关者噶尔泰。乌林大叫，这是大汗叫我交给边官大人的噶尔泰的通关敕书，我并不是噶尔泰，我是乌林！朝廷边官认定乌林就是噶尔泰，不容分说将他押到边界那边当众斩首，提了人头，归还了大汗的使臣和瓦吉马，扬长而去。

瓦吉马死里逃生，跪谢大汗，感谢大汗给了他第二次生命。

大汗觉得瓦吉马很不一般，问，你何以能如此神机妙算？

回英明大汗。瓦吉马说，小的在大汗手下做了五年哨探，多次深入朝廷辖地探听侦察，得知很多情报和动向，最大的收获就是掌握了敌我双方为官者的秘籍。

什么秘籍？

就一句话。

哪句话？

尔虞我诈。

…………

瓦吉马赶紧补充，尔虞我诈者的第一反应就是对方有诈，我就利用了这一点儿。

大汗笑了。夸瓦吉马机智勇敢，经历了生死考验，晋升他为哨探额真。对于乌林，大汗则骂了一句，该死，阎王爷就喜欢这样的胆小鬼！

梯　子

解　良

阿奇是一个统领三百人的小官，官称牛录额真。阿奇官虽不大，但胆子不小，居然不听大汗的话，这是要被杀头的。

大汗每天都在说话，说过许多话。他的命令没人敢违抗，违者杀头。家常话大家听了不害怕。但是，大汗有些话让人不得要领，让人忌惮。比如，他给部下说，诸位是任何事情都能理解的聪明人。部下为此感到紧张。这是给大家戴高帽，还是挖坑？人并非任何事情都能理解，万一理解有误，就可能掉脑袋呀！这类话大汗说过许多次，如，一百只羊一百人吃不饱，一只羊一个人吃不了。又说，具有公正之心的人没有失败的事，具有邪恶之心的人没有成功的事。大家存疑，这话灵吗？

入秋，大汗下令各嘎栅（村庄）上山伐木，给战马做栅栏，将战马圈起来养肥，准备打仗。没想到阿奇却违背大汗的指令，下令全村人砍回树木时先为自家做一架梯子，做好梯子再做战马围栏，村人只好先做梯子。各家各户做好了梯子，还没来得及给马做围栏呢，阿奇就被人告发到大汗那里。大汗大怒，率众多随从来到村里实地查验，斥责阿奇抗旨不遵，定为死罪。就在刽子手将把阿奇斩首之际，出大事了。

两村之间有狼烟台，昨日邻村报警升起狼烟，火星未灭，燃起大火。火借风势如猛虎般扑下山来，转眼间吞噬了一个村庄，大火又借着大风向大汗所在的村庄蔓延过来。大汗当即下令各家各户赶紧上房拆下房上的茅草，以免火烧连营。各家各户紧急行动，踩着刚刚做好的木梯上房，扒下房上的茅草，保住了村庄。

大火过后，人们发现阿奇还被捆绑在木桩上，好在还没掉脑袋。村人纷纷向大汗求情，要不是阿奇让各家各户做梯子，村人及时踩着梯子上房扒草，村庄早就变成了火海。是梯子救了全村人，将功折罪，阿奇不应该被处死。

这下，大汗尴尬了。更让大汗尴尬的是邻村人来报，邻村被大火烧得精光。该村穆昆达（族长）按照大汗的指令让家家户户将砍回的木材做了马围栏，圈马养膘，大火铺天盖地而来，马冲不出围栏，要么被烧死，要么被烧残，损失惨重。

大汗有一颗大心脏，每遇重大事情习惯往火炕上一躺，眯上眼睛想事情。一旦他睁开眼睛，决策也就出来了。眼下他在村里，被村人团团围住，无火炕可躺，只能闭目静思。

随从见大汗被围讦，立即替大汗解围。

随从甲吼道，大汗说过，不违背指示原则，可免死一次；拒不执行命令者，罪该一死。

随从乙斥责道，大汗下令不许收买来路不明的生猪，阿奇却顶风作案，罪实难逭！

没想到，大汗突然对随从发飙，都给我住嘴！我说过的话多了，我说过人多力量大，我也说过人多嘴杂，两者怎能同日而语？

随从们立即闭嘴。

大汗走到阿奇身前，阿奇，我下令叫各村伐木做马围栏，你为何叫全村做梯子？

阿奇说，大汗曾说过，贝勒额真要成为大汗的眼睛就看着众人，看到大汗看不见的事情。

你看到了什么？

我看到全村各家旧围栏还在，登城的梯子严重短缺，就下令先做梯子。

大汗眨眨眼睛，又问，我下令各村不许收买来路不明的生猪，因为有人在水和盐里投毒给猪吃，然后卖生猪给我们，你为何敢叫全村人买猪？

阿奇回答，大汗曾说过，贝勒额真要成为大汗的耳朵就要听着众人，听到大汗听不到的声音。

你听到了什么？

全村人都在抱怨没肉吃。

你们全村共买了多少头生猪？

36 头。

你杀了 36 头生猪给全村人吃，却没死一个人，你是怎么做到的？

阿奇说，我们买回生猪饲养三天后再杀，让猪把身上的毒排尽，所以全村没死一个人。

大汗又叫随从额尔德尼，此人专门负责记档。大汗说，我要你把我这句话记录在档。额尔德尼遵命，大汗，请讲。

大汗说，大家都以为金银是宝。请问，寒冷时金银能当衣穿吗，饥饿时能当饭吃吗？不能！那什么是宝呢？能为国人解燃眉之急的贤人才是宝。

说完，起身回城。

千镒金

郑俊甫

我把短剑横在颈项上时，第一个跳起来的是母亲。母亲疯了似的扑过来，抱住我的胳膊，尖叫声几乎掀翻屋顶。

其实我也没想自刎，但父亲做得实在太过了。二弟因为杀人，被囚禁在楚国的大牢，杀人虽是死罪，但楚国也有规定，家有千金的子弟，不会被处死在闹市。父亲想救二弟，东挪西借，凑够了千镒金，交由他的小儿子——我的三弟送往楚国。

我就是想让父亲明白，我是长子，这个家里未来的顶梁柱。他不能把我当成一块泥巴，想怎么捏就怎么捏。决不能。

吵闹声终于惊动了父亲，父亲到底见过世面，他盯着我手里的短剑，没有像母亲那样惊慌失措，而是慢条斯理地说："不至于吧，只是送点儿东西而已。"

"怎么不至于？我是长子，遇到这样的大事，您宁肯交给三弟，也不交给我，这不是表明我这个长子太无能了吗？"羞愤间，我竟然忘了夫子教导的"君君、臣臣、父父、子子"。

父亲摇了摇头，居然哧哧笑了起来："不让你去自然有不让你去的道理。"

你看看，还是把我当成了一块泥巴。我流着泪，一字一句对父亲说："不让我去，毋宁死！"手一动，几滴血滴落衣裳，洇出一片红艳艳的梅花。

母亲的尖叫声又起，带着哭腔："你就让他去吧。老二生死未卜，老大再没了，我也不活了。"

父亲低了头，默不作声，似乎这是个很困难的选择。当年越国霸业初成，作为辅国重臣，本该领封受赏、风光无限的父亲，决绝地登上一叶扁舟，隐姓埋名，成一介布衣，也没见他这么为难过。

我把心一横，决定给他点儿颜色看看。父亲却忽然松了口："有些事，该面对的还是要面对。好吧，这副担子就交由你挑。"

父亲修了一封书信，连同打封好的千镒金，一并交予我，直把我送到陶邑的边界。临别，父亲又嘱咐了一句："书信和千镒金一起送到庄生住所。他是我的老友，一切听从他的吩咐，万不可与他争论。"

我点点头，有些不耐烦地回道："您都交代三遍了，放心，儿谨记就是。"

马车渐行渐远，官道上扬起滚滚烟尘。

庄生的家在楚国都城外，四周杂草丛生，人迹罕至。我跟车夫费了不少周折，才在那片荒凉地界寻到庄生的茅屋。屋子很小，蓬草覆门，兔从狗窦入，雉从梁上飞。

父亲怎么会有这么个老友呢？我迟疑半晌，推开了柴门。

庄生很热情，像是早就知道我要来。他抓着我的手，问着父亲的短长。我把父亲的书信递上去，又指了指装在箱子里的千镒金。

读完书信，庄生沉吟片刻，说："事情险恶，你须快些离开，千万不要停留。即使你弟弟被放出来，也不要问为什么。"

为什么？我真想现在就问一声，但想想还是忍住了。

离开庄生家，车夫小心翼翼地问："这个人，乞丐似的，真能帮咱救了二公子？"车夫跟了父亲大半生，老实憨厚，忠心耿耿。我明白他的意思，他是怕庄生吞了千镒金，逃之夭夭。

我也怕。但来时父亲再三嘱咐，我不能悖逆了他。我对车夫说："父亲跟庄生一别经年，大概不知道庄生现在的境况。好在我有准备，咱们在楚国住下来，再想其他办法。"

来的时候，我瞒着父亲，私带了数百镒金，为的就是万全之策。我不能让父亲觉着，长子真是个唯唯诺诺的庸人。我托人求到了楚国的大夫。大夫盯着数百镒金，喜笑颜开。“你就安心住在府内，静候佳音。”

佳音很快就来了。三日后，大夫兴冲冲地跑过来，告诉我：“成了成了，楚国明日大赦天下，你二弟有救了。”

我将信将疑：“国家没有大事，君王也不改朝换代，怎么会忽然大赦呢？”

大夫说：“听说有人在大王面前进言，要以仁德治国，大赦天下，收拢人心。”

收拢人心是他们的事，我只要我的二弟。这么想着，心生欢喜。欢喜过后，又有些惆怅。既然楚国大赦天下，送给庄生的千镒金，岂不是白白扔掉了？千镒金，像我们这样的鼎食人家，也要东挪西借才行。

我动了点小心思，赶着马车，又回到了庄生家。庄生很惊讶：“你还没有走吗？”

我轻轻一揖，道：“本来是要走的，忽然听到了一个消息，楚国要大赦天下。既然要大赦，二弟自然会被释放，所以来向先生辞行。”

庄生愣了一下，我看见他的脸上变换着颜色。还好，他并没有生气，指着屋门说：“你的东西都在屋里，自己取吧。”

我又回到了楚国大夫那里，等着二弟释放的消息。第二天，没有消息。第三天，终于大赦。但我等来的，却是二弟的尸体。

大夫说：“都是那个庄生，说我王大赦不是为了苍生，而是为了陶朱公的儿子。”

“庄生？”我失声叫道，“一个乡野村夫，怎么会影响到楚王？”

“乡野村夫？”这回轮到大夫失声了，“他可是我王最信赖的人。多次辞官，归隐田园。他的话，我王言听计从。”

明白了。

我拉着二弟的尸体，颓然踏上归程。一进家门，就听到了哭声。二弟的死讯早已经传到了陶邑。

父亲不哭，父亲端坐着，面色平静。他示意我坐下，盯着我，半晌，幽幽地说：“知道当初为什么不让你去吗？你三弟，含着金汤匙出生，从小不知钱财从何而来，挥金如土，毫不吝惜。而你不同，你跟随着我，历经艰难，半丝半缕，恒念物力维艰。遇事总是精打细算，舍不得钱财，所以才会害了你的弟弟呀。”

父亲的喉咙里流出一丝叹息，若有若无。他大概是不想让我听到吧。但我还是听到了，如雷贯耳。

两件裘

郑俊甫

事情有点儿乱，从哪儿开始呢？就从两件裘皮大衣说起吧。

不瞒你说，虽然人前贵为侯爵，可我的蔡国，不过是个屎壳郎大的地方。夹在晋、楚、吴三个虎视眈眈的庞然大物之间，就像一只蝼蚁，人家一抬脚，蔡国立马就成齑粉。

十年了，被人山呼蔡侯之后，我没有睡过一个安稳觉，换了你，你能吗？算了，不说了，臣子们又来劝了：“我侯，是时候找棵大树了，背靠大树好乘凉啊！”

那就找吧，睡不着觉的滋味真不好受。

我选择了楚国。觐见楚王，总得有件拿得出手的礼物。我想到了每天只是摸摸看看，却一直舍不得穿的两件裘皮大衣。大衣用纯正的貂皮做成，皮毛水滑，色泽银亮，雍容华贵，绝世无双。臣子们见我犹豫的样子，着急起来：“我侯，舍不得孩子套不着狼啊！”

那就送吧。两件华美贵重的裘皮衣，一件献给楚王，一件自己穿着。日日招摇过市，吸睛无数。那日，遇到楚国令尹子常，他把我上下打量了半天，居然流下了涎水，晃着脑袋说：“蔡侯真是风华绝代呀。”

如是者三。这家伙，怕是看上我的裘皮大衣了吧？瞧瞧子常，瘦长的身材，微驼的脊背，鸵鸟似的，脑子大概秀逗了。一个令尹而已，难道还能翻出水花？随他。我每次都淡淡地笑笑，并不在意。

一天，一群兵士突然围了我的馆驿，为首的传话说：“蔡侯来访别有用心，是想拿裘皮大衣麻痹我王，窃取情报吧。”

真拿我当间谍了，问题是没人听我解释。就这样，我被楚国整整扣押了三年。要不是一个头脑灵活的臣子探到了消息，告诉我是一件裘皮大衣惹的祸，这辈子，我就算是马革裹尸还了。

都说小人不可得罪，我怎么就记不住呢？趁着夜色，我悄悄来到子常府上，把那件贵重的“不祥之物”交到了子常手中。接下来的事情简单得出乎意料，子常向楚王进谏，说经过长期观察，蔡侯这个人还是挺忠诚的，就把他放回国吧。

国是回了，可我咽不下这口气呀。好歹咱也是一国之主，这哑巴亏，不能白吃。于是，我去了晋国，请求晋国共同攻打楚国。为了弄个投名状，我还发起倾国之兵，帮助晋国灭了楚国的友邦——沈国，砍掉了楚国的一条臂膀。然而这样做并没有什么用，晋国早已不是文公重耳时的晋国了，六卿祸国，一盘散沙，捏都捏不到一块儿。

楚王很生气，要对蔡国开战。见势不妙，我又收拾了些礼物，匆匆赶往吴国。听说，吴国大将伍子胥要找楚国报杀父之仇，正好借了这个机会。为表诚意，我把儿子送到吴国作为人质，联合吴国打败了楚军，一口气攻到了楚国的老巢郢都。

如果不是秦国从中搅和，搞得吴国撤军，这口恶气也算出顺溜了。可是，如果有用吗？楚国缓过了气儿，开始休养生息，厉兵秣马。十二年后，卷土重来。我能怎么办呢？除了抱着吴国这条大腿，我还能怎么办呢？

没想到，吴王一反常态，像是突然被抽去了伍子胥复仇时的一腔鸡血。他装模作样地叹了口气，摇摇头说：“太远了，你们的都城离吴国真的太远了。这么多兵马，跋山涉水，劳师远征，搞得将士们人困马乏，怨声载道呀。”

你听听，这是人话吗？可我还得低声下气，问吴王该当如何。

吴王眯着眼，沉吟半天：“不如，你们把国都迁到南方。这样，比邻而居，有个危难，援军抬脚就到，甚是便利。”

身边的侍臣直冲我眨眼。我知道他的意思，援军抬脚就到，可是作为敌人，不也是卧榻之侧，恶虎酣眠吗？

但我没有选择。暴风雨来了，船就得找个避风的港湾，不然，谁都别想见到明天的太阳。

那就应了吧。回来的路上，侍臣小心翼翼地提醒我："大臣们能答应吗？车马细软还能转移，那些精美的宅邸、肥沃的领地、繁华的商铺、靡乐的生活，让他们一下子放弃，颠簸到荒草萋萋的南蛮之地，他们，不会闹翻天吧？"

会，那是一定的。但是，生命更重要，我的侯位更重要。"先瞒着他们吧。"我闭着眼，心里一声叹息。

吴国终于出兵。危难刚刚解除，吴军便帮着我们把都城迁到了州来。兵荒马乱的日子稳定了下来，鸡也不飞了，狗也不跳了，国家又像个国家的样子了。我决定朝见吴王，聊表谢意。

我太大意了，居然忘了后院还有一堆随时都会爆燃的火苗。那帮臣子们，那些口口声声高呼"我侯"的臣子，以为我又要低眉顺眼，舔着吴国再次迁都，居然密谋一计，派出了刺客。

好了，故事该收场了。乱哄哄你方唱罢我登场，下一个该登场的，是我的儿子朔。四十四年后，蔡为楚所灭。

回过头，一帮写史的人，扒开旧账，又开始从那两件华美的裘皮大衣说起。

悔煞我也。

第三辑

晃来晃去

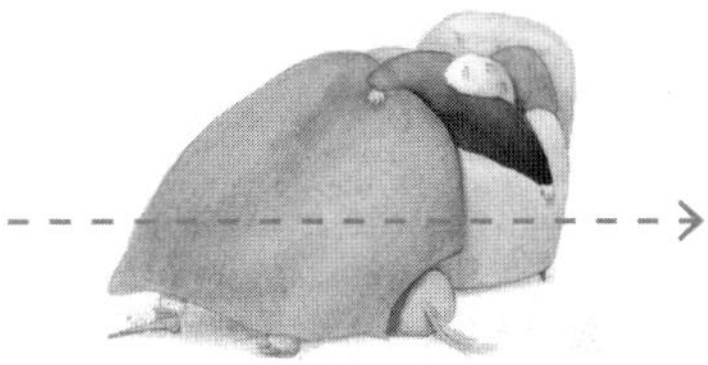

逮 鱼

张建春

俊叔身上一辈子都带着一种味道——鱼腥味儿，顺风逆风都能闻到，又浓又重。

鱼腥味儿是逮鱼时沾上的。俊叔逮鱼，鱼把味儿传染给他，他的周身就都是鱼味儿。连俊婶有时也调侃，俊叔的裤裆装着条鱼。

事情奇怪得很，俊叔万事无兴趣，独独盯上了鱼。村里有人说他属猫，馋鱼；有人说他前世是鱼鹰，专和鱼作对。猫也好，鱼鹰也罢，鱼在俊叔的眼里，就是一枚枚红艳艳的鲜桃，即便跳起也能摘下。

村子有一条河流过，河小，水浅浅地流，但不耽误送来一条条鱼，水流进塘里田里，鱼随水走，鱼就安下了家，在塘里住，在水田里吃草吃虫。

村里人除俊叔外，少有人逮鱼。种田人嘛，以稼穑事为主业，“逮鱼摸虾，失误庄稼”，老古训了。

俊叔例外，自小就爱逮鱼，无师自通，刚会走路，挣脱父母的手，就把田沟里的小鱼小虾捏在手里，捏得两头冒屎。大时就更不用说了，整天窝在水边，见鱼就抓就逮，和鱼虾有仇一般。逮鱼误事，俊叔的书不读，进学校点个卯，转身扎到水边，鱼虾逮了一串，用柳条串了，在同学们面前晃来晃去，得意得没鼻子没眼睛。

该是做地里庄稼活儿的年纪了，俊叔仍是把逮鱼放首位，地里的活儿三把两手干完了，转身就是逮鱼。何况水田里有鱼，边干活儿也可边逮鱼。为逮鱼，俊叔没少挨棍棒，但棍棒过后，鱼还是一点儿不少逮。

俊叔逮鱼就是逮，和网、叉、罩、钩没半毛钱关系，一双手足够了。村里人有话：一塘鱼乱翻花，一无网来二无叉，只好睁两只卵蛋眼望着它。这话对俊叔无效，俊叔的逮鱼是真正意义的逮，空手套白狼，“狼”就是俊叔手中的鱼。

看俊叔逮鱼，眼不够用，他的手快，鱼影刚闪动，手就到了，手落鱼起，大小鱼绝跑不掉。

夏大，俊叔是浪里白条，一头扎进水塘里和鱼追逐，一条条鱼硬是被他追累了，乖乖地在他手里打呼噜。冬天逮鱼，冰碴碴天气，俊叔划了腰盆入水，撸起半边袖子，手臂没进水里，手在水草根摸索，鱼奔暖处，俊叔的手就是热源，一抓一个准。

俊叔把逮鱼当作业计，村里人不看好，逮鱼混不饱肚子，丘陵地鱼少，不能成为渔民，种粮食才是正事。

真正让俊叔父母操心的是他的婚事，游手好闲逮鱼玩（村里人这么认为），谁家的姑娘能看上他？事实也是，俊叔的父母找上红人（媒人）不知说了多少家，红人嘴还没张开就被封住了：是那个一身鱼腥的人呀！免谈。

免谈归免谈，俊叔一年里有那么几天吃香，大年三十年夜饭，有条鱼是必须的，年年有余（鱼）是个好兆头。鱼从何来？就托俊叔去逮。俊叔乐意，腊月二十七八开始，俊叔忙着划腰盆下水。年鱼有要求，大了不好看，小了上不得桌。为此俊叔努了不少力，好在他熟水路，年三十前，他保证郢子里家家的年饭桌上有条斤儿把的鱼。鱼五花八门，各色品种都有，这让邻近的郢子人羡慕不已，他们桌上的鱼不少是看鱼（木雕的鱼）呢。

年三十鱼上桌，郢子里的人念俊叔好处，仔细一想，还没给俊叔鱼钱。给过，但俊叔怎么也不肯要。俊叔有话：鱼是水里长的，是郢子里的人共有的，如家养的鸡鸭，他随手赶回家的。

俊叔一年到头逮鱼，按说鱼会越逮越少，可事实相反，鱼没见少，鱼头却一天天满将起来。俊叔逮鱼两不逮，幼年的鱼不逮（幼年鱼是俊叔首创），大肚子鱼（怀孕的鱼）不逮，俊叔留有后手。上十斤的鱼俊叔也逮过，但逮得最大的鱼是俊婶。严格来讲，俊婶是在雪地被俊叔逮住的。

俊叔雪天逮鱼，碰上了一头栽在雪地里的俊婶。俊叔扔了腰盆，将俊婶背了回家。就这么简单，之后是俊叔天天逮鱼熬鱼汤，把俊婶调理得红润了。

俊婶好一口热热鲜鲜的鱼汤，嫁给了俊叔。晚上两口子光溜溜搂在一起，俊婶动情：你是我这一辈子逮到的最大的鱼。俊叔不同意，说：你才是。俊婶回话：你是鱼，一身的鱼味儿。是就是吧，俊叔如鱼得水。

俊叔把鱼逮得更欢，小河有几年没鱼来，但也就几年，鱼又成群结队地来了。

俊叔老了，还是戒不了逮鱼的瘾，只是大冬天不逮了，袖着手在塘边河边转。

儿孙们有出息了，都进了城，俊叔俊婶也打算去。可村子里来了更多的逮鱼人，用电瓶打鱼，在夜里逮鱼。

俊叔看不下去了，电瓶打鱼是老嫩一把捋，干的是让鱼虾断子绝孙的活儿。俊叔拼了老命，和电瓶逮鱼的人干了一仗，虽没胜负，但还是将用电瓶逮鱼的人撵走了。

俊叔做了两个决定。一不进城，九头牛拉也不进城。二不逮鱼了，金盆洗手，让鱼们不再担惊受怕。村里人曾说过，俊叔水边一站，大鱼小鱼就走魂了。

不进城就不进城，儿孙们依了俊叔。不逮鱼俊叔手痒没处送，俊婶就把手伸给俊叔：我这鱼可逮。

俊叔就把俊婶的手抓紧了。

一塘鱼哗哗地翻着花。好着呢。

井　事

张建春

宽子夜里对老婆说：我要挖井。老婆桂枝反手给他一巴掌：挖个头，鸡都叫头遍了，明一早板田要犁，留点儿劲儿干活儿。宽子哼了一声：犁田归犁田，井要挖。

第二天中午，大热的天，宽子戴了顶破草帽就在院子里干起来。桂枝吼他：死人啦，还真当回事了。宽子不理睬，挥锹掘土，一个筛子大的井口形状出来了。

宽子犟驴样人，认准了的事绝不回头。

村子立在丘陵上，十年九旱，吃水用水靠天收，肚子饿了能忍，没水喝事就大了。村里人吃水，从塘里挑，水浑，加把矾打打，凑合着吃喝，讲究不了那么多。

村里有口井，落在宽子邻家二保家的院子里，平常宝贝一样，收得紧紧的，谁要去他家打桶水，他的脸拉得像欠他二百钱一样，时间一久村里人就把这井忘了，当作没井这回事儿。

二保家的井是祖传的，井沿上青苔斑斑，但井眼里的水还是汩汩地涌，清丝丝的，对着井口，能照出人脸上的皱纹。

宽子挖井的动静闹大了，村里人三三两两地来问个究竟，大家最关心的是能否把井挖成了。宽子对如此的问话，一律不予理睬。问急了回上一句：皇帝不急太监急，成不成关你屁事呀。

井一天天向下深入，桂枝心疼宽子，常常来帮把手。宽子在井下挖，桂枝把土一筐一筐用绳子吊上来，也不分白天黑夜，累是累点儿，但井的念想，让夫妻俩不觉得累和苦。

实际上宽子挖井，不为别的，就为和桂枝相亲时的一句话，他当时对桂枝说过，嫁过去就能天天喝井水。村里有井，不是假话，但天天喝井水，没能实现。宽子不愿看二保的脸色，二保不是好家伙，他还说过：井水是好，宽子老婆的井水更甜。话传到宽子耳朵里，他打到了二保家，差点儿出了大事。

桂枝是个好老婆，不吃井水，吃塘水照样能活人。桂枝从没提过宽子当时的许诺，但宽子排解不开，一想到曾经说过的话，就一夜一夜地睡不着，觉得欠了老婆一笔大债。

井挖了八丈深时，土还是干巴巴的，不见一丝丝潮气。桂枝沉不住气了，对宽子说：累得狗颠一样，还不见水，不干了。一屁股坐在地上，把头上的汗甩了一把又一把。宽子安慰她：快了，快了，再打两丈，就到井眼了。宽子窝在井下不上来，桂枝也只好凑手干，不能让宽子憋在井下。

打到十丈深了，井底的水还是不吭声，一点儿动静也没有，这下轮到宽子认了，看来井成了废井。晚上宽子早早上床，累得像一摊泥，仍是翻来覆去睡不着。桂枝睡得香，突然一拱而起：出水了，出水了，天天吃井水啦！说完又呼呼大睡。宽子的泪下来了，桂枝惦记着呢。

起了个早，宽子持了把长钎下井，向坚硬的井底凿去，一下，两下，三下……水竟哗哗地流出来了，井眼找到了。慌得宽子猛地向井上攀爬，边爬边大呼小叫：出水了！出水了！

宽子有办法，拖了板车进城，一连去了三趟，拉回了三十多根比桶还粗的水泥管，一根根地向井下放。二保家是砖井，宽子家是水泥管井，不管怎样是口井，水清水亮水甜水好喝。

一村子里的人都跑来看宽子家的井，桂枝舀了水，让来人尝，问：甜吗？来人尝口，头点得像鸡啄米：甜，甜，甜。也有开玩笑的，说：桂枝的井水甜。

有心说，有心听，宽子把开玩笑的人撵得满天飞。

二保来得迟，在井边转了几圈，一把揪住了宽子的衣领，破口大骂：狗日的宽子，你家的井，抢了我家的水。宽子气得发抖，倒是桂枝冷静，对着二保吼：你家的水，你喊喊看可答应你！村子里的人围了上来，说是拉架，明显是拉偏架，向着宽子。二保自知理亏，站不住脚，还被拉架人有意无意捣了好几个黑拳，吃了哑巴亏。

到宽子家挑水的人多，家门开着，宽子有空还帮着打水，一时间宽子家热闹。但没过几天，宽子又发愁了，来打水的千恩万谢，搞得宽子心里不是滋味，一看有人来打水，就躲得远远的。

晚上宽子又睡不着，捣捣桂枝，桂枝也没睡着。宽子说：商量件事，我们把院墙拆了吧。桂枝一愣，爽快地说：拆。说完，身子凑了上来：宽子，你好长时间没打水了。羞羞的，像个新媳妇。

宽子家的井从院子里露了出来，宽子看着打水人来来往往，心中坦坦的。宽子最喜欢听人说：桂枝家的井，水甜。他听不出有其他味道了。

村子里就有了两口井。宽子家井水活，二保家的井锈了。

做柴活儿

张建春

有一句话讲得好俏皮：“上山带斧子——做柴活儿。”不是吗？上山腰间别把锋利的斧子，不就是专对着树去的吗？树为柴质，不做柴的活儿，还能做石头的活儿？

做柴活儿还有引申。事干砸了，后果严重，会说：这下柴活儿被做了；酒喝大醉，会自言自语：这下柴活儿被做尽了；抓住了对方把柄，会说：待会儿做你柴活儿。如此等等，构成了乡村文化一旮旯，做人柴活儿，生动、好解、有趣。

游明权算得上做了大半辈子柴活儿，是那种带上斧子上山的柴活儿。山是不大的山，和大山大川不能比，仅是隆出了地平线，微微地向上凸起，却连绵数十里，将水分成两爿，向长江、淮河两个水系流去，山叫紫云山，名字很好听。游明权就在紫云山边的村子出生，也倚着紫云山长大。

靠山吃山，游明权和村子里的人一样，吃紫云山。紫云山上吃的多，树、山蘑、野果、走兽。但吃得最多的是树。这树能吃吗？能。

木材可卖钱换粮，树枝能生火烧饭，树果子能榨油。树全身都是宝呢。

游明权自小就做柴活儿，山边的孩子嘛，刚能拿动斧子，父亲就打发游明权上山，砍树捡树枝。

所做的柴活儿，主要是针对杂树的，诸如楮树刺槐之类，杂树的活儿被做了，松、栎、梓等才能拔着劲地长，成材成大材。

做柴活儿也不是好做的，紫云山不高不大，树却密密麻麻，也没个路，做柴活儿得自己找路。树间事多，比如野蜂多，藏在隐蔽处做窝。游明权十来岁时上山做柴活儿，触了蜂窝，野蜂围了他，头脸被蜇，肿得笆斗大，差点儿被野蜂做了柴活儿，丢了性命。

村子还是小村子时，紫云山能养活人，山中有宝贝，山坡种粮，林间找野物，砍些杂树旁枝烧火做饭，自给自足。山也因人得到调解，树和树间有了空隙，阳光斜斜射下，维持了地表的平衡。人和山，山和人，形成了良性的生态圈。那时山清水秀，美美地塞在人的眼睛里。

不知何时，村子的大饼越摊越大，紫云山还是原来的山，山上的植被却是一退再退，上紫云山做柴活儿的人却一天比一天多。

已经成人的游明权自然是上山做柴活儿者之一。家人要养活，妻儿的嘴要糊。这时的做柴活儿是真正的做柴活儿，大树被一棵棵砍去，小树也不手下留情，野蘑菇不见了，连鸟也都迁走了。

紫云山的柴活儿被做尽了。树没了，山秃了，大雨一来，山石上一层薄土，也被冲刷干净，剩下的就是丑陋的石头。

山开始做人的柴活儿了，光秃秃的紫云山养不活村子里的人了，穷的根子就此种下了。

靠山吃山，这老古话不灵验了。村子里的人一批批向外走，和逃荒没什么两样。

游明权也想走，但五十多岁的人，又能向何处去。走不出去，索性就不走了。游明权不走，老伴儿也不走。游明权不信，偌大一座紫云山能饿死他。

游明权上山，带的不是斧子了，是锹和镐。上山带锹和镐，做不了柴的活儿。游明权在石缝里栽树，把一棵棵小小的树栽在大树原来的位置上。游明权每栽一棵树，嘴中就念叨，接你们回家了。游明权念叨的“你们”，是松是栎是桦，当然还有新的客人，栗呀、桃呀、梨呀之类。斧子锈了，锹和镐却一天比一天锋利，随之的是山的小绿，林的小青。一晃二十年过去了，紫云山突然高出了一截。不是山长高了，而是树长起来了，山因树而高呢。鸟也归来了，一层层的鸟鸣，造就了紫云山的立体声。

人也开始归来，归来的不仅是老住户，新来的人更多。来的人都惊呼，紫云山好美呀。

紫云山是美，美得铺了层绿云。

靠山吃山，这老古话又能拾起了。

游明权老了，可又不显得老，他手脚灵便，山路上小跑，绝不大口喘气。紫云山有许多故事，游明权都能讲透，和游客讲，游客们愿意听，听了还要再听。游明权有时也讲做柴活儿的事，听得游客直咂嘴巴。还是老习惯，一大早游明权就走上了山路，一步三回头地走。老伴儿送游明权进山口，还不忘递上斧子，游明权接了，别在腰后。

斧头光亮闪闪，锋利，但古旧。斧子是游明权从古旧中磨砺翻新而来的，成了如今游明权的标配。

上山带斧子，游明权不是来做柴活儿了，紫云山的每一棵树都是他栽下的，游明权对它们亲得很，就像自己的孩子，护还护不过来呢。

有那么一天，游明权把别在背后的斧子抽了出来，猛地发现，陈旧的斧柄上生出嫩芽。这斧柄有些年头了，怎就活了？

疑问间，游明权醒了，原来是刚才倚在一株栎树上睡着了，做了个春梦。真的是春梦，遍地花开的春梦。

游明权朗声一笑，紫云山跟着笑，笑声传得好远好远。游明权手一抖，斧子落进山岙，又一棵树生根了。

少年和鸟

陈永林

村庄很小，仅九户人家，因而村庄又叫九家村。九家村的前面对着黄泥湖，另三面被大山围了个严严实实。

少年喜欢坐在湖滩上看那湖里游来游去的鱼，看湖里来来往往的船，看湖面上飞来飞去的鸟。

少年一坐就是大半天。

少年没有朋友，甚至连说话的人也没有。村里如有小孩同他说话，准会挨父母的骂："今后少跟他玩，少跟他说话，要不你也会变得同他一样傻。"

少年听了大人的话，心里说：我才不傻呢！你们才傻呢！

但少年从不感到孤独，也从不感到无聊。没人同他说话，他就同鸟说话，同鱼说话，同湖说话，同山说话。

父亲抚摸着少年的头说："你没疯吧？"

少年摇摇头说："爸，我没疯。"

父亲问："你若没疯，今天怎么一直同一只喜鹊说话？"

"同喜鹊说话就是疯了？"少年反问。

"你能听得懂喜鹊说的话？"

少年说："我怎么听不懂喜鹊说的话？其实，你们如果用心听，也能听懂喜鹊说的话。"

父亲叹了口气，再懒得同少年说话了。

这年突然大旱，老天已八个月没下一滴雨，湖床干裂成一块块乌龟壳。树叶已枯萎了，纷纷飘落。正是夏天，往年的夏天，满眼满眼的墨绿，现在却见不到一点儿绿色。

村人再找不到一点儿吃的了。

村人都饿得面黄肌瘦，连走路的力气都没有。村人们都在盼下雨。只要下一场大雨，野菜会长出来，槐树叶会长出来，鱼会游回来，兔子也会跑回来。只要下雨，村人就会有吃的。

这天，少年正坐在湖畔发呆时，一只喜鹊一头栽倒在少年的脚下。少年以为喜鹊是饿晕了，忙从口袋里掏出十几粒玉米，一粒一粒地塞进喜鹊的嘴里。少年一连喂了喜鹊 15 粒玉米。这些玉米是少年挖田鼠窝时的收获。少年口袋里每天都放十几粒玉米，饿得头昏时才往嘴里放一粒。

但是喜鹊的眼睛还是闭上了，身子也慢慢变冷了变硬了。

少年把喜鹊抱在怀里，泪水一滴一滴地掉在喜鹊身上。

邻居看到了少年怀里的喜鹊，眼睛一下子绿了，绿色的涎水也淌下来了。他什么话也不说，便来抢喜鹊。

少年抱着喜鹊就跑。

邻居追了几步路就追不上了，坐在地上大口大口地喘气。

父亲见了少年怀里的喜鹊，脸上笑成了一朵花。“许久没吃过肉了。我这就去烧水拔毛。”

“爸，这喜鹊是被毒药毒死的，不能吃。”少年急中生智地随便编了一个理由。

“你怎么知道喜鹊是被毒死的？”

“它的嘴里有血，被毒死的动物嘴里才会有血。”

少年在屋后挖了个坑，把喜鹊放进去，盖上土。但是少年刚走开，喜鹊就被一个村人挖出来了。幸好被少年看见了。少年喊：“这喜鹊是毒死的，吃不得！”

村人丢下喜鹊跑了。

天黑后，少年来到湖滩，前后左右看看，见没人，才蹲下来拿铲子挖个了坑，把喜鹊放进坑里，盖上土，并来回踩实。

又过了一个月，仍没下雨。已有村人饿得下不了床。村里管事的来到村头的槐树下，敲响了村头的钟。

村人或拄着棍，或相互搀扶着来到槐树下。村人一走路，脚下就扬起厚厚的尘土。

头顶上的太阳呼呼地散发着热气。有位村人说："不饿死也要被晒死。"

一群乌鸦在村人的头顶上飞来飞去，黑色的叫声在村人的耳畔雷鸣一样炸响。

管事的说："大家还是逃荒去吧，逃荒还有一条生路，待在村里只有等死。"

村人们都散了。

第二天一早，村人背着铺盖，手里拎根打狗棍出了村。

少年也跟在父母的身后往村外走。

村人不知道去哪里，也不知道未来是什么样的，满脸的迷茫与恐惧。

村人全走了，村子成了空村。

后来，出外逃荒的村人断断续续回九家村了。外面也一样，有的甚至比九家村还惨。

九家村原来有九户人家，经过这次劫难，现在只剩下五户人家了。

五户人家回村后才发现他们没种子了，都叹着气说，唉！这是天意呀，九家村命该如此。

这时，少年指着湖滩上的十几棵玉米说："那不是种子？"

村人都往湖滩上跑去，近了，都欢呼起来，15 棵玉米长得人一样高，每棵玉米穗上都挂着两三个玉米棒，玉米棒沉甸甸的，把玉米穗都压弯了。村人脸上的泪水都亮闪闪的，每滴泪水里都有一颗灿烂的太阳。

"湖滩上怎么长了 15 棵玉米？"有村人问。

不少村人都摇头。

少年说:“这是喜鹊的功劳。喜鹊临死前，我给它喂了 15 粒玉米。喜鹊腐烂后，这 15 粒玉米发芽了。”

有村人问:“15 粒玉米在喜鹊的肚子里，应该挤挤密密地长在一起，不像现在这样长成一排。”

少年说:“水把玉米冲散了。”

村里管事的说:“少年不但不傻，还很聪明。”

少年说:“我也觉得我聪明。”

管事的对少年说:“如果你没给喜鹊喂这 15 粒玉米，如果你吃了喜鹊而没把喜鹊埋在湖滩上，那也就没有这 15 棵玉米了，没这 15 棵玉米，那我们九家村就得灭绝！你是我们村的大功臣！”

村人举起少年，往空中抛，有多大的力使多大的力，少年被抛得老高，往下掉时，耳畔的风呼呼地叫。村人震天动地的欢呼声，落在湖面上，湖面上砸起一个个酒杯样的水花。

后　来

莫小谈

出差到这个城市，王小郑来接站。

我见他只身一人，就打趣他："你的美娇娘呢？"

他嘴角微微上扬，笑笑，耸耸肩，说："分了，有一段时间了。"

大学毕业后，王小郑独自闯天涯，从一个城市到另一个城市，执着而又极不庄重地寻找着自己的归属。

当他再次来到这座城市时，认识了美娇娘。他看中她的超然脱俗之气，心一下安定了。她看上了他那股子浪子野夫的劲儿，心底却躁动起来。

这种不契合的感受，在两人共同度过很长一段时间后，才彼此坦白，他们当即就相互指责，说对方变了，不如初见了。

我笑他："当初，你口口声声说为爱而生……"王小郑一听"当初"，不等我把话说完便来了兴致，他用后槽牙咬开两瓶啤酒，说："来，咱兄弟俩干了，再一起忆青春。"

我们坐在马路边，就着熟食和风，不断向前倒腾着时间的线轴。十年前，我们一帮人踏着香甜的空气溜出校门，就像从滑冰场的这端，一点脚尖儿，就滑到了另外一端。

我们各自拎着行李来到火车站。王小郑说："有没有胆量，一起出去浪一回。"大家疑惑地望着他。他嘿嘿一笑，说："我去问售票的大姐，从这个站出发，最远的终点在哪里？"

“在哪里，我们就去哪里，敢不敢？”王小郑还在笑，像是在说，不敢？不敢就是缩头的王八。

青春期从不缺荷尔蒙和冲动。就这样，我们按照王小郑丈量的距离，1844 公里，我们原班人马开拔至这座城市。只不过，启程的列车要等到明日才开。

当晚，我们捏着自己的车票在车站广场上闲逛。依然是王小郑提议，说：“喝啤酒吧，都是社会人了，喝啤酒吧。”

“我不会喝酒。”某人说。

“啤酒是酒吗？”某某人反问。

“料酒是酒吗？”某某某人又反问。

“石墨是墨吗？水泥是泥吗？恐龙是龙吗……”我们在一次次如此反问中，一口口灌着啤酒，还不停揶揄先前说“不会喝酒”的人。

“谁给我……说说……”某人拎着酒瓶问大家，“这玩意儿为什么叫酒？”

“如果当初……给它起名儿的人，指着酒说，这是八……不是酒，会不会今天……我们每个人都在劝对方：喝八，谁不喝八……是王八。”

“王八为嘛叫王八，它为嘛不叫王九？”

“对……叫王九……叫王十，王十一。”

“王小郑。”大家哈哈大笑。

“王小郑……你说说……你为嘛要叫王小郑？”

我们都喝醉了，像全天下醉酒的人一样，不停重复着同样的语言，毫无顾忌地冲着广场高喊：

“头发——你为什么叫头发？”

“月亮——你为什么叫月亮？”

“上海——你为什么叫上海？”

几天后，我们从这座城市里各奔东西，只有王小郑留了下来。

这源于一场偶遇的求婚仪式。

商城里，女孩被一个穿卡通人偶服的人拦下，拉着她的手，女孩羞答答地迎合着。突然，商城内下起了玫瑰雨，起初是一片一片的，后来是零零星星的，再后来，女孩走到哪玫瑰雨就下到哪。就这样，卡通人偶引着女孩在一家珠宝柜台旁停下。男孩摘下头套，他从柜员手里接过戒指，单膝跪地，向女孩儿求婚："嫁给我吧，我会给你一生一世的幸福，不论富贵贫穷，无论疾病健康，我都会与你不离不弃。"

伴着动人的音乐，玫瑰雨扑簌扑簌地下了好久。女孩好像被这突如其来的幸福惊呆了，她怔在原地，说不出话来。

路人如被人摁下开关似的，不停地齐声高喊："嫁给他！嫁给他！嫁给他！"

王小郑定定地望着这一切，一个大男人家的，居然感动得哭了。他以此认定，这是一座充满奇遇和爱的城市。当他流浪了无数个城市后，决定再次返回来，寻找自己的爱情。

他果真爱上了本地土著美娇娘。他一心想给她一个类似偶遇的那种求婚仪式，但他始终凑不齐一枚戒指的钱。美娇娘说："没事的，我养你。"

王小郑的生活越来越好，但他却越来越讨厌这种被养的生活。他说，他们最后时常为一件小事吵架。

"你变了。"

"你变了。"

"是你变了！"

"是你变了！"

"我从没见过如此抠门的人，吃你一口罐头，就生气，就胡闹。"美娇娘指责他。

"就是，吃你一口罐头，咋了？"我也指责他。

"不行，不能吃，娘千里迢迢送来的。"王小郑郑重地说，"她拡走的……是我那……无处可诉的……乡愁。"

王小郑醉了。只有醉了的王小郑才会说出如此斯文的话，他仰脖灌了一口酒。

“得劲。”他吧咂着嘴品着酒香，突然问我：“你说，这酒……为什么叫酒？”

“它应该叫八，”我不禁想起十年前的那个晚上，“来，咱谁不喝八，谁就是王八。”

王小郑干笑着，说：“真无聊。”他站起身来，冲着长空吼道：

“王八——你为什么叫王八？”

“爱情——你为什么叫爱情？”

“生活——你为什么叫生活？”

喊着喊着，王小郑眼睛就亮了起来。

那天，王小郑一遍又一遍地问我：“先前我们认为无聊至极的举动，为什么现在想来特别的感动，而当初认为很感动很感动的，如今却觉得如此的无聊？”

我说：“王小郑，你真无聊。”

五里堡街上有首诗

莫小谈

我望着鱼缸发呆，里面有游来游去的鱼，这让我突然想到了五里堡，我曾有很长一段时间就住在那儿。

从鱼缸里的鱼想到五里堡，是因为我写过一首诗，诗文大致是这样的：从此／我的生活有了轨迹／日夜游走在五里堡的街里／我期盼下雨／因为／我是一条鱼缸里的鱼……

这首诗发表在一家省级刊物上，遗憾的是编辑把我的名字署错了。我向主编打电话，她说对不起，我们可以在下一期的杂志上刊登声明。下一期、下下期、下下下期的杂志，我都买了，但这个声明依然没发。现在更没指望了，因为它停刊了。

我每天白天上班，晚上写一部名为《鼎裂》的长篇小说，类似《盗墓笔记》，我想从另外一个视角打开杜岭方鼎的前世今生。但后来证明，我失败了。

除上班和写书外，我最大的爱好是买书。一天，报亭里的售书女孩忽闪着大眼睛问我会不会写诗，我说不能算会，偶尔也写一两首。她说挺好，挺好。我问她在这儿上班是不是因为爱读书，她说才不是呢，一看书就头疼，天生不是读书的命，要不谁还出来打工呀。我学着她的腔调说，挺好，挺好。她坏坏地一笑，说，不认得我啦，我们曾有过亲密接触。

我一愣。仔细打量着眼前的这个女孩，娇小的身材，一双淡眉如秋水，一条马尾辫顺溜地垂在肩后，依稀感觉确实在哪里见过。噢，想起来了，前段时间的一个晚上，我加夜班回得很晚，匆匆拐进胡同时，突然与一个抱着一摞图书的女孩撞了个满怀。我急忙说对不起。女孩没搭腔，只是嘴里连声说，要转运了。我不明就里，就道歉说不好意思，是我走得太急了。女孩说，没事的，权当撞大运了。

想到这，我笑笑问，你就是那个抱书的女孩？她嘻嘻一笑说，看，我没认错吧，你是大运。我说我不是大运，我有我自己的名字。

后来我又到她店里买过几次书，老远她就喊，大运，你喜欢的书到了！我不得不一遍遍地给她强调，我不叫大运，我有名字！好好好，别生气，我叫大运行了吧。从今天起，我就叫大运了。

那天，大运说，报亭换老板了，她准备辞职，去开一家花店。

过了一段时间，大运的花店还真的开了起来，在五里堡长街的街角处。花店离我住的地方不远，一路小跑的话，只需三分钟就到了。上下班时，我常路过那里，但从来不买花。在我的意识中，花对于我来说就像天边的云，飘在天上，看得见，摸不着。

自从开了花店以后，大运也慢慢地变了，变得懂得装扮自己了。这也难怪，卖花当然不同于卖书，书就会死板板地躺在那里，姜太公钓鱼愿者上钩，你喜欢了我就跟你走；不喜欢了，你走你的，我还躺在这儿。而花不一样，花有香，有灵魂，能招人，你不喜欢不是，我扭一下腰姿你就喜欢了。再说了，花越好看，衬得人就越好看，人越漂亮，花跟着就越漂亮。

我就亲眼见过一个本不爱花的男人，从大运家买走大批的花。男人说家里刚装修好，爱人非要一个花的海洋，自己又对花粉过敏，但又不能不装扮。女人嘛，就是要哄的。男人看得很开，钱是身外之物，爱情才是永恒的，“生命诚可贵，爱情价更高”嘛。男人说得头头是道。

最后结账，一共 2955 元。

男人问，这玫瑰花多少钱一朵？

5 块。

我买 9 朵多少钱？

45块。

好，全送给你。男人掏出3000块钱递到大运的手里，说不用找零了，剩余的钱是我送你的花。

大运并未推托，心安理得地收下了，说，谢谢你送我的花，我很喜欢。

男人走后，大运看着我耸了一下肩，说，没办法，生意不好做。哎，对了，你会写诗，帮我给花店想句广告词呗，但像什么“花开富贵”呀，“春花烂漫”呀啥的，都不要。我要有诗意的，有哲理的，有韵味的。

我说，成。

大概过了半个月，我从花店门口过，见上次买花的男人也在。他俩有说有笑的，很开心。我在门口徘徊一阵子，终究没有进去。正要离开时，大运从店里出来，喊住我问，我的广告词呢，想好没？

我说，没，再容我两天吧。

好，就两天啊，别老闷在家里，记得出来玩啊。

那阵子，我书中的情节正紧，就将自己关在房间里奋笔疾书，成摞成摞的泡面盒子生了毛，才下楼去扔一次垃圾。但当写完11万字时，突然没了思路，只好向梦想投降。

那段时间，我郁闷得不行，整个人都变得喜怒无常。好友王小郑给我打电话，说你最近怎么回事，好几个同学都说你脑袋被驴踢了。我说我写不出来文字了。王小郑听后哈哈大笑，他说你还真以为自己是作家了，写一句广告词能写囫囵不？

我突然想起那家花店，就急着挂电话，说不和你贫嘴，挂了。但当我走到街角时发现那家花店已经搬走了，对开的两扇玻璃门被一把铁链锁紧紧地拴在一起。我将门推开一条缝隙，闭着一只眼睛往里看，里面空空荡荡的，只有两盆仙人掌扔在那个旧鱼缸旁边，像两个被遗弃的婴儿。但，它们开着鲜艳的花。

怔了半天，我才慢慢缓过神来，蘸着口水我在那扇落满尘灰的玻璃门上写下一句话：花店不开了，花却在开。

大运姑娘，这一句你满意吗？

水大鱼大

刘兆亮

大雨终于在傍晚停下来，村子里所有的河沟都被雨水斟满，溢上了村道。笼罩一天的黑云落尽，天空补来了光亮，地上万物，格外地亮，简直是闪闪发光，不像是傍晚了。误判时辰的猫头鹰，安静地蹲在树杈上，像是在抽着闷烟，等待真正傍晚的来临。

其实，这个村庄的一天才刚刚开始。人们从屋子里涌出来，短裤、赤脚散到村道上。汉子们手里拎着网具，端着鱼叉。小孩们提着鱼篓，跟在大人后面，蹚得村道上鱼脊深的水哗哗响。女人们则三三两两点缀在人群里看热闹，也有的守在灶房里，把炒菜的锅刷净，等鱼下锅。沟满河平时，那些潜在水底，又被雨水压制一天的鱼，争着到水面来喘口气。周围十里八乡的鱼塘、沟壑都被大水连起来，不分彼此，混为一个无边界的世界。水大鱼大，大家也习惯了谁抓到归谁，像过一次集体节日。他们早就想通了，就是不去抓，水退了，也不会是哪家的鱼就回哪家的塘。

我那时十三四岁，也提着一个竹鱼篓，跟在父亲身后。他叼着烟，手提一柄雨伞状、可以收扩的罩网，朝着相反的方向去。关于捕鱼，父亲向来是一个老手，用我们老家话讲，叫有“鱼路”，知道鱼从哪里来，到哪里去。出门之前，他还拆开一个香烟盒子，在干净的背面，画了一张河道草图，打了颗五角星。

父亲跟我说，走水路时脚抬高一点，步子大一点，就不会被水绊住，走得快，还不惊扰鱼，待会看到鱼脊背时，也这样走。我被父亲带到了两大片玉米地之间的小道上，他蹲下来，眼睛向两侧玉米地扫过去，又扫过去，然后，指着一个方向说，那是咱家玉米地。玉米秆已不再长高，腰际鼓了苞谷，翠绿的苞谷头上，吐出了一小撮嫩粉的缨。父亲放下网罩，用手指拈了一下苞谷头，放在鼻翼嗅了嗅，面露喜色，转身对我说，玉米叶子宽，挡雨啊，不会碍着灌浆，等明儿一早水退完，苞谷米就按天往实里长了。我只想快些见到鱼脊背，没想到父亲先关心起玉米来了。他又蹲下，用手伸进玉米地水底，抓了一把泥。我凑过去，想赶紧帮他把这撮湿泥看完，好奔入找鱼的正题。我看见，这些黑泥上沾有黄色的屑，拣出两粒，捻了捻，学着父亲嗅了嗅，竟有一股米香。我说，这是米糠。父亲有些兴奋地说，对，前些日子，为玉米灌浆追的肥，没想到抓鱼能用到了，大鱼要是不来，我们就当来看看玉米。

我们在玉米地里，蹲成了一大一小两棵玉米，或者父亲是棵玉米秆，我是一个苞谷。腿都蹲得有些麻了，我还透过两行玉米，回望村庄，看到很多人家升起了炊烟。我甚至能从炊烟里闻到鱼香。那些奔向捉鱼正面战场的人家，应该已经满载而归了，而我们仍在玉米地里瞎等。其间，只有几群虾米一样的小鱼，在玉米地漫过脚脖的水面游荡，影影绰绰地搅动点水花，根本不值得我们下手。我对父亲有些失望。但他压低声音，没头没脑地说，后马庄的水塘应该连通了，该来了啊，再等会。父亲所说的后马庄，在玉米田的另一侧，那个村里有三四个大鱼塘。

傍晚无论多明亮，终归是傍晚，长不了。天眼看就黑了，玉米田里提前入夜。父亲从腰间拽出了一支手电筒，“啪”地推亮，玉米田里有了光束的探照，罩上了一层神秘氛围。田里的水面渐渐澄清起来，水位也在下降。父亲声音又压低一些说，这个水深，三斤以上的鱼，眼睛就有一半露出来，照上去，一般的鱼就愣在原地，罩网扑上去，十拿九稳。

天黑透时，父亲变回了那个传说中懂“鱼路”的人。他的电灯光，跟一条大鱼的半个眼睛撞在了一起！这条鱼只愣了一下，突然猛蹿起来，撞在玉米秆上时，还腾空跃起——黛青，通身浑圆，有豹子一样的花纹，是条大黑鱼。父亲大喜过望，念叨起来，小鱼吃米糠，你来吃小鱼，来吧。“来，你来打电筒。”父亲交给我电筒，把罩网收成一个指挥棒，拨开挡路的玉米秆，借助我盯紧大黑鱼的光，抬高脚步，像是跳着舞一样，紧追黑鱼。黑鱼停下来，他也停下来，当他靠近要用罩网去罩，黑鱼又飞奔起来，像草原上的豹子。水位在降，电筒光下，还有几条巴掌大的草鱼浮出水面，父亲没管，死咬住黑鱼。终于，黑鱼累了，想走地道，一头斜插进了松软的泥里，泥土没松软到底，黑鱼半截身子露在外。父亲停下来，慢慢打开罩网，撑开三四棵玉米秆，压下去，按进软泥里。然后，他从腰间拽出一个橡胶手套，黑鱼身太油滑，赤手去抓，不仅拿不住，黑鱼牙尖，还会扭头咬人——父亲原来早做好了一切准备。

没有人知道，那天晚上，我们是村子里收获最大的人家。黑鱼又贵又少，我们抓到的那条黑鱼足足有四斤。

那条黑鱼自然没舍得吃，母亲烧鱼的锅白留了。第二天天没亮，父亲就把大黑鱼带到县城卖掉了。他给我带回来一双嚷了好久都没给买的回力鞋，给母亲扯回一卷的确良花布，另外，还用一个罐头瓶装回来几条鱼秧子。

“等过两天，水退得清楚了，你跟我到后马庄去，把这几个黑鱼秧子悄悄放到鱼塘里。”父亲很认真地跟我说，“我们抓的那条鱼不知是谁家的，有多少个鱼塘就放多少个鱼秧。”

木　匠

李苇子

山里不缺树，但缺木匠。

就有这么一户人家孤零零地住在山旮旯，老两口带着个闺女，恍若百年老树上躲着的一巢喜鹊。春耕夏耘秋收冬藏，日子过得倒也舒心自得。一年一年闺女就长大了，果然就有山外人上门来提亲。女婿是个种地的，长得是一表人才，刚定了亲，就一口一个爹娘地喊，把老两口乐得合不拢嘴，脸都笑成了两枚老核桃。

眼瞅着闺女要出门子，打家具的木匠却没寻下。打不了家具，闺女就没有嫁妆，门子倒是也能出，只是不够体面，不仅女婿那边会笑话，而且妯娌也会指指戳戳，还有村里那些大嘴巴的，谁会轻易放过这个谈资。要是这样，闺女的日子可怎么熬。

老太太骂老汉没本事。可老汉又有什么办法？让他现学木匠吧，也得有个师傅教呀，老汉就趿拉着鞋子蹲在墙脚抽闷烟。老太太一把将烟袋锅子夺下来，劈头盖脸一顿骂，大意是，你还有闲心蹲这里吃烟袋，还不赶紧外出寻个木匠来。于是，老汉便提上鞋，灰溜溜沿着羊肠小道往山下走。寻了三四天，好歹遇到了个外出揽活儿的木匠。那木匠衣衫褴褛，脚踩一双破芒鞋。要不是肩上那副担子，还真像个叫花子。担子这端是锯、刨、斧、凿，那端是锛、锉、尺、墨斗和五金配件，工具倒是齐全，但是锈迹斑斑，八百年没使过的样子。

老汉实在没辙，只好把他请去了山里，一路上不停地试探着问：

“师傅，你都能打些啥呀？”

“天上飞的，海里游的，啥都能打。”

“别的倒也有限，你只打个三件套就成。”

“成。”

“你知道啥叫三件套不？”

“知道。”

“剩下的时间就几日了，能赶出来不？”

“能。”

见问不出个啥名堂，全家人也只好神佛似的敬着他，最好的房间让他住，最好的东西给他吃。老汉怕猪肉不香，专门去树林里挖陷阱猎了一头野猪来。还把那些锯子啦、斧子啦、刨子啦、凿子啦，磨得十分锋利。这木匠只是吃，只是喝，只是睡，看到老汉蹲在那里抽烟袋，就要过来自己抽，还说烟叶不够味儿。老两口煎熬了两三天，实在等不及了，就问这木匠：“你到底啥时候干活儿哩？”

“时间还早。”

“闺女还有三天就出嫁啦！哪里还早？”

“早着呢。”

“那你今天开始吧？”

“不慌。”

“到底啥时候开始呀？”

“我说了不慌。”

老汉像被夹断尾巴的狗，这里跑跑那里蹿蹿，一会儿踢踢门口那堆木料，一会儿踹踹门前那棵大树，一会儿又跑回院里，听着木匠坐在靠墙的椅子上酣畅淋漓地响着鼻鼾，真想摸起一把斧头冲进去，把他脑袋给砍掉。

闺女出门子的前个晚上，老汉索性也不急了，就算木匠连夜干活儿做出三件套，明天一早那清漆也干不了。老太太咕咕哝哝骂了老汉一整天。说她晚上只做自己和闺女的饭，让老汉去把那“假木匠”撵出去，要不就没饭吃。老汉叹口气，说：“反正也不差这一晚了，明天闺女出了嫁，不用撵，人家也会走。”

“要是不走咋整呢？”

“指正走。”

“要他偏不走呢？”

“他要不走，我拿斧头劈了他给你当柴火烧！”

老太太骂归骂，气归气，晚饭还是做了老汉的那一份，不光有老汉的，连木匠的也有。因是闺女出嫁前的最后一顿饭，老太太做得格外用心，鸡鱼肉蛋样样不缺，还有酒。老两口吃着喝着，想到明天起闺女就成了人家媳妇，都开始悄悄地淌眼抹泪。

第二天，天刚麻麻亮，木匠就把老汉叫起床。老汉迷瞪着眼问干啥。木匠说：“你都要啥家具？”

“三件套，”老汉说，“木柜、条桌和橱子。”

“还要点儿啥？”

“这就够了，”老汉说，“咋的？你是能给我变出来呀？”

“你去外面把木料准备好。”

“早准备好了。”

“搬到院子里来。”

老汉本想拒绝，转念一想，倒要看看这木匠怎么出丑，于是就出门搬木料。当他扛着最后一根木头进门的时候，瞬间就愣在了大门口。只见那“三件套”就站在一团雪白的刨花和粉尘般的锯末之中，还都刷上了大红油漆，雕刻着祥云、龙凤和牡丹。他走过去摸了摸，油漆还微微有些潮。左找右找，只是不见了那木匠，连同木匠一起消失的，还有那一副担子和全套的工具。

闺女嫁过去后，全村人都啧啧称赞：一辈子都没见过打得这么精细的嫁妆呢。几年后，女婿就把老两口接到山下去养老。有人就问老汉是哪个师傅给闺女打的嫁妆。

老汉捋着胡须，笑了笑说，他遇见鲁班了，是鲁班给他闺女打的家具。

行　好

李苇子

那个老要饭的去找何员外，说自己愿意出资在村口的河上建一座石桥。

河面上原本是有浮桥的，一到暴雨天，河水就胖起来，人走在上面像荡秋千，荡过来荡过去，荡过来荡过去，荡着荡着，牵连木板的绳索就“嘭”的一声断掉了。于是，河里常常淹死人。

要饭的为啥愿意出资建这座桥？

这些年，是河两岸的村子养活了他，他不光吃饱了，穿暖了，还有了一点小积蓄，积蓄也是村子里的人们施舍的，这个给一文，那个给两文，遇到有人家娶妻生子，一赏就是一吊半吊钱。要饭的一不置地，二不买房，便将那些钱存在一口破瓷坛里，放在土地老爷的泥塑后头——他就住在破庙的厅堂里。

何员外很感动，他告诉要饭的这些年他不下一次萌生过建桥的念头，最后都放弃了，至于放弃的原因，反正是不足为外人道的某个原因。说，你的钱你留着养老吧，我何员外还能缺这点钱。要饭的就说，钱不在多少，在一份心。何员外听他这么说，知道要饭的心意已决，便不再坚持，接过了那一瓷坛钱。

何员外差人找了几个石匠，选了黄道吉日，烧过黄表纸和三炷线香，也就破土动工了。要饭的要饭回来，便坐在河边看石匠们铸桥。要不是他年龄实在太老了，他肯定会帮匠人们打打下手，铲灰、拌泥、搬搬石头什么的。现在，他能做的就是帮石匠们烧开水，等那水滚开后，再往茶壶里抓一把苦荞，泡出一壶浓酽酽、姜黄色的茶水来，再分别倒进茶碗里，等着石匠们上岸解渴。

那天，要饭的又坐在岸边看石匠们干活，突然就打那边飞来两块碎石子，不偏不倚正中要饭的一双眼睛，两只眼睛全瞎了。要饭的当然难过，但，转念一想，反正自己都这把年纪了，也没几天活头了，瞎就瞎吧。两岸的人们都同情他，不等他上门要饭，都往土地庙里给他送，顺便给土地老爷上个香，就这么着，这座破败的庙宇一时间竟香火大旺起来。

转眼桥就修好了，竣工庆典那天，何员外差人去庙里把要饭的背了来，两岸的人家都来凑热闹，这可是一件大事。从此之后，天堑变通途。两岸来往会更加频繁。黑压压的人们就将那一座崭新的石桥围个水泄不通。大家正高兴着，晴空万里的天上突然飘来一片黑云，一道闪电劈下来，万里挑一，单单挑中了要饭的，就劈在了他的面门上，当场人便死了，就躺在石桥正中间。人们都感到很难过，何员外竟哭了起来。

老天爷啊，不都说善有善报恶有恶报吗？遇到这叫花子，为啥就好人没好报了？不公平呀，不公平……

人们都来扶何员外，说，人死不能复生，这要饭的定是到那边享福去了。咱们应该合伙出资把他厚葬才是正理。何员外擦擦泪，差人去把要饭的尸体抬起来，结果两个大汉都抬不动，就又围上来两位大汉，四个人仍是抬不动。何员外又哭起来说，兄弟啊，你是觉得自己死得冤，不愿走？你放心，老哥哥会请一班和尚道士给你做七七四十九天水陆道场，你就放心走吧。结果，还是抬不起来。

刚巧就有一位微服私访的皇帝路过村口，见人山人海围着桥上一具被烧焦的死尸，心中着实纳闷，便让随身侍从打听一番。那皇帝听了事情的来龙去脉，对这个要饭的深表同情，就让人取了御笔，在要饭的右手掌上写了个“善”字，又在左手掌上写了个“报”字。结果，那尸体就轻薄如纸一般，被一阵风卷到路边了。

皇帝刚回宫，便传来一位妃子分娩的喜讯，那妃子平时并不得宠，现在即便诞下龙子，皇帝也不觉得值得庆贺——他的孩子太多了。那位小皇子哪里都好，唯独两只手是残疾着，紧紧攥成拳头状，似是要跟谁干一仗的样子，一宫人暗暗称奇，请了多少御医都治不了，于是就更不讨皇帝欢心了。这皇子长到两三岁上，还没怎么见过父亲。

那天，两个奴才带着小皇子在后花园玩，迎面遇见了皇帝。那皇帝见小皇子眉清目秀，甚是惹人爱怜，便招招手叫他过去。小皇子挓挲着两只拳头朝皇帝那边跑，跑着跑着一脚绊倒在一块卵石上，皇帝忙上前去扶孩子，他的手刚触碰到孩子的两只拳头，那拳头便像是触碰到了开关似的，瞬间展开了。

皇帝愕然地盯着小皇子的两只手掌心，右手掌上有个“善”字，左手掌上有个“报”字，细细一看，竟是多年前他的御笔亲书。

1979 年的鸡

邢庆杰

故事发生在 1979 年的春天。

一大早，吴二嫂就到处找她那只棕红色的老母鸡。可是，她找遍了院里院外，房前屋后，也没见到这只鸡的影子。

吴二嫂已经一个多月没见到这只老母鸡下蛋了，每次见了它就骂“宰了你这不着调的玩意儿”，难道它听得懂，跑了？今儿是城里大集，吴二嫂早就打好了谱，今天一早就把这只鸡抓了，拎到集上换成钱，去给男人抓药。男人病了五六天了，村里的先生也开好了药方，但一直没钱抓药。

鸡没找到，这集也没赶成，自然也没法给男人抓药。吴二嫂心里一整天都闷闷的。吃过晚饭，她一个人出了门，想到支书那里借点儿钱，明天先去把药抓了，男人今天咳得特别厉害，这病经不起拖了。

这天晚上月光明亮，吴二嫂走在月光里，周围的一切看得一清二楚。快到支书家时，忽然闻到一股奇异的香味儿，她吸了吸鼻子，竟是炖鸡的味道。这不过年不过节的，谁家舍得炖鸡？她联想到自家失踪的母鸡，忽然警惕起来。她顺着鸡肉的香味儿，一直寻到一个院子的大门口，仔细闻了闻，香味儿就是从这个院里传出来的。这个院子是村里的知青点，以前住了十几个知青，最近，知青们陆续回城了，只有小杜和小陈两个小伙子还留在这里，据村里人议论说，他们两个因为没什么门路，所以没有单位接收。

吴二嫂悄悄地进了院子，来到屋门前。借着亮如白昼的月光，她清晰地看到屋门外的台阶下，有一堆棕红色的鸡毛在夜风中瑟瑟抖动。她一时热血上涌，一脚踹开屋门，冲了进去！

两个年轻男人正对坐在八仙桌子前喝酒，惊得赶紧站了起来。

吴二嫂先指了指小杜，又指了指小陈，嘴唇哆嗦着说，你、你们——也老大不小了，怎么能干这种事？

两人面面相觑，同时看着吴二嫂，问，怎么了？

吴二嫂指着桌子上的那盆鸡肉说，你们偷了我的老母鸡，鸡毛还在门外呢，还想不承认？

小陈一听急了，说，吴二嫂，你可不能乱说呀！今天是小杜生日，这是他从集上买来的鸡。

见他们不承认，吴二嫂又急又气，浑身发抖，声泪俱下地说，你们真下得去手呀！俺还指望用这只鸡换钱，给孩子他爹抓药呢，没想到竟让你们偷吃了？她越说越激动，竟然瘫坐在地上，大哭起来。

小杜赶紧上前来扶她，吴二嫂，别着急，你是说，你家吴二哥病了？

吴二嫂甩开小杜的手说，你别碰俺，你赔俺的鸡，你们这两个挨千刀的。

小杜急匆匆进了里屋，一会儿，他拿着一张十元的钞票出来，递到吴二嫂的手里说，吴二嫂，你别生气，是我不对，不知道你家里有病人，这钱你拿去给吴二哥治病吧！

小陈大喊，小杜，你。

小杜用手势制止住他说，你别管，这鸡是我捉来的，和你没关系。

看着手里的十元“大钞”，吴二嫂止住了哭声，抽泣着说，俺现在可是没钱找给你。

小杜说，不用找了，多余的钱就当我给二嫂赔罪了。

吴二嫂说，那可不行，该咋着咋着，俺到明天找开钱就还你。

第二天，吴二嫂早饭后就骑上自行车进城了。村子离县城只有五六里路，吴二嫂脚下加紧，不到半个小时就进了城。她先到药材门市部抓了药，又去食品门市部割了一斤肉，就匆匆赶了回来。当赶到村头时，已经晌午了。她顾不上回家，直接奔向知青点。在路上，她盘算过了，一只鸡，按市场价格算，一般就是四五块钱，她家的这只鸡比较肥，足有四斤重，算五块钱应该不贵。她恰好剩了五块钱，正够还给小杜。没想到，她来到知青点时，屋里已经空荡荡的了。去问了村支书，才知道小杜他们昨天就接到了回城的通知，今天一早就走了。

这一下吴二嫂蒙了，知青一旦回了城，很可能就不回来了。小杜回的这个“城”，可不是她上午去的县城，而是几百里之外的大城市。他这一走，去哪儿找他？欠人家的钱可怎么办呢？吴二嫂这时又想起了小杜的种种好处。他是知青队的队长，在生产队，脏活儿累活儿都是他带头干。吴二嫂家男人身体不好，干不了重活儿，她家的猪圈，每年都是小杜下了工，用晚上的时间给出圈，干这么重的活儿，却一顿饭也没吃过她的。唉，那只鸡，他吃了就吃了吧，干吗还要让他赔呢？都怪自个儿当时太冲动了。

这事让吴二嫂纠结了好几天。

半个多月后，吴二嫂纠结的心情刚刚平静下来，那只棕红色的老母鸡奇迹般地出现在院子里，身边还围着十几只叽叽喳喳的小鸡。吴二嫂又惊又喜，忽然之间全明白了：这只母鸡把蛋下到外面的一个隐秘之处，自己躲到那里去孵小鸡了。以前只听说过这种稀奇事儿，没想到竟让自己摊上了。可是，自己却冤枉了小杜，小杜真是个好人，明明自己没有偷鸡，却把事儿承担了下来，现在不但欠他的钱，而且还欠人家一个道歉呢。

吴二嫂又去问了支书，问了村里好多人，但没人知道小杜在城里的地址。这件事在吴二嫂的心里打了一个结，久久不能释怀。

日子一晃，四十年就过去了。

2019 年春天的一个上午，吴二嫂正在院子里晒日头，老支书从门外边喊边走了进来，吴二嫂，有人来看你了。

老支书背后跟进来一个穿着整洁的男子，大约有三十多岁。

已经年近七十的吴二嫂缓缓地从躺椅上站起来，茫然地看着眼前的男子，越看越面熟，却怎么也想不起在哪里见过。

老支书笑着说，我给你介绍一下吧，这是市委派驻咱们村的第一书记，杜书记，就是当年的知青小杜的儿子！

一句话，打开了吴二嫂尘封多年的记忆，刹那间，仿佛时光倒流，多年前的那个小杜又站在了面前。吴二嫂上前紧紧抓住杜书记的手说，小杜，你总算回来了，这些年，你让二嫂念叨得好苦啊。说着两行热泪顺着吴二嫂满是皱纹的脸颊流淌下来。

晃来晃去

林　混

我一直想知道杨小花现在过得怎么样。

我刚到高台乡政府工作的时候，进村全靠两条腿。到最远的村子有六十里路，公务处理完，当天就不能返回了，只好在村子里住下。山里人厚道，乡上的干部走到谁家就吃在谁家住在谁家。

有次我住进李二的邻居家。主人烟熏火燎地生起炉子熬“罐罐茶”招待我。砖块茶瓷实如铁，主人用改锥往里开破。现在已经很少见的那种铁缸子，拦腰拧一道铁丝做手柄，就成了一个不错的炖茶罐罐。瓷茶的杯子也不大，比三钱三的牛眼窝酒盅大不了多少。若不嫌烫，一杯茶只够一嘴。茶水眼看要溢了，就用一根筷子或者细一点儿的木棍捣一捣，把茶罐里的热气溢出来，接着熬。茶溢了就捣，溢了就捣，所以这里的人把喝罐罐茶也叫“捣罐罐茶”或者叫“捣罐罐”。头一杯茶要泼掉，无论多么渴也不喝，“头罐垢甲二罐茶”嘛，是有讲究的。一罐茶喝败，炉子上的馍也烤黄烤脆。

我喝着热茶吃着烤馍，跟主人有一搭没一搭地扯闲话。这时进来一个女人，使个眼色把女主人叫了出去。过了一阵儿，女主人回来了。男主人问，她家又揭不开锅盖了吗？女人点点头。男主人说，给一些吧，往几个娃娃脸上看。女人说，给过了。

男主人对我说，刚进来的这个女人叫杨小花，住在隔壁，光阴过得紧巴，青黄不接的时候常来他家借吃的。男怕进错行，女怕嫁错郎。杨小花命苦，嫁给了一个日鬼东西。她的丈夫李二身体结实，有蛮力，常把杨小花打得要脚不敢给手。后来，李二在县城勾搭上一个有钱的女人，就提出要跟杨小花离婚。杨小花不同意离婚。不离？不离就打。李二就是那种二愣子货，下手没轻没重。最后还是离了。李二撇下两个孩子，出去两年不见人影子，也没给孩子们寄过一分钱。

过了几年，大山深处的高台乡遭遇大旱，为解决农民人畜饮水，政府出料农民出工打积水窖。上面天天催进度，斧子紧凿子也紧，我是包村干部，只好来催农户加快进度。

到杨小花家时正是中午，毒日头把人往树荫底下逼。杨小花没有歇晌，在烈日下打窖。她肩膀上背一根绳子，双手抓着绳子一步一步艰难地往前挪。她的一个孩子把吊上来装满土的铁桶提到一边去倒掉。我赶紧上前帮着拉绳子。杨小花感激地看了我一眼。她脸上蒙了一层土，汗水流下来，在脸上冲出几道沟沟。她拉起衣襟擦了擦，方露出一张通红的脸。我问窖里是谁。杨小花说，家里没劳力，叫了个人来帮忙，过几天就成了，你不要催了。

窖口支着三根木椽，木椽交叉的地方用铁丝捆绑结实，下面吊了一个滑轮，绳子通过滑轮这个支点把铁桶拉上来送下去。杨小花拽着绳子走了多远，水窖就挖了多么深。我目测了一下，杨小花已完成了要求深度的三分之二。我扶着窖口的支架向窖下看了看，帮杨小花打窖的是一个男子。里面很暗，依稀看见那男子戴了一顶竹子编的安全帽，看不清他的脸，只看见他的眼白，像两只蛾子在乱飞。

当时我就想，这两人恐怕有故事，后来果然听到杨小花和帮她打窖的那个男人住在一起了，只是两人一直没结婚，也没再要小孩。不管怎么说，这都是很好的一件事。在山区，犁地、背粮食这样的重体力活儿，没有个男人是不行的。

月底，我和村主任验收水窖，在村口碰见了一个骑摩托车的男人，村主任对我说这人就是杨小花的男人。有句话说嫁给屠户翻肠子，嫁给官员当娘子。

无米下锅的杨小花家居然有了摩托车。我有些愕然地看了看村主任，村主任明白了我的意思。村主任说杨小花挖水窖时挖出了东西。我问什么东西。村主任说，据说是几罐银子。刚开始，谁都不知道，他俩结婚时买了一辆摩托车，这事情才传开了。

我那时每月的工资一百五十多块钱，当时最便宜的一辆野马摩托车将近四千，这个数字我得把嘴缝起来攒两年的时间才够。

晚上回来，我躺在床上想，人无横财不富，马无夜草不肥，我要是能挖出几罐银子，我就去向那个心仪的姑娘求婚了。那时我在高台已经待了六年，乡政府没有一名女干部，我在山外找女的谈对象，人家一听我是高台的，眼神就变得异样了。好在之后不久，高台在撤乡并镇中成为历史，这样我搭顺风车不费力气离开了高台。

再说回杨小花。发了意外之财后，红红火火的日子没有过上几天，前夫李二回来了。他要和杨小花复婚。杨小花伤透了心，不愿意。李二有些生气，转而威胁杨小花的男人：你走还是不走？看着膀大腰圆的李二，那个男人心虚了，但仍然轻轻说他和杨小花是两口子。

李二就是二，不再说多余的话，揪住那个男人的衣领甩出门去，又踹了几脚，给踹到一条沟里去。李二甩了甩手，把西装抖了抖，对着沟里的男人大骂：你个野男人，我老婆的钱，是你随便能花的吗？

那个男人来乡政府告状。看着他鼻青脸肿，一瘸一拐的样子，我们匆匆赶到村里调解，发现杨小花家里的粮食、摩托车等物品被席卷一空，李二和杨小花及两个孩子，早已不见了踪影。

后来听说，杨小花在镇北堡影视城买了几亩地，一家人在那里生活。李二也像变了个样，知道对杨小花和孩子好了。夫妻俩在影视城跑龙套，挣一点儿钱。我去过镇北堡影视城几次，向熟人打听李二，也没有他的消息。

上个月，我去别离多年的高台，有些凭吊的意思。乡政府的院落尚在，有人在里面养鸡。中小学、卫生院、信用社、兽医站，这些单位早已夷为平地，掩映在荒草之中。

夏日的山风亘古不变地吹着，树枝摇曳，草叶起伏。风中却没有了往昔的狗吠，没有了驴鸣，没有了袅袅的炊烟……移民搬迁政策实施后，这里的村民早已去了远方。

我这边转转，那里看看，试图唤醒记忆。我的影子跟着我，在地上晃来晃去。

冬季到郑州来看雪

景苹丽

1987年农历大年三十，因为没有买到回家的火车票，我被滞留在珠海的一家小旅馆里。我一个人在旅馆空荡荡的走廊里慢慢踱着步，听着窗外千家万户的爆竹声声，想家的感觉顷刻在心头弥漫。我鼻子一酸，转身回到屋里。

正在这时，有人敲响房门，我打开门一看，是旅馆的老板娘。她手里捧着一碗冒着热气的饺子，笑容可掬地说："小妹妹，我专门给你送一碗饺子。过年了，你一个人在外，我们南来北往的都是一家人，你就把这里当成家，千万不要见外！"

我端着饺子，坐回桌子前，那碗饺子个个饱满晶莹，暖融融的，正如我那一刻的心情。

两天后，我终于买到了回家的火车票，坐上了珠海至郑州的火车。

火车载着我很快驶离了珠海。过了一会儿，我感到肚中饥饿，拿出随身带的火腿肠。正吃着，突然发现对面坐的一个小女孩儿正眼巴巴地看着我手中的火腿肠。那小女孩儿有六七岁，看打扮像是乡下人，她有一双晶亮的大眼睛，纯净透明如一汪湖水，但脸色却有些苍白。她旁边坐着一个中年男人，可能是她的爸爸。我从桌子上拿起一根火腿肠递给小女孩儿，说："这根给你，吃吧。"

女孩儿看看那根火腿肠，咂了下嘴巴，又看看身旁的男人。那男人向她摇摇头，她再次颓废地垂下头。我对男人说："大哥，让孩子吃一根吧，这不值啥。"

男人从一直沉郁的脸色中挤出一点儿笑容，再次向我摆摆手。

我问男人："大哥，你们父女俩这是去哪儿？"

男人说："郑州。"

我高兴地说："我也去郑州。听口音你们不是郑州人呀，你们是去探亲吗？"

男人操着带有广东口音的普通话淡淡地说："不，我要带女儿去看看雪。"

我惊讶地问："看雪?！"

男人轻轻地点点头，说："孩子没看过雪，听天气预报说郑州这几天有雪，就带她去看看。"

我不由得笑出声来，说："你们父女俩可真浪漫！"

男人没有接我的话，转过脸去，从座位上站起来，向火车的车厢连接处走去。

看着男人走远了，我再次拿起桌子上那根火腿肠，对小女孩儿说："小姑娘，你爸爸不在，吃吧。"小女孩儿抬起眼睛，犹豫地看着我。我冲她笑了一下，递给她一个肯定的眼神，把火腿肠塞进她的手里，站起身来，像是不经意地对她说："我去卫生间。"

当我行至两节车厢连接处时，我看到坐在我对面的那个男人正蜷缩在两节车厢连接处，双手蒙着脸，像是在抽泣！我的心突然猛地收缩了一下。

我的双腿好像迈不动一样，定定地站在男人身旁，小心翼翼地问他："大哥，你——有什么难事吗？"

那男人的双手慢慢地从脸上挪开，我看到一张神情凄楚的脸。男人极力忍住哽咽，喃喃地说："我女儿得了白血病，已经花好几万了，还是治不好，她的时间不多了……她一直没看过北方的雪，这次来是想实现她这个心愿。"他停了一会儿又叮嘱我说："这事她不知道，请你不要跟她说。"

我点点头，不知用什么样的语言来安慰他。那个男人将脸转向车窗外，迷惘地看着车窗外匆匆而过的景色，像沼泽中生长的一株芦苇。

火车一刻不停向北奔跑，郑州站终于到了！我们整理好行李，随着人流向出站口涌去。

郑州果然下雪了！走出出站口，我们看到郑州火车站广场正下着鹅毛大雪，地面上已经铺了一层白雪。

我看见女孩儿脸上溢满惊喜，像一只欢快的鸟儿张开双臂将自己投入到漫天的雪花中。她发出一串串银铃般的笑声，面向天空，一片片雪花落在她那张满足而兴奋的小脸上，像是轻轻亲吻着她。她在雪地里快乐地旋转着小小的身体，欢笑着、轻舞着……

天色已经暗下来了。我背着行李，在火车站广场上来回走动，远远地看着在雪中飞舞的女孩儿。过了一会儿，待我转过头去，看见女孩儿的父亲在不远处佝偻着腰，早已泪雨滂沱。

第四辑

大象在天上飞

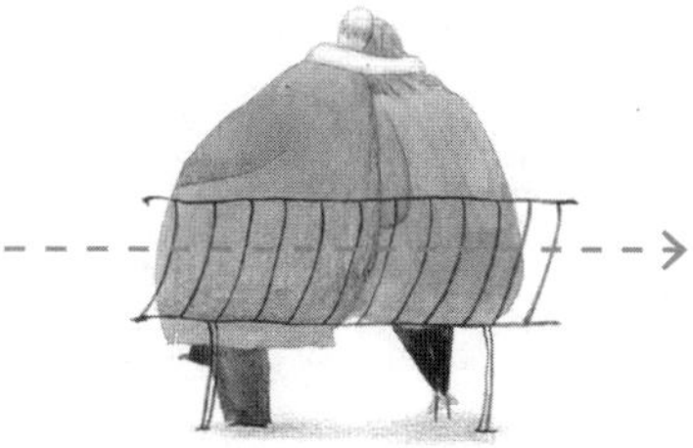

滑稽孙

胡　炎

要想寻开心，就找滑稽孙。

滑稽孙颇有表演天分，从头到脚都是戏。新春联欢会，他反串女角，腰似蛇、身似柳，抛个媚眼，翘个兰花指，加上嗓子尖细，浪味十足，把大伙儿逗得笑岔了气。演一个不行，还得返场，诗朗诵，他用方言，地道得很。没准还能把领导的名字加进去，初听似拍马屁，回过味儿来是嘲讽。领导也不傻，可假装不知，一样开怀大笑，一样鼓掌，还说要把他推荐到央视春晚，准火。

大家喜欢滑稽孙，可滑稽孙就是没官运。滑稽孙也不在乎，说自己一天到晚没正形，不是当官的料儿。无官一身轻，乐得自由自在。

机关人除了干活儿外，大都嗜好不多，唯一的共同点是爱酒。忙了一天，三五朋友小聚，喝几杯放松。滑稽孙酒量不大，也不贪杯，但爱玩。偶尔喝多回家，老婆给他甩脸子。滑稽孙忙赔笑，主动做检讨。先在客厅茶几上铺上报纸，脱去鞋袜，光脚站上去，举起右手做宣誓状："检讨！——我没有严格要求自己，多喝了 0.5 杯，辜负了老婆大人的关心厚爱，破坏了家庭的安定团结，问题相当严重。尽管我知道，酒是粮食精，越喝越年轻。但不能有麻痹思想，酒是捣蛋鬼，喝多摔断腿嘛……"没等检讨完，老婆早笑喷了，一杯酽茶递过来："别忽悠了，醒醒酒，睡觉！"

滑稽孙不仅人缘好，还有副热心肠，爱管闲事爱帮忙。有个老太太迷路，他硬把人送到家。遇到行乞者，别人说是骗子，他不管，一准丢下几枚硬币。谁家孩子哭闹，他去演猪八戒，演兔宝宝，给孩子当大白马骑，孩子准乐。同事、邻居家里闹纠纷，都找他调停。有次小吕两口子闹得不可开交，滑稽孙听见动静，不请自到。小吕爱人说，这日子没法过了。小吕寸步不让，说，不过就不过。滑稽孙叫了暂停，待问明了原委，笑了。事情还是出在酒上，小吕头天喝多，忘了给丈母娘买药。滑稽孙拿出揶揄的口气，冲小吕竖了个大拇指："兄弟厉害啊，都快成酒仙了，枚好量大风格高，受欢迎耐打听，人送外号'没多少'！可你想想，丈母娘是谁？是男人的天！丈母娘的事，就是天大的事！明白吗？"转过头劝小吕爱人："弟妹你消消气，这件事呀，不怪多，不怪少，就怪小吕人缘好。谁请客都想叫小吕，不去事小，不给人面子事就大了，是不是？男人喝多也常见，谁让酒精是混蛋。小吕天天在我们跟前夸丈母娘待他好，你放心，丈母娘在他心中的地位至高无上，不亚于王母娘娘。这药嘛，马上让他买，将功补过！"小吕爱人马上气顺了不少，滑稽孙反过来继续挖苦小吕："我说酒仙，接着喝呀。没听说吗？看着是水，喝着挺美，夜里口渴，早上后悔，白天晕乎，晚上还怼！"小吕脸红得猴屁股似的，连连摆手："不喝了不喝了，我这就买药去！"小吕爱人转怒为笑，纠纷调解成功。

退休前一年，滑稽孙一场重病，昏迷七天。眼看大限将至，老婆孩子、同事好友无不垂泪。正在这时，滑稽孙醒了，第一个表情就是笑："嗨，哭啥？我在阎王爷那儿做了几天客，天天好吃好喝好招待。阎王爷得了抑郁症，心烦，让我逗他开开心。得，我这一逗不打紧，把阎王爷的病治好了。阎王爷一高兴，大笔一挥，追加我阳寿五十年！"

大伙儿都笑了。

滑稽孙没能再活五十年，活到 85 岁，也属高寿。弥留之时，吊着一口气就是咽不下。大伙儿又是一片悲戚，这么多年，他们早把滑稽孙当亲人一样了。老伴儿珠泪零落，附耳问："老头子，你还有啥要交代的吗？"滑稽孙嘴角动了动，出不了声。儿子忽然若有所悟，红着眼，对大伙儿说："我爸这辈子就想让人快乐，咱们难过，他不忍心走。咱大伙儿都笑，送我爸开开心心上路！”

于是，泪光里，响起一片笑声。

滑稽孙走了，眉目舒展，面带微笑，走得安详。

铁胃李

胡　炎

要说消化系统好，得数铁胃李。

何言“铁胃”，有两层意思：一则胃口好，吃嘛嘛香；二则功能好，身体倍儿棒。别管荤素几何，铁胃李都吃得津津有味；不论卫生与否，铁胃李从不闹肚子。

“这家伙，给个铅球都能消化了。”高有亮说。

高有亮生活颇讲究，近乎洁癖。喝水，自然是专用茶杯，公用茶具绝不触碰；水也是桶装纯净水，自来水绝不入口。食堂就餐，餐具自带，再用开水反复消毒。按说如此讲究，该健康才是，可他偏偏有结肠炎，一天数次拉稀，有时能拉出一头冷汗。

所以，他羡慕铁胃李。严重点儿说，那是忌妒。

铁胃李正好相反，盘子碗筷管它洗没洗净，拿来便用；馒头长毛，他把外皮抠掉照吃不误。摊子上刚买的水果，也不洗，胳肢窝里蹭几下，“咔嚓”就是一口。有次郊游，水喝光了，他三两步来到小河边，把塑料水壶往水里一浸，“咕嘟咕嘟”灌满，仰脖喝上一气，再灌满，欣欣然而归。高有亮瞧着他，嘴都咧成了歪把瓢。

“瞧瞧，水里还有蝌蚪呢。”高有亮戏谑。

铁胃李举起水壶观察一下。“哪有？”又把水壶往高有亮脸前一伸，“喝点儿？”

高有亮头摇得拨浪鼓似的，退后几步，条件反射似的捂紧了肚子。

“傻，”铁胃李说，“天然矿泉水，凉甜解渴。”

高有亮摇摇头，感叹：“我真服了你！”

服也好，不服也罢，铁胃李的肠胃真就如铜墙铁壁一般，百毒不侵。

不过，铁胃李有个习惯：就是爱吃大蒜。无论在哪儿，他的口袋里都少不了几头大蒜。因此，高有亮说他最能“装蒜”。吃大蒜口气重，铁胃李说话时，人都和他保持距离，尤其女同志。可铁胃李不在乎。

有次加夜班，铁胃李饿了，高有亮也饿了。铁胃李说：“叫外卖？”高有亮嚼着口香糖，寻思一会儿，终于敌不住饥肠辘辘，点点头。两份焖面，冒着热气。铁胃李把两头蒜往桌上一撂：“吃面就蒜，倍儿香！”

高有亮迟疑着不动筷，更不碰那两头生蒜。铁胃李鼓着腮帮子，说：“怕不干净呀？好，那你饿着吧，不吃拉倒！”

高有亮饿得撑不住了，破天荒没换餐具，吃得小心谨慎。不过，那两头蒜他到底还是没碰。铁胃李一口面条一口蒜，吃完抹抹嘴，桌子上只剩下一堆蒜皮。

“来一个？”高有亮递给他一颗口香糖。面是铁胃李付的账，他这也算投桃报李。

铁胃李把手一摆：“去去。”

没人想到高有亮后来会出事。不是身体，也不是结肠炎恶化。是一个商人犯事，把他供出来。高有亮掌管着项目审批，虽是个科长，但有实权。这么个讲究人，还有洁癖，竟然进去了。

“难怪天天嚼口香糖，情人都好几个呢。”食堂就餐时，同事说。

铁胃李摇摇头，手里不停地剥着他的大蒜。

“还是吃大蒜好，没女人找他亲嘴。”同事打趣。

铁胃李笑笑，继续剥蒜。剥了会儿，忽然叹一声，悠悠道：“唉，这人啊，得学会为自己消毒。”

同事看他把大蒜填进嘴里，嚼得“咔嚓咔嚓”响。大家都觉得，这个一贯不讲究的人，今天说了句颇讲究的话。

没错，这句话，意味深长。

爆豆菊

胡　炎

只需听脚步声，你就知道谁是爆豆菊。

走路一阵风，那真叫快。爆豆菊穿高跟鞋，粗跟，“咚咚咚”，不仅快，而且有力。大老爷们儿和她一块走，也常跟不上节奏。领导说，小马呀，以前练过竞走吧？爆豆菊说，天生的。

爆豆菊大号马秋菊。脚快，手也快。做起事来钢刀利水，不用催，事就办完了。看到有同事磨蹭，还爱插手，边帮忙边说，坐月子呢，急死个人。若自己手下科员慢半拍，她绝不客气，白着脸，说话带刺，能把人扎死。不过她有个长处，哪说哪了。同事也不会介意，知道都是为公，又无私怨，计较个啥。况且，爆豆菊话重了，事后还会道歉，坦坦荡荡一个人，处久了，还挺招人喜欢。

脚快，手快，嘴更快。热铁锅里炒豆子，噼噼啪啪。快到哪步？打个哈欠，她已说完了。逢开会，让她念文件，让人来不及记录。一个字发半拉音，“唰”一下就过去了。

爆豆菊的雅号就是这么来的。

女干部，风风火火，能力又强，爆豆菊可谓出类拔萃。领导有心培养。可玉不琢不成器，爆豆菊这块璞玉，是得琢。

走路时，领导说：“慢点儿，要稳重。”

干活儿时，领导说：“您着点儿，慢工出细活儿。”

可爆豆菊就是慢不下来。领导微笑，快就快吧，无伤大雅，默许。

只是这语速，必须改。

既是必须，爆豆菊没法不改。可她速度一放慢，就说不成话，窘着脸对领导说：“您就别难为我了。”

领导一脸庄重：“人怕逼，马怕骑，你得逼自己。”

爆豆菊说：“不改不行？”

领导说：“不行，逼是为你好。”

爆豆菊心里明白，这是领导栽培。坐机关的，一点就透。若是领导爱答不理，或者天天对你和颜悦色，一准没戏。

同事也看出来了，领导这么对她开小灶，爆豆菊有前途。可大伙儿也怀疑，爆豆菊改得了吗？娘胎里带的，江山易改，禀性难移。再说，这又算个啥毛病？吹毛求疵嘛。

有人打赌：“爆豆菊嘴里不炒豆子，我请一个月客。”

看样子，这赌赢面很大。因为爆豆菊心里想慢，嘴却自行其是，她自己也管不住。

领导就把她叫进办公室，谆谆教导。领导说：“来个换位思考，你坐在主席台上讲话，噼里啪啦，几分钟完了，大家啥印象？”

爆豆菊说：“快呗。”

领导说：“快，等于没说。”

爆豆菊困惑，咋就等于没说呢？

领导敲敲桌子：“左耳进来，还没来得及领会，右耳就出去了，是不是等于没说？”

爆豆菊脸红了。

领导又说：“还不止于此，传达精神，连三赶四，显得心浮气躁，没个认真态度，下面又咋好贯彻执行？”

爆豆菊低下头，感到事情严重了。

领导笑了笑：“别有压力，只要功夫深，铁杵磨成针。”

爆豆菊说：“我记住了。”

领导没放她走，而是教给她一个绝招：多用语气词，比如“啊”，比如“这个”。看爆豆菊有些懵懂，领导说：“我给你做个示范吧。”

自然，示范到位，那是领导本色。

“试试。”领导说。

爆豆菊涨红着脸，显得不好意思。

领导摆摆手：“慢慢就习惯了，回去好好练吧。”

爆豆菊点点头，如临大赦，跑了。

后来，爆豆菊当真被提拔了。讲话时，嘴里的豆子没了，有很多“啊”，尽管稍嫌生涩，但感觉还真是那么回事。

苦了那个打赌的同事，请一个月的客，不请不行。一群人下班就堵，想跑，没门。

除了说话，爆豆菊其他都没咋变，依旧脚快手快，依旧是个直肠子，风风火火，泼泼辣辣，那个利索劲，还是招人喜欢。

只是，时不时地，大伙儿还是怀念过去那个爆豆菊。

假　嘴

许　锋

嘴坏了，又换了张嘴。

新嘴比旧嘴好看，看不出换的痕迹，跟真的一模一样。但嘴有了新主张——只说真话，不说假话。也不是不想说假话，心里想说但说出来的全是真话。新嘴不认假话，像是先天性排斥。

新嘴上台讲话。有现成的稿子，本来照着念即可，按以往的“规矩”，除标点符号外其他的都念（“此处略停顿，有掌声”之类的不念）。奇怪的是，嘴吭吭哧哧念不下去，打结，磕巴，像噎住似的。台下本来很肃静。这可是个严肃的会。但是，看台上的嘴出洋相，台下就嘈杂起来，交头接耳之声像蚊子扎了堆儿。新嘴很窘迫，非常难为情，说，非常抱歉，今天状态不好，我先喝口茶，润润嗓子。

一阵风突然吹来，稿子像落叶似的从窗口飘走了。

新嘴很无奈，说，既然没了稿子，那我就即兴讲吧，讲对了大家鼓掌，讲错了大家批评。

嘴张大，缩小，再张大，又缩小。热了个身。

嘴突然抬高话音，沉重地说：“发生这样的矿难，我感到非常悲痛。对于死难者我表示沉痛的哀悼。对于死难者家属我表示深切的慰问。”

嘴停顿片刻，突然义愤填膺地说：“发生此次矿难的原因，我认为是煤矿长期存在越界非法开采行为的必然结果，是政府有关部门监管不力、执法不严甚至徇私舞弊所酿成的直接恶果。这是一起重大安全生产事故，实际死亡人数100人，而上报的数字仅仅30人，这是欺上瞒下欺世盗名的行为。对此，我建议在这一事件中所有难辞其咎的干部要主动向组织提交辞呈，并等待接受组织的严肃处理或法律的严惩。”

全场惊愕。顷刻间，响起雷鸣般的掌声。

嘴休息时，大脑与之论辩。

大脑说，咱俩有分工，我是思想者，你是传递者，我可以胡思乱想，你不能信口雌黄。你是我的门儿，你得替我把关。作为一名领导干部，管不住自己的嘴可是非常要命的事儿。

嘴无奈地说，我原来，是油嘴；我现在，是铁嘴。除非我整日闭嘴，否则我改变不了自己。

大脑悲伤地摇摇头，无可救药，你等着吧，好日子很快就会结束了，我怎么这么倒霉摊上了你这么一张嘴。

嘴下乡去。乡下的干部很实诚，严格按照上级规定的标准上了四菜一汤，分别是醋熘土豆丝、西红柿炒鸡蛋、辣椒丝炒白菜、红烧茄子。白水菠菜汤。主食是大花卷。

大脑抗议，这地方虽穷，但遍地都是野味儿，他们这是拿豆包不当干粮。

嘴咧开大笑，自己种的？绿色蔬菜，好，尝了一口，吃出了童年的味道，这和我妈当年给我吃的是一个味儿，你们这地方山清水秀，一定要记住，绿水青山就是金山银山。

嘴回去不久，建议组织上提拔那个乡的乡长，艰苦朴素的干部才是好干部。

大脑想换车。现在这车坐了三年多了，倒是还新，但与日新月异的各种车比，不上档次。

嘴说，买车要花纳税人的钱，得问问纳税人同意不同意。

大脑惊呆了，脑浆剧烈地咣当了一下，纳税人算个屁！

嘴打断大脑的话，你的权力和地位难道不是纳税人给的？

大脑哈哈大笑，开什么玩笑，某长才是我的靠山，没有某长，就没有我的今天！

大脑与嘴闹分歧，严重不合。但大脑斗不过嘴，县官不如现管，最后的决定权在嘴。嘴硬，谁也没招儿。

嘴又说了一系列的真话。比如干部家庭财产公示，嘴连说几个好，干部也是人，当然要接受监督。比如敏感问题，嘴说，与老百姓利益有关的问题都不是敏感问题；比如对于污点官员处理，嘴说行政级别要一撸到底；比如包二奶、找情妇问题，嘴说凡有此等嗜好者，可以考虑恢复宫刑——此观点一出，立即引发一场轰轰烈烈的“罪与罚”的大讨论，老百姓认为好，以儆效尤；学者认为不妥，这是历史的倒退。

嘴成了名嘴。

到哪里，人人都认得出。大脑很害怕，但嘴无所谓。该吃吃，该喝喝，该说说。

突然，嘴挨了一记重拳。嘴立马就肿了起来，还流了血。大脑幸灾乐祸地说，看吧，看吧，早就让你悠着点儿。

嘴还未说话，满街涌来咆哮的嘴，大家一齐向打嘴者吐口水。

打嘴者被活活淹死了。

嘴笑了，嘴角一咧，挺好看。

关于《小鸡撒尿路径分析》

许 锋

姓阮，名侬。喜欢附庸风雅。

风雅亦有层次，高的，阮侬攀不上；低的，看不起；中不溜的，比如弄篇论文发发，花钱不多，又能出名，在阮侬看来，是很划算。

她不会写。不怕，有人代笔。

打款。三日后，论文寄到。一看标题，阮侬扑哧乐了——《小鸡撒尿路径分析》。她还真没研究过这个问题。小时候，母亲养了很多鸡娃，叽叽喳喳，烦人。鸡屎很臭，稀了吧唧的。可没见过小鸡撒尿。问母亲，答，你个尿娃子，琢磨这干啥，小鸡撒尿，各有各的道儿！

文长，五六千字，值。文中详细论证了小鸡撒尿的各种途径，逻辑缜密，有板有眼，有图有表，数据翔实。

《乌合论丛》杂志主编收到论文后，第一时间与阮侬联系。

阮教授？

是呀。

我姓曹，名堡，碉堡的堡，《乌合论丛》主编。

曹主编，太荣幸了，请问我的论文收到了吗？

我正要说这事呢，大作编辑部诸位同仁已经传阅，都非常惊讶，也异常振奋，我们已经很久没有看到如此这般有真知灼见的文章了。

是您抬爱，您过奖了！

只是，刊物也要生存……

没问题，小鸡要撒尿，我懂。另外，本期杂志我买1000本，不用打折，按定价即可。

阮教授不但学问渊博，还悲天悯人，如此境界，假以时日，必成翘楚！

不客气曹主编，我能报销。

三个月后，样刊寄到。

“阮依”——好熟悉又陌生的名字。她看了一遍又一遍，亲了一下又一下，闻了一回又一回。墨香，简直是世界上最美妙的味道。

论文在闺密中引起强烈反响。继而，通过“朋友圈”进一步扩大，引起社会关注。

研讨会上，与会者人手一册《乌合论丛》，大家边品刚上市的泰国榴莲，边阅读分析，边频频点头。

于日常中见真功。

于细实处推陈浪。

溢美之词，珍珠乱糁。

曹堡主编收尾：虽不能说百年一遇，但在鄙人半个世纪之编辑生涯中，此文，不亚于松窗半掩月落空庭中见西风，天长地长云茫水茫中见万里秋霜。

是晚，阮依设宴。觥筹交错中，曹主编凑近了问，阮教授最近还有什么研究？

阮依正抓着猪蹄在啃，她擦了擦油手，端起酒杯——《再谈小鸡撒尿路径》可否？

曹堡深邃的目光在镜片上抠开条缝儿——研究，越深越好，沉下心去，把一个问题研究透，建议把公鸡和母鸡的撒尿路径分别研究。

抽空，阮依回了趟老家。母亲已老，但腿脚尚可。还养着一些鸡，满院子跑，满山跑，吃五谷杂粮，吃虫。阮依好不容易抓着一只，鸡以为大难临头，拼命地挣扎。仓皇间，咕叽，拉了一泡屎，不偏不倚，正中阮依衣襟。她顾不得臭，喊，咋光拉屎，光拉屎干啥，你倒是撒泡尿啊。

咯嗒、咯咯嗒……

母亲赶了过来。

你个臭女子，好端端的你欺负鸡干啥?

妈，我在搞研究。

你研究个啥?

公鸡和母鸡的撒尿路径?

啥?

公鸡和母鸡的撒尿路径?

路径是啥?

就是小鸡撒尿各有各的道儿，就是那个道儿。

你是不是受了啥委屈?

妈，我现在风光得很，能受啥委屈?

那是受了啥刺激?

我好好的，没受啥刺激。

——那就是脑门子被驴踢了，又被门夹了!

鸡被阮侬高举，两翅驾东风。阮侬的鼻梁子上突然滑过一阵清凉，她探舌一舔，有点儿腥，有点儿臊，兴奋地喊道：

我看见鸡撒尿了，我看见鸡撒尿了!

鸡羞极了，一头扎入池塘。

风飘飘，雨潇潇；池面，一根鸡毛，一叶飘摇。

大象在天上飞

穆　萨

我是一个从来不会说谎的人。这一点，人们——不论是自小与我相识还是刚接触我不久的——都深信不疑。也正是基于这项美德，我向来受人尊敬和信任。因此，那天下午他们把我塞进一辆面包车里，盘问我是否偷了一只翡翠手镯时，我的愤怒前所未有。

之所以没有破口大骂，只是因为他们人多——除了赵家两兄弟分坐在我左右，前面还有一个留寸头的司机、一个戴棒球帽的大黑脸。我与赵家兄弟儿时就是玩伴，前面两位则从未见过。

“抱歉了，”赵家大哥说，“我们谁也没有怀疑你，可是有人亲眼看见你那天中午进了我们家屋子。”

“那天是哪天？有人是谁人？”我的问题完全是出于严谨，戴棒球帽的大黑脸却认为我的语气含有挑衅的意味，掣出一条短棍，捅了我一下。赵家兄弟假意阻拦一番，接着与我对话。

“那天是前天，中午十二点到一点之间。至于是谁看见的……”

我松了口气——前天我一整天都在湖边钓鱼，根本没有路过他家。

“前天我一整天都在湖边钓鱼，根本没有路过你家。”

“钓鱼？和谁？”

“我一个人。你们知道的，钓鱼和喝茶这两件事，我从来都是一个人做。”

“那么，谁能证明你那天在钓鱼？”

我认真而且配合地回忆了一番，说："鱼已经被我吃了，再要找证人，那只有大象能证明了。"

四个人一脸错愕。我提防着戴棒球帽的大黑脸的短棍。

"大象是谁？"赵家大哥问。

"大象就是大象。有四百二十五头，在天上飞。"

我没有给他们再一次错愕的机会，就开始讲述我前天的见闻。我去钓鱼的地方是二十五公里外的野湖边。天气晴朗。像往常一样，我是专门冲着鲈鱼去的，假如钓到草鱼或是别的玩意儿，就毫不犹豫地放掉。我把摩托车停在距湖水两百米的芦苇丛边，根本不用上锁，附近绝无人迹。

中午时分，一条鲈鱼也不曾上钩，但我没有失去耐心。我拿出面包，蹲在水边啃了起来，故意让面包渣掉进水里。有些大胆的小鱼已朝这边前进，跟它们一同游过来的还有大象。没错，是大象，我还听见了象的叫声，遥远而又分明，此起彼伏。我正纳闷水里怎么会有大象，随后感到自己被一层阴影笼罩。我抬头一看，大象在天上飞，水里的是它们的倒影。

不要问我大象怎么会在天上飞。我只描述现象，不负责解释。不过我想，人们很少抬头看天，很多异象自然是无缘目睹的。谁知道云层后面每天都藏着些什么呢？

我忘了手里的面包和水里的鱼，生怕一眨眼就错过这壮观的景象。大象们扇动着耳朵，摇晃着鼻子，朝向西边，此时正处于天空的中央。它们像在陆地上行走时那样缓慢。

"你是说大象长了翅膀？"留寸头的司机打断我。

我讲故事（严谨地说，并非故事，而是我的经历）的时候，最恨人家打断我。因此我在对他做出回答之后，就匆匆地为这件事收了尾。

"什么翅膀，我说翅膀了吗？"我瞪他一眼，接着说，"总之，就是这样了，我数了两遍，四百二十五头！它们飞过天空，在西边消失。下午我钓到两条鲈鱼，一大一小，当晚回去就把它们给吃了。"

“你确定你看到的不是什么海市蜃楼？”赵家小弟问。

“那我就不知道了，”我坦言，“但我想不是，毕竟大象们不是停留在一个地方，而是从东边飞到西边。何况我还听到了叫声。”

“叫声是怎样的？”

“你是让我学给你听吗？你没看过《动物世界》？”

“那么多大象，那么乱，你又是怎么数清的？”戴棒球帽的大黑脸说。

“它们飞得很慢。我数它们的时候，已经坐在湖边的湿土上了。我仰着头，在眼前拉了一根渔线，大象每过线一头，我就数一头，很好数的。”

“都是大象吗？有小象吗？”赵家小弟问，“我是说，都是成年的吗？”

“有小象。它们飞在中间。不过我没有单独数小象的个数。整个象群里面，小象最不规矩，忽前忽后，东张西望。”

“它们飞过天空，用了多久？”赵家大哥问。

“我没有看时间。我的注意力全被大象吸引了，不知道我的头仰了多久，也许四十分钟，也许一个多小时，反正我再低头的时候，差点把脖子扭断。”

“这么古怪的事情，你回来后怎么不告诉大家？”

“眼见为实，耳听为虚。告诉你们你们未必会相信。现在不得已告诉了，你们信吗？”

这话像是点醒了他们，他们面面相觑，既不表示信，也不表示不信。

在放我走之前——我是说，在把我赶下车之前，为了不使我们大家都白忙一场，他们还是决定对我搜身。戴棒球帽的大黑脸用短棍抵着我的胸口，赵家兄弟说了几声抱歉，礼貌地摸向我的口袋。他们摸到了我挂在裤袋上的钥匙，摸出了我裤兜里的烟盒、纸币、打火机，衣兜里的牙签、铁丝、口香糖。他们摸向我的大衣内兜，里面赫然是一只翡翠手镯。

尾　随

闫耀明

我不是一个猥琐的人，我是在无意中尾随了一个体态婀娜的女子。

那天走出电梯时，她就走在我的前面。我们走出楼门，走上街边的人行道，一直向前走。我看到她不仅体态婀娜，连身穿的豆绿色连衣裙也很飘，让她裸露着的匀称的小腿显得更加沉稳。她的头发长长的，飘动在肩上，让我无法看到她的脸，甚至她是不是戴着眼镜都看不清楚。

你知道，我是个有素质的人，我的确是无意中尾随着她的。我们这样保持着差不多三米的距离走了好一阵，我才开始注意到她。此时独自走路的我无所事事，想象的翅膀在温热的阳光映照下开始扇动，让我的思绪走进了美妙的遐想之中。我发现我和这个美妙的女子在约会，接着，我们就结婚了。这有点儿荒唐，因为我根本不认识这个女子，但在遐想中，没有什么是不可能的。

因为我太想结婚了。我离婚已经快一年了，十分渴望再组成一个新的家庭。眼前这个体态婀娜的女子就很适合做我的妻子，我在遐想中就是这么认为的。

因为我注意到两个小细节，只需这两个小细节，就可以让我爱上她。

先是我们走过公交车站时，迎面走来两个手拉着手走路的耄耋老人，他们相扶相守着走到公交车站的候车亭里，那女子很是礼貌地停下脚步，侧身到一边的树墙下，让两位老人先过去。她侧身的一瞬间，我看到女子戴着无框眼镜，但还是无法看清她的脸。女子侧身时的身姿真优美，让我的心悄悄地颤动了一下。

“多好的女子啊！”我在心里发出赞叹。我的前妻，那个厉害的女人缺乏的就是这样的素质。我父母从乡下来到城里，在我家只住了两个晚上，前妻就容不下他们了，每天用菜刀一样锋利的目光瞪他们，吓得我年迈的父母赶紧逃离了。

“唉！”我悄悄发出一声叹。叹完了，我继续跟着那女子，保持着三米的距离。

接下来，第二个细节及时出现了，让我的心房再次颤动起来。这一次，女子彻底把我击中了，我听到自己的心里发出“哗啦哗啦”的声音。两个叫着跳着奔跑的小男孩出现了，他们只顾玩耍嬉戏，没有注意到对面走来的女子，等发现时，两个小男孩已刹不住车，就要撞到她身上了。本能让小男孩们扭身躲闪，可他们的身体瞬间失去了平衡，眼看就要摔倒。女子立马出手，一手拉住一个，将两个小男孩牢牢地拉在手里。“当心！”她说。

“多有爱心的女子啊！”我又一次在心里发出赞叹。接着，我告诉自己：“我要是能娶这个女子为妻，该多幸福啊！”我那厉害的前妻就是个缺乏爱心的人，坚持不生孩子。她甚至不喜欢孩子，我哥哥的女儿来我家，她冷着脸看都不看一眼，吓得我侄女忽闪着大眼睛，不敢出声。

此时，我的心完全被眼前这个体态婀娜的女子俘虏了。虽然我还没有看到她的脸，但是我认为，内心美好的女人，面容一定是姣好的。

我们快要走到商场门口时，女子的手机响了，她开始接电话。说实话，我很想听她说些什么。可惜我没有听到，她很清楚公共场合该注意什么。这一点儿，我那前妻就差多了，总是旁若无人地大声接电话，引来周围人复杂的目光，我都跟着她脸发热。

商场门前的台阶不少，我决定抢先一步上去，看看这个体态婀娜、让我心动的女子到底长得什么样子。我觉得要是能实现自己独自遐想的那样，与这个女子相识、相知，直至结婚共同生活，将是一件多么美好的事情。我期待着美好。

于是我行动了。我快步走上台阶，拉开商场的大门，然后站在一边，示意那女子先进门。我要用男人的风度引起女子的注意。女子果然注意我了。这让我看清了她的脸。

等我看清了她的脸，我的心里就发出一声骇人的惊叫。我差一点儿叫出声。

因为这个体态婀娜的女子，正是我离婚后再也未曾见过面的前妻！

我的脸上有一朵花在迅速开放，你可以看到，我前妻的表情告诉我她也看到了。可惜，我自己看不到。

挤地铁的贝多芬

赵长春

信息时代，文化生活活跃。诗会、笔会、朗诵会、研讨会、征文评奖会，等等。微信圈一发，存在感乍现，很是热闹。

老胡就喜欢如此的热闹，能沾上边的活动他都参加。他有个绝活儿，活动现场即席歌咏赋诗。五言，七言，张口就来，押韵，易记。他中音浑厚，面部表情多，富有表现力，契合活动气氛。

除了这些文雅活动，还有庆典开业、红白喜事、奠基上梁、猪羊生崽，老胡也去，即席吟咏，压过所有人的气场。活动完毕，吃饭，拿红包。吃饭时，老胡加微信，亮照片，展示和作协、武协、根石协会、鸟协、箫协、词协、扑克协会等的副主席、理事们的合影，“我不是主持，不是礼仪，我是弘扬文化，出售知识。”老胡说。

老胡还参加各类征文、征集作品的活动。他说彩票不买不会中，买了才有中奖的可能。他关注各类这样的信息，大大小小，获得了一些奖项。对此，老胡有点儿骄傲。

这一天，老胡偶然看到县雕塑家协会与县医院联合征集雕塑作品的通知，设一二三等奖。老胡心动了，泥塑也可以吧？小时候没少玩泥巴，曾经捏猪牛羊马，捏男人捏女人，捏东捏西，有模有样的。只是进城后，几十年没有玩泥巴了。

听了老胡的想法，老婆哈哈哈地没有憋住笑：“你真敢扯，别去丢人现眼了。”

这样一笑，原本只是说说而已的老胡反而上劲儿。老胡电话打过去，有人接：“是。我们正在征集，体裁、题材都不限，只要作品好，不论名家还是初学者……对，评奖绝对公正、公平。欢迎来稿，热烈欢迎！”

关了手机，老胡立即行动，毕竟距离作品征集的日期只有四五天了，捏什么先不说，得有好泥巴。还是回老家去，找到一处溪流旁，挖下两坨红泥巴，垫了塑料单，搬进车里，回返。

有泥巴了，得抟，抟出更好的泥性。手不闲，心也不闲，捏什么形象呢？动物？植物？人物？还是人物。古代人物？现当代人物？文学家？音乐家？武将？领导人？如此默想着，老胡看到了书案上的贝多芬头像。就捏贝多芬吧。

怒发。深目。高鼻。咬唇。老胡捕捉关键感觉后，开捏。心里想着是那么回事，捏起来又是一回事。忙活到夜里八九点，晚饭也没有顾上吃，还是那么一坨红泥巴。老婆说，你还是先吃饭吧，歇一歇再捏。老胡有些泄气，出来吃饭，闷着气。老婆不敢说话，进了他的书房，按照他的思路，挖，掏，粘，按……老胡进来，哇，还真像那么回事了！夫妻两个就合作起来，老胡说，得了奖归你！

第二天上午，经过细抠，终于完成了作品。老胡很满意，老婆一直笑：“还是一坨泥巴。你们这些文化人啊！”

第四天下午，老胡将半湿半干的“贝多芬”泥塑托好，裹在报纸里，前往县医院送交，一路上小心翼翼，唯恐谁碰了撞了。到了县医院门口下车，他刚转身，一辆自行车撞过来，哗，“贝多芬”泥塑直接扑地！

老胡惊叫一声，天哪！打开一看，“贝多芬”的怒发、深目、高鼻、咬唇，均被挤在一个平面上，夸张得叫人想笑！

怎么办？

老胡到底是老胡，他一边捧起“贝多芬”往医院会议室走，一边自言自语：“挤地铁的贝多芬！”

评审时，评委们都觉得老胡的泥塑作品有创意，中外结合，富有时代感，映射了当下人的精神状态，活得不容易；还有评委说，作品特别表现了生活重压下的贝多芬，不惧命运，努力奋进，等等。

一周后，获奖名单公布：《挤地铁的贝多芬》获二等奖，奖金两千元。作者老胡。

老胡的老婆一直想说，是她捏的这坨泥巴。不过，到底也没有说出来。

得奖后，老胡回了一趟老家，带着老婆。老婆穿了一件毛呢大氅，说是貂毛，新崭崭的。

乡下的晚上，她给了老胡一个特别奖励后，看着久违的星星，她说，她想当个雕塑家。

——不过，还有一个说法，作品名字是主办方给起的。

说是老胡捧着作品进会议室时，雕塑家协会的一位副主席刚好在，见是老胡，说："哎呀，大家也来给我们捧场，好！"老胡说，好啥呀，贝多芬摔地上了，这还能参赛不？

副主席左看右看，哈哈，好办，改个名字就可以了！就贴了个标签：挤地铁的贝多芬。

排队联盟

陈树龙

经过十字路口的时候，有个高个子性感的女孩儿在派传单，递给阿六一份，阿六正想推掉，女孩儿轻声细语地说，先生，前一百名有手机抽奖哦！阿六的手机前几天摔坏了屏幕，于是他停住脚步，顺手接过传单看了看，上面用鲜红大字印着：8 月 8 日美家居建材超市八周年店庆，前一百名到场者，可抽奖价值 5000 元手机一部！

阿六凑近女孩儿，问，无论谁都可以去参加抽奖吗？

女孩儿把传单翻到背面，指着二维码说，你先扫码，关注公众号，填好个人信息就行了。阿六不好意思地掏出手机，关注公众号，输入信息。阿六说，好了。女孩儿笑眯眯地说，祝你好运！

8 月 8 日早上，阿六五点半起床，洗脸刷牙完毕，兴冲冲地赶去建材超市，在路边顺带买了一个面包和一杯豆浆。

阿六到达的时候，建材超市门口早已排起长龙，粗略算一下，起码有上百人，男女老少皆有，热闹得很。排在最前面的那几个人还自带凳子，坐着聊天，有说有笑。阿六有些懊悔，自己怎么不起早一点儿呢？阿六打开公众号仔细看了看，抽奖除了手机还有其他礼物，既然来了，那就排一排吧！

运气还算不错，阿六最后抽到一个小台灯。领奖的时候，阿六听旁边的人说，明天早上六点半新虹超市十周年庆，有礼物派。阿六问，什么礼物？对方说，具体不清楚，反正有礼物，在家闲着也是闲着，干吗不去呢？阿六觉得有道理，新虹超市是阿六经常光顾的地方，去吧。

调好闹钟，四点半。闹钟一响，阿六立马起身，洗脸刷牙，直奔新虹超市而去。

但还是晚了，新虹超市门口早已排起长龙，粗略算一下，不下一百人，男女老少热闹得很。有人还自带凳子，边上摆着两箱啤酒，一箱饮料，六袋面包，五张躺椅，四盒蚊香，几把折伞，还有垃圾袋和几个烟灰缸。他们正坐着聊着，有说有笑。阿六认得这几个人，就是昨天在建材超市排在最前面的那几个人。

阿六想，上前去套套近乎，看看能否插队。他跟排在他后面的人说，我去一下前面跟朋友打声招呼，马上回来，位置别让人挤掉了。后面的人说，好的，你去吧。

阿六走到最前面，给每个人派了一支烟。有人腾出一张凳子，热情地说，累了吧？坐一坐。阿六说，不累不累！我刚到。那人说，我们都坐得太久了。阿六问，你们几点来排队的？那人得意地说，半夜一点来的，吃过消夜直接来了。阿六问，你们不睡觉吗？那人爽朗地笑起来，都习惯了。

阿六抽了口烟，问，今天什么礼物啊？那人说，你还不知道吗？传单上写得清清楚楚：每人免费赠送土鸡蛋五枚。阿六问，为了几枚鸡蛋，整晚不睡觉，值得吗？那人笑着说，你不了解我们，这种机会我们是不会错过的。那人说完，翻一翻手里的本子，对他后面的几个人说，明晚十二点，你们记得要准时哦！阿六问，你们明天去哪里排队啊？那人回答，这个信息你也不知道吗？欧洲城堡小区明天上午十点半准时开盘，排队拿号，摇号买房。阿六说，我不买房。排在前面的几人听完哈哈笑起来，我们也不买房啊！阿六问，既然不买房排队干吗？难道还有礼物吗？那人拍拍阿六的肩膀说，兄弟，看起来你是外行啊！排队拿号，开发商现场摇号抽签，好彩摇到号码，还没出场，马上有人来买号码，少则几千多则上万啊！

阿六惊讶地说，难怪，可是，你们不用上班吗？

那几个人得意地笑起来，说，上什么班啊，我们一年到头都是靠排队赚钱，我们是排队联盟。

阿六说，兄弟，我们市里每年才那么几个小区开盘，也未必能那么好彩吧，你们不用养家糊口？

我们有时在现场卖位，有时代理排队。

这是什么意思呢？

现场卖位，譬如现在，你想排在我这里，只要你愿意出一百元，我立马走人，让位给你。代理排队，就是你出钱请我们来这里替你排队，需要什么位置，价格不等。

有那么多需要排队的吗？

哈哈，太多了！机会太多了！春运买票，需要排队吧？上医院看病，需要排队吧？上幼儿园报名，需要排队吧？有时，上厕所也需要排队吧？这都是商机！

阿六越听越兴奋，激动地问，我可以加入你们的排队联盟吗？

联盟中貌似一个领头的问阿六，不怕刮风下雨日晒雨淋，不怕虫咬蚊叮，耐得住寂寞忍得住孤独，既有体力又有精力，听指挥守纪律共进退，有难同当有福同享。这些你能做到吗？

阿六举起双臂，拍拍胸脯说，没问题！我愿意接受诸位兄弟的帮助和监督，成为联盟的一员！请诸位兄弟给我一个排队的机会！

几个人互相嘀咕一阵子，最后共同做出决定：一致同意，鼓掌通过！

念头与冲动

陈树龙

阿六洗澡出来，走进卧室，老婆穿着性感的吊带睡衣，半躺在床上，玩着手机。

阿六挥舞双手，做饿狼扑食状，笑眯眯地对老婆说，狼来了！狼来了！

老婆放下手机，对阿六说，我们也离个婚吧！

阿六顿时僵住，继而堆起笑脸，说，刚才还好端端的，说什么离婚啊？

老婆一本正经地问，马伊琍赵丽颖离婚了，比尔·盖茨也离婚了，你就真的没想过离婚吗？

阿六把手放在心口，斩钉截铁地回答，没有，绝对没有！我对你的爱，日月可鉴山河作证！

老婆“哼”了一声，不屑地说，虚伪，你真虚伪！

阿六又笑呵呵问，难道我对你不够好吗？

老婆拿起手机，对着屏幕读，《幸福婚姻法则》里说过一句话，再恩爱的夫妻，一生中都有200次想离婚的念头。

阿六问，这你也相信？

老婆说，当年我爸妈提出彩礼婚房婚车的时候，你说你没那么多钱，我家又不是卖女儿，要不干脆就不结婚了！

阿六说，我是这么说的，你家的要求太高，我家砸锅卖铁也给不起啊！要不是你说服你爸妈，我们真的结不了婚！

老婆生气地说，可那时我们已经领证了，法律上的夫妻啊！难道这不是离婚的念头吗？

阿六解释说，那是推迟结婚，怎么能说是离婚呢？

老婆再问，上个月，你说国家开放第三胎，让我赶紧生个孩子，我说不生，你不生气吗？你爸妈可是一直在催你啊！你就没有想跟我离婚，跟别的女人生个孩子吗？

阿六说，这个我能理解！国家开放第三胎，就说明现在的人不想生非常多。我可跟爸妈说了，城市里养一个小孩，从出生到幼儿园、小学初中高中大学不容易！什么兴趣班补习班，等等，成本太大了！待过几年，我们经济状况好些再生小孩！

阿六辩解完，又问老婆，那你有没有离婚的念头呢？

老婆回答得很干脆，说，有，我肯定有！去年的时候我就有！

阿六疑惑地看着老婆，似乎老婆变得陌生起来，轻声地问，我怎么一点都不知道呢？

老婆说，去年，你们高中同学聚会，我说要跟着你去，你说不行！

阿六说，大家说好的，不准带家属。

老婆继续说，那时我还笑着问你，你们班有没有你暗恋的女同学，你说没有，是吧？

阿六说，都是陈年往事了！

老婆打开手机，指着一张照片，厉声质问，你自己看看，你搂着跳舞的这个女同学，该是你的暗恋对象吧？一脸的兴奋！老婆又手指一滑，指着另一张照片，你再看看，你的手都放在她的胸口了！

阿六憋得满脸通红，说，大家都喝高了！也不知谁这么无聊，拍这种无道德的照片！

老婆得意地说，当我看到这些照片的时候，我就想跟你离婚！你们在一起三天两夜，她又是离婚单身，谁知道你们发生了什么呢？

阿六赶急忙申诉，老婆啊，你可别冤枉我啊！我跟她是清清白白的！那么多人在场作证，给我一百个胆我也不敢啊！

老婆不服气地问，你真的从没有过离婚的念头吗？

阿六委屈地答，真的没有真的没有！我可以发誓！

老婆说，你怎么会没有呢？我再想想。

过了一会儿，老婆又说，年初，我说我妈病了，我要回去照顾她，这事你还记得吧？

阿六接上说，这事我知道啊，我晚上过去接你，你妈说，她没病，你也没回来过！

老婆问，那时，你也没有离婚的念头吗？

阿六说，我等了你整个晚上，你电话又关机，发你微信你又不回我，我急死了！不清楚你发生什么了！当时我有闪过这个念头，可瞬间就没了，这个忽略不计！不算！

老婆听完，脸上露出胜利的笑容，说，你这人真虚伪！一瞬间的念头也是念头啊！

阿六叹了口气，摇摇头，无奈地说，好吧！我承认！我有！

老婆得意地说，这就对了嘛！夫妻之间需要坦诚和信任！

阿六低声问，那么，你那晚究竟去哪儿呢？

老婆爽快地答，男闺蜜从国外回来，邀请我去宾馆跟他一起过生日。

顿时，一股可怕的冲动直涌上阿六的心头！

美国婚姻问题专家温格朱利在《幸福婚姻法则》里说过一句话，原话是："再恩爱的夫妻，一生中都有200次想离婚的念头以及50次掐死对方的冲动。"

第五辑

现实与爱情

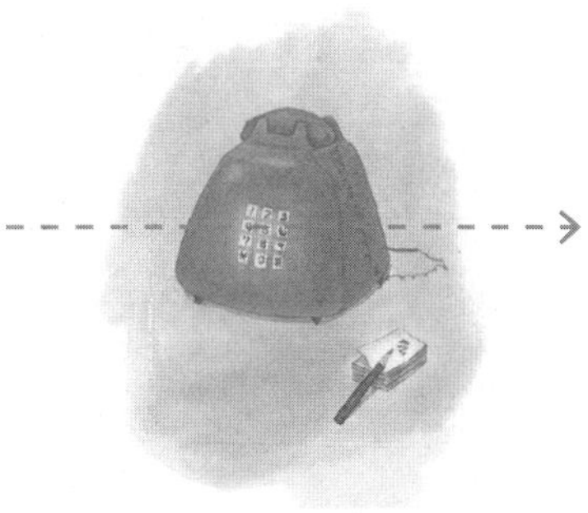

伤 疤

于心亮

暑假里，刘横给我电话，说办了个辅导班。我问辅导什么？刘横说辅导初中生。我问人多吗？刘横说还行，你要是有空，可过来帮我讲讲课。我想起春天时，刘横曾帮我推销过书，就痛快答应了，问什么时候去。刘横说现在有空，你就过来。我说好吧。

出门的时候，我看到了张静，她歪着脑袋，正哄车底下一只小狗。我说你开车走就是了。张静说我不敢，一旦轧死了，可就麻烦了，现在狗比人值钱。我拿起一块砖头打向小狗，小狗惨叫着跑了。张静问我上哪？我说去找刘横。张静说我也去吧，反正我闲着没事。

见着刘横。刘横让我上课。我说你做什么？刘横说去市里。张静很开心，说我也去吧，反正我闲着没事。辅导班有七八个孩子，有看手机的，有睡大觉的，有嘀咕拉呱的，只有一个豆芽般的男孩子认真听讲。我问他叫啥。他说他叫豆芽。

刘横和张静回来，我跟七八个孩子聊“轰-20”正聊得开心。张静也很开心。刘横却很郁闷。一问，说是逛街的时候，张静钱包被偷，微信上也没钱，所以购物都是消费刘横的钱。我心里对刘横深表同情。因为陪着张静逛街，张静钱包十有八九被偷，微信也从来没有过钱。我体验过。

我想告诉刘横，可张静是我朋友。出卖朋友，不好。

看着刘横苦恼，我就转移话题，我说孩子们学习都很用功，尤其是豆芽，表现很不错。刘横点头说，豆芽这孩子的确不错，家庭条件也好，学费当天就交齐了，而且还不还价。豆芽一旁听了，面无表情的样子。刘横悄悄说，瞧瞧，有钱人，说起钱，都是这副样子。

我和张静回去。刚泊完车，就有个胖女人抱只小狗，气势汹汹，说我早晨打伤了她家的狗，问我怎么办？我很恼怒。张静却很淡定，跟我说，不就赔钱的事吗？给她。我掏出钱扔过去。胖女人走了。张静也要走。我说就这么完了？张静说不完又咋，你还要请我喝茶吗？

我气得发晕，说凭啥让我赔那女人钱？张静说是你打了人家的狗，难道想让我赔钱吗？张静说完去打电话。我将手机夺过来，摔在地上。张静很开心，笑着说，我正想换手机呢，你给我再买个新的，我喜欢那款粉红色的，就这么定了！说完就扭着屁股离开了。

我打电话给刘横，要授课费。刘横苦恼地说，陪张静逛了一小会儿，就花掉我收四个孩子的授课费，跟我要授课费，还长着人心吗你？听刘横这样说，我还真不好坚持。不过我的心情倒是因此开朗起来，我哼着小曲儿在街上溜达，发现了豆芽和那个胖女人。

我喊过豆芽，问那女人是谁？豆芽说是我妈。

我说你家里养只小狗吗？豆芽说我家里从来就不养狗。

豆芽说你认识我妈？我说认识，你妈有一次差点被车轧死，呶，就那辆泊着的红车。豆芽说我妈走路不对？我说 NO，你妈走路很对。豆芽说那是开车的不对了，车主跟我妈道歉了吗？我说没有，不过我倒是看见车主骂你妈，还差点动手打人。豆芽听了，骂了一声我操！

到了夜里，张静拍我房门，说车被人砸了，让我帮她去看一下。我说我没空啊，我要抓紧时间写稿子卖钱，然后给你买新手机呢！张静说不用买了，你赶紧帮我去看车！等看到被砸得面目全非的车，张静傻了半天，然后就心疼地哭瘫在地……我安慰了她。

案子很快就破了。豆芽被抓获归案。我知道后，很心痛。多好一孩子，也太可惜了。

除了张静和我心痛，刘横也很心痛。原因是豆芽的妈妈，也就是那个泼妇一般的胖女人，她找刘横索要剩下的辅导费，刘横不给，胖女人就去抓刘横的脸，抓出了几道血印子。刘横被惹急了，于是“砰砰”使出了一套组合拳，把胖女人给揍得满地找牙……

那段日子，我很忙。作为朋友，我安慰完张静，又去拘留所探望了刘横。刘横问我辅导班的情况。我说那几个孩子都盼着你回去，大家要跟你学散打。我还去看望了豆芽和他可怜的妈妈，那个可怜的胖女人握着我的手，说我真是个好人。我谦虚地客气了一下。

又过了些日子，进入了秋天。尘埃基本落定了。一天晚上，我正在灯下写稿子，窗外突然飞来一块砖头，将我的窗玻璃给打碎了。我抻着脖子去探望，黑暗里又飞来第二块砖头，正打在我的面门上，我一抹，满手是血，赶紧去了医院。那天在医院值班的刚好是张静。

一个月后，当拆掉脸上的纱布，我照了一下镜子，愣了半天，然后闷哼一声，差点晕了过去……以后我是不敢出门了，我害怕脸上狰狞的伤疤。不过张静并不因此而嫌弃我，她经常让我陪她走夜道，说这样有安全感。

每当此时，张静都笑得很开心。

流　言

于心亮

前些年，我跟刘美慧谈过恋爱，后来刘美惠踹了我，跟了一个比我有钱、长得比我帅，而且还有房有车的家伙。我感觉很不爽，在一个月黑风高的夜晚，我约刘美惠出来，问那个家伙到底哪里比我好。刘美惠低头想了半天，然后抬起头跟我说，他哪里都比你好！

我没理由不郁闷，而且很不甘心，我扇了刘美惠一个耳光，刘美惠捂着脸说，你就是打死我，我也觉得他比你好！就是因为这句话，我放过了刘美惠。我觉得作为一个男人，应该有点胸襟，不要太小肚鸡肠为好，那样才不会让人看不起，尤其是让刘美惠看不起。

刘美惠找的那个家伙是个公务员，小白脸。小白脸都没个好东西，不是花心萝卜，就是银样镴枪头。我一直暗暗盼望小白脸做出点对不起刘美惠的事情，让刘美惠灰灰头、土土脸，至少也要让刘美惠后后悔啥的……但说老实话，那个家伙做得有点让我失望。

刘美惠结婚的时候我去了，他们都以为我会闹事儿，事实上我没有，我真诚地祝福她婚后幸福，然后就在许多人的眼里笑呵呵地走掉了。刘美慧婚后很幸福，而且还很富足，她老公对她很好，经常可以看到他俩在一些公共场所里转悠……

应该说说我。我一直坚持单身，虽然身边不乏女孩子，而且都很漂亮，但我跟她们接触一段时间，当女孩子想跟我进一步发展的时候，我就会拒绝她们，理由只有一个：你们没有刘美慧好！

我以为这些女孩子会恨我，但是没有，她们不约而同地恨上了刘美慧，想方设法了解到刘美慧的近况，然后报复似的反馈给我，然后不忘说上一句："刘美慧到底哪里比我好了？"此时的我，都会低头认真地想一想，然后抬起头说："刘美慧哪里都比你好！"

女孩子们恨恨地走开，很快的，关于刘美慧的各种流言就悄悄传了起来。我居住的小城不大，而且刘美慧曾经参加过小城的选美比赛，得过名次，所以流言一经传起，就像夏日的霉菌一样，一发不可收拾，四处滋生，难以消除。我真替刘美慧难过。

刘美慧找到了我，约在一个茶吧见面。我很庄重地打扮了一下，因为我们已经分手了，我不能让刘美慧觉得没了她我过得不咋样。刘美慧看上去很憔悴，我看在眼里着实心疼，我说我听到那些流言了，但打死我也不会相信！刘美慧流下了眼泪，还拉住我的手。我冷静地将手抽出来，塞给她一张纸巾。

走出茶吧的时候，门口停着一辆车，刘美慧的老公坐在里面，朝我友好地点着头。我也朝他点头，然后替刘美慧关好车门，朝他们很礼貌地挥手告别。车开走了，两盏尾灯在夜色里很红，一直红进我的眼底……我点上一支烟，庆幸自己适才的冷静。

还应该说说我的职业，我是一个记者，这一点很重要。刘美慧来找我，并不是跟我叙旧情，我说过她跟老公的感情很好，而且她老公就在茶吧外面，也许，很可能他就站在窗外观察我们。事实上，刘美慧是想找我帮忙消除那些流言，说我是记者，肯定有办法。

刘美慧来找我，我还是很高兴，也乐意帮忙，出个点子挖掘点素材，对当记者的来说，毕竟不是什么难事。市妇联有个"救助贫困失学女童"活动，我让刘美慧花点钱，买点学习用品，选个僻远的山区学校看望一下女童，然后余下的事情由我来办……

我通过新闻媒体炒作刘美慧，应该说还是比较成功，现如今随着生活节奏加快，人们喜欢直接接受事物，不太愿意多动脑子，所以指鹿为马的事例，还是比较多的。刘美慧很感激我，要请我吃饭，并说也是她老公的意思。我想了想，也就答应了。

晚宴是在刘美慧家里，我捎去了一束花儿，然后坐在那里比较拘谨地说话。刘美慧和她老公一直劝我多吃点，就像到了自己家里一样。吃到后来，刘美慧的老公接到一个电话，非常抱歉地跟我说他有急事要出去……说完就急匆匆地走了。

剩下我和刘美慧在她家里，气氛就有点微妙了，为了免除尴尬，我就讲了一个故事，说有那么两口子，找人办事，事儿办成了，做丈夫的不知如何感谢，就将那人请到家里，中途借故出去了，让妻子用自己的身子招待了客人……讲到这里我说，这就是个故事。

我起身告别，笑呵呵地跟刘美慧说，没啥事，我就走了啊。然后我就走了，我知道刘美慧肯定站在门口看我，但我就是不回头。第二天，我还没醒酒呢，就被电话吵醒了："你知不知道，刘美慧和她老公闹翻了，目前喝了药正在医院抢救呢！"

我没有去医院看望刘美慧，此时我去，不仅帮不上忙，而且还会添乱。于是我采取了回避，让其他的事情来填满自己的无聊。过了一些日子，刘美慧来找我，说她离婚了。我痛惜地拍了拍刘美慧的手，递给她一张请柬，说我明天就要结婚了……

现实与爱情

韦如辉

女孩和他，在海边相遇。

他笑了笑，带有长辈一样的矜持与礼貌。

女孩挥动一只手，在他眼前摇了再摇，嗨，你好啊。女孩的长发在海风的吹拂下，杂乱而有序地飞舞着。

他跟女孩认识，大概是在半个月之前。那一天，他坐在宽大的办公桌后面，聚精会神地批阅文件，以致女孩连敲了三下门，他都没有听见。当女孩站在他面前时，他吃了一惊，眉头像锁一样锁起来。按照他的性格和规矩，他会勒令女孩出去，至少让她重新再敲一次门。可是，女孩笑起来真好看，面若桃花，眉如墨染。他临时改变了主意，把突然上升的怒火，悄悄从头顶压了下去，慢慢融化在胸腔里。

女孩说，王总，不好意思，占用您宝贵的时间，给我三分钟好吗？

三分钟的时间很短，似乎眨眼之间，他却听到了不少于二十个同样的名词：产品，保险。

三分钟里，他看了三次手机。最后一次，他说时间到！

女孩一步一脚后退出去，掩上门扉前，还冲他紧绷的面孔点了三次头。

之于女孩，那是一次失败的推销。之于他，却记住了女孩。不仅因为女孩的一颦一笑，还因为女孩跟自己女儿一样的芳华。而他骨子里，却厌恶甚至拒绝这种儿味儿趣的推销。

他说，这么巧。女孩笑了笑，点点头，也说，这么巧。在远离家乡千里的海边，不能不说是一种难得的巧合。也许，世界本来就是这么小吧！

会议三天，难得有半天的空闲，他到海边独自走一走，吹一吹海风。

女孩邀他到茶室坐一坐，他答应了。

茶室临海，海水一样透明的窗户玻璃，将海的嘈杂推到了十里之外。他要了一杯太平猴魁，女孩要了一桶奶茶。女孩晃着脑袋说，秋天的第一杯奶茶哟。他面前透明的水杯里，猴魁长而宽的叶片袅袅婷婷。

海鸥在海面上飞翔，起起伏伏，像无数只莽撞的风筝。

他们谈得很愉快。至于他们谈的什么，此处可以省略一万字。

当夕阳将海面涂抹得一塌糊涂的时候，他们谈到了各自的爱情。

他觉得，他先说才符合常理。

那时上初二，他喜欢一个叫芳的女生。时间上推四十年，男女生几乎是不讲话的，即便坐在同一张桌子上，中间也隔着一条无形的界线。

他太喜欢芳了，到了寝食难安的地步。有一天，他大胆给芳递了一个字条，字条上写道：你若有我，我便心安——海伦。他没敢落款，只把诗人的名字备注了上去。直到高中毕业，他跟芳交换了九十九次这样的字条。

女孩惊讶地睁大了眼睛，嘴里连说，哇，伟大的爱情耶！

他家很穷，到了谈婚论嫁的年龄，他却不能给芳买一件像样的礼物。在村头的小树林里，他在芳的左手腕上，画了一块上海牌手表。他发誓，等他发达了，他一定给她买一块最最昂贵的上海牌手表。

他真的发达了，一步步成为一家上市公司的老总。天有不测风云哪，二十三年前，一场车祸，夺去芳二十五岁的生命。之后的每一年，他都将一块昂贵的手表，摆放在她的墓碑前。

他仰起脖子，一口气喝掉一杯茶汤。蜷曲在杯底的茶叶，似乎相互取暖似的抱在一起。

女孩慢慢低下头，手心里攥着一块渐渐湿透的纸巾。

女孩的故事似乎很简单，在叙述中，她刻意省略了一部分。那一部分里，有她喜欢的两个男生，她不屑于说，在他们那里，她是个失败者。

一个叫华的男生疯狂地追求她。在食堂，在操场，在图书室，在楼道，在女孩眼睛的余光里，都能看到华的身影。不知道为什么，女孩特别不喜欢这样的男生，忍无可忍之下，她选择了报警。

他眼睛里写满了诧异和惊奇，忍不住问道：为什么？人家那么喜欢你！

女孩没有回答他的问题，突然趴在桌子上，放声大哭。

他吓了一跳，为自己的唐突与失礼。他轻轻将一只手，抚在女孩颤抖的肩膀上。

华割腕自杀了。

这是他后来才知道的。

自然，他把那笔吓人的保险业务给了女孩。

女孩还告诉他，在海边，她刻意等了他三天。如果他不出现，她准备跳海。

他跟女孩约定，每一年的这一天，无论阴晴圆缺，他们都要到那个海边坐一坐。

一晃十年过去了。他从岗位上退了下来，女孩已经是两个孩子的母亲了。

可是，他们从来没有失约过。

裂　缝

关　山

不进入这个房间，她似乎都忘记了自己曾在这里住过。一切都是陌生的样子，或者说是自己选择了陌生感，用以遮盖那些涌动不止的情绪。

这是她的婚房。是第一处。也没有第二处了，十几年过去，她没有再婚。

这房间里从前还有一个男人的。初恋。也没有再恋过。后来的经历中，有的接近了恋爱，有的接近了床，这时，她陡然生出恐惧，挣扎而出，逃避恋爱比逃避床更彻底。

房子要出售了。她来看一下。没有什么可收拾的，随身物品早就带走，扔掉一些，只剩下一些旧家具，经过几次短租，已经破损。后来索性就让它闲着，好几年的灰尘像是黄色的棉絮，密密地覆盖着。收旧货的人马上要来，保洁员也要来。还有房子的新主人要来。

县城的房子价格涨得慢，十年前一千多一平方米，现在不过三四千，而同样的时间，自己所在的城市已经由数千涨至数万。她离开这里之后，重新进入学校，硕士博士一路读下去。并不是对学位有兴趣，也不想借此寻处高位平台，只是不想离开学校，最后如愿留校任教。

她慢慢地在屋子里走，步子轻缓，尽量不惊动那些浮灰。也许自己早些进来，就是为了看这些，旧物，陈灰，还有些别的什么。她在等着敲门声。

门上有处裂缝，那是将重物扔过去时砸出来的。扔的是大幅水晶照片。两人的结婚照，当时没有碎，轮番用脚踏过之后也没碎。搬动起来很重，但是扔进小区外那条河里时，一时也没有沉下去，而是在水面上漂浮半晌。照片上，两人仰面朝上，瞪着蓝天白云，过往行人。两人身穿结婚礼服，笑容可掬，在河面上打了处旋，缓缓沉入水里，再也看不见了。

她收回心神，必须收回来，按下遗忘键，启动陌生感，像是在看别人的故事。她博士的研究方向是植物，越来越细，比树叶要小，比细胞要小，她开始关注细胞内部的电流。只有钻进这样一个极小的缝隙之中，才能在业界立足，也才能找寻到自己的出口。她感觉自己的身体不断向内部塌陷，收缩进细胞电流之中。眼前这每一粒灰尘，比自己大多了，那些旧物上的伤处，是一座座无顶之山。

清点完毕，旧货公司来了两名搬运工，拆卸家具。床是最后一件拆解的物品。两人累得满头大汗，想找个地方休息一下喝口水。

“不要坐床。”她说。

“哦，”一名工人环顾了一下空空荡荡的房间，对另一名说，“那加点儿劲儿干完再歇吧。”

开始拆解。

“这是什么？”一名工人嘟囔了一句，从地上捡起一件小东西，吹了吹灰。

“像是个老手机。”

她快步走过去。

手机。是，就是它，套着浅蓝色仿牛皮手机套，系着织绳，套子顶部绣着一朵菊花。里面是枣红色的机身，翻盖，十几年前的流行款。曾经花了他三个月的工资。三个月，不吃不喝地积攒。

“不，不，不。”她扑了过去。

两名工人呆怔着。

她将手机捧在手里，慢慢地坐到床上。过了一会儿，对工人说：“你们，先回吧。”

那段生活中，最后一次争吵，也是最激烈的一次，就是因为这部手机。

这是他半年前送给她的结婚礼物。她的单位与通信公司合作，搞优惠活动，给每名员工发了部手机，建立了内部系统，相互之间用小号打电话，无须话费。她已经和母亲说过，要将手机送给她，母亲正想买一部，却又心疼钱。她说这是他的心意。母亲对她的婚事本来就不满意，嫌他家在山区农村，是个无底洞。自己这么做，也算是在两人之间加加温。而当时，他的母亲正在住院，手头紧张，他想将手机卖掉，还是九成新呢，当时二手机市场挺好。

灰尘坐上去软绵绵的，像是可以无限下陷的样子，窗外的阳光倒是尖利而带刺。她打开已经成了灰黑色的机套，当年自己的手工如此精致，恨不得把手机裹在三层海绵里。里面的枣红依然闪烁，仍然是九成新。仿佛经过这些年，它更新了，红得耀眼。

争吵是怎么起来的？因为手机没了。原来，它是潜伏在十几年后，静听那场浩大的破碎之声。

“手机呢？”

“问你自己呀。”

“没了。”

“找啊。”

“你不想说点儿什么吗？”

“什么，你什么意思？”

“你想卖，也用不着这种手段吧。”

“胡扯！要这么说，应该是你自己拿了，给了你妈，反来和我闹。”

…………

持续了不知多久，也许是一夜。

不知道他是何时离开的，医院里打电话催。

再也没有回来。她也没有回来。

两人办离婚手续时都隔得远远的，仿佛中间有一块烧红的烙铁。

工作人员例行劝解，机械而生硬，最后高声叫：“本子，拿好！”

打开手机，自然早就没电了。她在电线中找寻了一番，还有可以兼容的充电插头。充电缓慢，等待开机的这段时间，她像是突然记起了他的手机号码。与她的这部老手机号只差一个数字。她换了若干部手机，启用了新号，这部老手机号中的关键部分一直是她的银行密码。

照片，像素虽不高，但已经是当时最好的。她笑得花团锦簇，年轻的脸放着光，是向着他笑，每张照片都是他照的。桃花，梨花，月季，那个春天，她与所有能看到的花合了影。她已经忘记这些花许久了。两人的合影在那场争吵中全部毁掉，残留的部分也在残留的怒火中被扔掉或是从电脑里删除。他留在她记忆中的样子，是一张因愤怒而变形的脸。除此之外，都是美好的样子，却被这张脸遮挡了，被自己选择的遗忘关闭了。手机里保留着所有的阳光灿烂。当时，他们因手头紧张，家具是到批发市场上购买的地摊货，也没有购置家电，家里最值钱的东西就是这部手机了。在争吵发生之前的某时某刻，它掉落进床上的裂缝之中，处于关机状态，从此，静静地镶嵌其中。

而暴雨将至

金晓磊

敲下文稿的最后一个句号，已经是晚上10点27分了。夏商关了电脑，起身活动一下四肢，决定去小区走两圈。

可惜，一圈都还没走完，平地就刮起一阵风来，黑乎乎的，像是老妖出没。夏商抬起手臂，挡了挡眼睛。刚放下，抬头看见西面的天空里爆出几条血管。紧接着，轰隆隆的雷声，坦克一般从头顶碾压而过。夏商不由得加快了脚步。天空好似知晓他的心思，端起无数挺机关枪，追赶着朝他扫射下来。

跑到一处突出的阳台下，夏商躲了进去。看样子，雨一时半会也停不了。夏商摸出手机，划拉起来。等朋友圈和关注的公众号都翻了个底朝天，雨水还是没有停歇的迹象。快11点了，夏商莫名烦躁起来。

一阵“沙沙”声由远及近。是汽车轮胎摩擦湿滑路面的声音。没多久，车子在十米开外停了下来。雨点依旧很大，看不清车身，更看不清车里的人。夏商决定等他下车的时候，向他求助一下。真见鬼，那车主好像故意和夏商作对似的，迟迟不肯下车。发动机一直响着，车灯的光柱像贪玩的孩子伸出去的两条胳膊。雨滴在灯柱里你追我赶，大珠小珠一般。

结婚已七年，是应该要个孩子了，夏商想，否则总感觉家里缺了点什么。可是，每次只要一提孩子的事，宋慈总说不急。她说得似乎也有道理，俩人都这么忙，老人们又离得远，连个帮衬的人都没有。

今晚，她又在加班。夏商赶紧发了条微信给她，到家没?

破天荒的，这次，宋慈的回复很及时。她说，还在加班，你先睡。

哦，夏商发完这个字，又忙着加了一句，下雨了，开车当心点！

手机半天没动静。夏商只好又去看那车子。依旧没有熄火，车灯仍亮着。透过驾驶室玻璃窗，隐约可以看见一团光亮。大概是手机的屏幕光。他也没带雨具？联系不上送雨具来的家人？他是在捧着手机刷新闻，还是和人在聊天？夏商把一个个问号，鱼钩一般抛进脑海里。黑咕隆咚的，他倒也没抱希望真能钓条“鱼”上来，只是闲得心慌。

能钓到宋慈这条“大鱼”，已经是自己前世修来的福分了，“而且还是一条美人鱼”。刚结婚那阵子，夏商喜欢和宋慈开这样的玩笑。宋慈笑笑，不置可否。说起来，这剧情有点狗血，像言情剧里蹩脚的桥段。有一次，夏商去一个农庄钓鱼，鱼竿都还没握热，就听见“有人落水了”。夏商扔下鱼竿，一路小跑过去，猛地跳进水里，拉上来个姑娘。你猜得没错，那姑娘就是宋慈……

一眨眼的工夫，时光就这样被上帝“钓”走了。

雨渐渐小了。夏商看见汽车大灯收回了光柱。发动机随即熄火。没多久，车门打开，伸出一把伞来。旋即，又钻出个人。夏商刚想喊，喉咙口好似突然被堵了束干草，发不出半点声响。夏商走出阳台，跟上那个背影。雨点飘落在脸上，还有丝丝凉意。背影撑着伞，转过一个弯道，沿着夏商熟悉的甬道继续走着。夏商远远地看她停下来，在坤包里一阵摸索，然后进了单元门。没过多久，半空里传来“砰”的关门声，夏商觉得自己的胸口仿佛被人擂了一记闷拳。他深深地吸了口气。楼道里残留的香水味一个劲地往鼻孔里钻，是夏商喜欢的香奈儿的气息。

那把弯形手柄的黑伞就挂在门口的水表箱把手上。夏商盯着黑伞，看伞面上的水珠慢慢地移动，汇聚，伞尖隔几秒就掉下一滴水珠。地上早已积了一大摊不规则的水渍。夏商莫名觉得自己的身体里也有什么东西在下坠，在渗漏，一滴一滴地，像一个漏气的气球，很快就空了。

打开防盗门，廊灯亮着，迎面遇上宋慈从主卧出来。

“刚回来？”夏商问。

宋慈“嗯”了一声，抱着内衣内裤匆匆进了卫生间。

夏商进了房间，脱掉外套，四仰八叉地瘫在床上。

窗外的雨声已稀。夜深人静，手机的短信提示音就显得格外刺耳。夏商忽然觉得浑身又累又乏。是去裤兜里掏手机看一下短信都不想的那种累。

于是，短信就一直安静地躺在手机里。它在默读：

越州市气象台2020年4月1日23时45分发布雷暴黄色预警信号。预计今天夜里，我市大部分地区将出现雷电活动，并可能伴有短时强降水和雷暴大风等强对流天气，请各位市民加强防范。

黄昏里的女孩

金晓磊

1

车子已经望不到头。可能是周五，也可能是附近有学校的缘故。几十米开外的信号灯即使绿了90秒，车子也向前移动不了几米。他不停地看仪表盘里的时间，越看越觉得时间过得飞快。他只好点了根烟，狠狠地吸了一口，一大截烟就成了灰烬。

“叮”一声，是手机短信：尊敬的家长，您好！您的孩子赵欣怡于今日2020年4月24日16:52:50离校。再过7分钟左右，女儿会在约定的地点等他。可是，看这架势，估计还需要半小时车子才能到达目的地。收音机里的一男一女，嘴巴像是安了弹簧似的，依旧在“二人唠”。他按下开关立马让他们消失了。女儿已经上初中，自己即使迟到，她也应该会在原地等他的，一点儿没有担心的必要。这么一想，他感觉稍稍安定了些。

车子挪动了没有几米，又停了下来。他拿起手机，开始刷“朋友圈”。他看到自己前两天发的一张照片——是无意中翻一本书看到的一首诗。其实，他对诗歌一点儿都不感冒。鬼使神差般，他居然将它拍了下来，还发在了朋友圈里——

枝头

帕斯

一只鸟
落在松树枝上
啾啾歌唱

突然挺立
箭一样飞向远方
在歌声中变得渺茫

小鸟像会唱歌的木片
木片在火焰中烧光
小鸟消逝在远方

我抬眼一望：空空荡荡
只剩下寂静
在摇晃的枝头上

喇叭声很刺耳。他回过神来，看见车前已经空出一大截。直行是红灯，左转是绿灯。他临时起意走另一条道，打出左转向灯，一脚油门，车子就蹿了出去。

车子左转右转，开开停停，总算快到女儿的学校了。等最后一个红绿灯的时候，他的脑子里突然冒出个念头来：如果女儿不在约定的地点，我该怎么办？随即，他又觉得自己像忧天的杞人一样可笑。

左转十来米，就到了以往接女儿的桥头。

可是，没有女儿的身影。

他停好车子，在附近找了一遍，还是没见到女儿。他一边给女儿的班主任发信息，一边朝学校跑去。校园里空空荡荡，出奇地寂静。他一下慌乱起来。另一个他又忙着安慰自己：女儿或许已经在车边等了。于是，他又朝着车子的方向跑回去。

没有，还是没有女儿的身影。

他赶紧拨通了妻子的电话。妻子说，我……我去派出所……派出所查监控。刚挂了电话，班主任的消息也来了：我出来帮你一起找。他一边道谢，一边沿着街道两侧的商铺一家家找过去……

2

和以往一样，从学校出来，欣怡与同伴道了别，就在老地方等。1 分钟过去了。5 分钟过去了。15 分钟过去了。还是没有见到那串熟悉的车牌号。边上，认识或不认识的同学，一个个都被家长接走了。欣怡忽然有些不耐烦起来。该不是父母临时有事或者工作忙，忘了来接自己吧？

欣怡决定还是再等等。如果 10 分钟后，还没人来接，就自己走回去。

600 秒很快就过去了，仍旧没看到父亲的车子。欣怡想找人借手机，又记起“不要和陌生人说话”的忠告来，就作了罢。

走了近千米，欣怡就后悔了。十几斤的书包勒着双肩，手上还拎了一大袋课外复习资料，感觉很累人。附近没公交车站。就算有，欣怡也没带零钱和健康码，只好咬咬牙，继续走。一辆辆车子从边上驶过。一家家商铺亮起灯来。只要看到“烧烤”“包子”之类的字样，欣怡就好似闻到了一股香味儿，饥饿潮水一般涌上来。欣怡只好吞咽一下口水，让自己的胃舒服些。又走了一段路，鞋子出来捣乱了，它们挤着脚，磨得脚尖要冒火的样子。在大街上脱鞋总不怎么雅观，只好忍着。不过，一想到母亲开门见到自己，该有多惊讶——居然能一个人走这么远的路回家——欣怡一下子觉得力气全上来了。

走一步，再走一步。书上也是这么说的，把长长的路分解成一小段一小段，一定能走到家的。欣怡暗暗地给自己打气鼓劲。

“咚咚咚”敲响家门的时候，欣怡莫名有一种擂鼓欢庆的感觉。

开门的，竟然是舅妈——是母亲打电话喊她来家等自己的！

欣怡瞬间觉得脑袋像一沓翻动的白纸似的，全身的骨头也被抽走了……

3

晚上 1 点 26 分。她被几声“妈妈”惊醒。枕头照例是湿的。14 年了，这个同样的梦，一次又一次地入侵她的夜晚——

一个梳着麻花辫的小女孩，背着米奇图案的书包，像头麋鹿一样蹦跳于夕阳下。“妈妈——”小女孩转过头来，微笑着朝她喊道。于是，她伸出手去拉。小女孩却倏忽不见了踪影。

“朵朵，你到哪里去了？”这么多年，这句话，她差不多已经问了一万遍，可回答她的，依旧只有无边无际的黑暗。

一阵“赶赶咐咐”过后，另一侧的床头灯亮起。一条手臂伸过来，将她揽入怀中。她靠在他的胸前，一只手摸索着从枕头下取出一张泛黄的照片来。照片上，他和她——原来他们也曾年轻过，还有梳着两根麻花辫的朵朵，正朝着他们笑。那一朵一朵的笑，瞬间点亮了整个房间。

隔壁，传来欣怡舒缓而有节奏的呼吸声。

黑夜都将过去。她想，新的一天终会来临。

橡树先生与木棉太太

浅　蓝

遇到木棉太太之前，橡树先生曾游历过大半个世界。这中间，也掺杂着两场伤筋动骨的爱情，每次失恋后，橡树先生都会背起背包，出门远行。

据说，走得越远的人，越想走得更远。游历世界，需要钱，需要时间，更需要勇敢。多少比橡树先生有钱的人，明明他们也是自由的，却活得像被线绳绑住腿的麻雀，直到有一天，颓老得坐到了轮椅上，被疾病绑住了腿。

看的风景越多，内心越繁华也越苍凉。作为背包客，橡树先生吃过苦，历过险，有一回，亲眼看到旁边的游客掉到悬崖下。苍茫山间，那人最后的一声惊叫久久在他耳边回荡。即便如此，他也没有想到后退，想到回家。

家不是他想要停留的地方。母亲抑郁而死，父亲迎娶他相好了十年的情人。橡树先生大学没毕业就退学去游历世界了，他得到了母亲的那份遗产。说他想逃离那个家，不如说他是想逃离抑郁。继母给他生了个弟弟，他已不是父亲挂念的人。

也许你以为橡树先生是活泼爱动的人，其实不是的，恰恰他爱静又沉默，有时，一天到晚都说不了几句话。

他不爱大笑，也不爱狂欢的娱乐，所到之处，就是静静地住几天，大街小巷地逛逛，体验一下当地的风土人情。离开熟悉的生活圈子，他是放松的，自由的，每到一处，就像一个新的开始。他一次次地出发，就像一次次重生。所到之处，喜欢拍各种植物的照片，也爱拍孩子。

这世界上，他最爱植物，对于孩子，他喜欢他们纯洁的眼睛。有一次，他正在街上吃点心，被一个小孩子偷走了钱包，跑几步没追上，那棕色皮肤的小脏孩不见了。他竟然不怨，他觉得那小孩子的眼睛，像湖水一样清澈，那绝美竟能消解他偷东西的恶。他坐回去，慢慢吃完点心，喝光饮料。

直到回国后遇到木棉小姐，橡树先生才打算停下脚步，安居下来。

木棉小姐是一位幼儿园老师，皮肤白皙，有柔软曼妙的腰身。她笑的时候，眼睛弯成了小月牙儿。她跳舞的时候，粉红的手指，尖尖地向外翘着，像飞翔的翅儿，十分迷人。尤其让橡树先生着迷的是，木棉小姐说话总是很慢，比一般人要慢半拍。有时候，不需要说的，她就用眼神表达了。语速慢本来是木棉小姐自认为的缺点，别人提到这个，她都会羞红了脸，哪知，这恰好是橡树先生欣赏的地方。会用眼神说话的女子，懂害羞的女子，慢条斯理的女子，在现代社会，都是稀缺资源了。

那天下午，他们在公园相遇。木棉小姐带着孩子们去游玩，橡树先生本来是要拍孩子们的，结果，大部分镜头对准了木棉小姐。一年后，木棉小姐定制了一件长长的白婚纱，戴着一枚心形的钻戒，笑吟吟地成了木棉太太。那时候，他 36 岁，她 26 岁。

木棉小姐的父母不和，终年吵架。她不喜欢这样的生活，早早离开了家。她只想找一位好脾气的男人，一个不和女人吵架的男人过一生。

橡树先生那浓浓的眉毛，温和得像摊开的阳光，像个老父亲，令她安心。橡树先生游历过半个世界的经历，化为了他沉静博厚的气质，在她眼中，他是一座富矿，丰富又神秘，像个传奇，像一本读不完的书，像她闺房窗边的那棵年轻的橡树。

橡树先生爱静，木棉太太也爱静。他们都是理性的人，不追求轰轰烈烈的生活，唯愿平平淡淡过一生。

婚后，他们在一座翠绿的小山下，建了座木房子。在那里种花，种菜，喂鸟，依偎着看日出日落。他们回忆平生吃过的美味的食物，一样一样尝试着来做，还做出过几种特别的菜肴。有时，他们也会花小半天的时间，一起剥一篮豆子。或对着一盆正在开放的花，默默地看书，喝完一壶茶。彼此的话也不多，能用眼睛表达的，就不用嘴巴来说了。橡树先生认为，语言是有限的，而内心的丰富是无限的。语言的表达常常有歧义，而灵犀相通有时候更可靠。由于他们经常使用眼睛说美好的话，他们的眼睛也越来越好看，睫毛长长的，眼瞳越来越清澈。清澈得能看到对方的样子。

每年有一半时间，他们背起背包，走在远游的路上，一半时间，回到木房子，橡树先生开始坐下整理照片，写游历中的感悟。他写，木棉太太阅读，并为他校对。读着读着，木棉太太被迷住了，她也开始写作。

木棉太太的字很漂亮。她喜欢在泛黄的纸上写字，又因为常常侍弄花草，指上的清香让写过的字也香了起来。橡树先生没想到木棉太太的文学天赋这么高，人又通透，略一指点，她就进步飞快。越写得快，就越入迷，越入迷，写出来的字就越有浓郁的香味。橡树先生能根据那香味的香型，读出她写作时的心情。

开始的时候，他俩一天吃三顿饭，后来为了节省时间写作，吃两顿饭，最后，只吃一顿饭。精神越丰富，内心越专注，欲望越少的人，总是越感觉不到饥饿。

开始的时候，每天早饭后，木棉太太要弹钢琴，午睡后，橡树先生要做木工活儿，木棉太太要为自己缝裙子。晚饭后，他们一起要到小河边散步看星星。后来，写到入神的时候，琴也不弹了，木工活儿与针线活儿也不做了，散步也越来越少了。

橡树先生在东边屋子写，木棉太太在西边屋子写。每当写到高兴，写出精美的句子时，他们也会激动地跑到对面屋子，拥抱亲吻一下对方，一起分享那美丽的句子在内容与节奏上的美。

这样过了一年又一年，小木屋在慢慢变旧。某天，当他们放下笔，想起对方时，发现已经坐得太久而不能走路了。脚下慢慢生了根，并且已经牢牢地扎进泥土。是的，他们都变成了树，一株橡树，一株木棉。撑破木屋，从屋顶上，窗户中，渐渐探出枝丫。后来，木屋倒了，化为灰尘，只有两棵树，枝叶交错地长在那座山下，肩并着肩，手挽着手。年年岁岁，她密密地开她红硕的花朵，他勤勉地结他累累的橡实。

吵　架

九峰云

我一路小跑往家赶，比他早五分钟到家，换上宽松的运动服，梳整齐头发，将昨晚没吵完的架重新理了理思路。昨晚，我们约定今天回家后十分钟内吵完，吵完他还得送孩子去上补习班，我得洗碗，收拾乱糟糟的屋子。孩子回家后，我还得辅导他写作业，督促他洗澡，吃维生素、酸奶水果，每晚九点半他必须睡觉。

等了将近六分钟，他们还没回来。我正准备打电话问他被什么事耽搁了，他的信息就抢先一步发来："车快没油了，我去加个油，随便吃点儿，直接送他去补习班，回家再吵。"

我回复："那得等到他睡着后再吵架了，声音不太大的话，吵十分钟也行。"先生回复："好的，哦对了，如果你还有时间，替我把置物架的滑轮脚修一下，本来我想刚才回来吵完后自己修的，现在只能烦劳你了，否则我怕没时间吵架了。"

我说："我试试吧，你开车别发信息了。"我快速收拾完屋子，开始修置物架，不知怎么划伤了手指，口子不小，血瞬间滴落下来。我将手指举过头顶，奔向卧室的抽屉柜翻找碘伏和创可贴。血一路从厨房滴到卧室，连成一条线，足足有 3 米多长。该死，创可贴没了，我抓了一把纸巾压住伤口，准备出门去药店包扎一下。

我忍着伤痛，快速跑到家附近的药店。药店老板正在关门，说有急事离开一会儿，让我过一小时再去，或者去远一些的药店看看，不过那家药店还有不到半小时就关门了，我要是决定去就赶紧去。

我站在十字街头，手指淌着血，举过头顶，一边快速算了下，走路过去兴许来得及赶在药店关门前到，但是再走回来，就有可能来不及写报告，这样下去最终会耽误和先生吵架。本来骑自行车去应该来得及，可是手不给力只得作罢。此刻路上的出租车几乎都载了乘客，我只能拿手机打车了，刚拿出手机，才发现手机刚才没充上电，此刻只剩 10% 的电量，我得留着接先生的电话，他会在孩子下课出发后告知我，以便我算好他们到家的时间，做好各项家务和准备工作，尽量不浪费我们和孩子的每一分钟时间。

我咬咬牙，看着自己的运动服，告诉自己就当夜跑运动吧，开始发狂似的奔跑起来。我举着手超过头顶，驮着我那一身被熬夜、焦虑、压力逼出来的肥肉，没命地奔跑，终于在药店关门前三分钟到达。当我正喘着粗气告知需要止血用品时，先生来电："孩子下课了，我们半小时后到家。"我放开伤口，任血继续滴在地板上，喘着气回话："好的，我知道了。"便马上挂上电话。

药剂师看了眼地上的血，瞪大眼睛看着我。我吼道："难道我是来这儿买可乐的？快拿纱布绷带创可贴，随便什么能止血的都行。"药剂师这才回过神来。"哦哦，抱歉，我刚才就想告诉你，半小时前店门口发生了一场群殴事件，店里的所有止血器械都卖完了。隔壁就是医院，你去包扎一下吧。"

我看了一下时间，举着手算计着：孩子还有二十五分钟到家，去医院包扎肯定来不及回去吵架了，如果此刻就往回跑，可能还来得及，最多晚五分钟到，那么吵架时间只剩五分钟。看来原本设想的回顾之前吵到什么地方的那部分可以省略了，直接切入主题，把我的论点阐述时间从原来的三分钟缩减到一分钟，把他的反驳时间也缩减到一分钟，自由辩论环节从两个回合砍到一个回合，这样就有一分钟时间来结束吵架了，五分钟吵完这个架，也变得现实可能了。这样既不耽误孩子学习、睡觉，也不耽误明天我俩上班。明天他得早起赶早班飞机，我有一个年度重要会议主持，都得比平时早起半小时。要命的半小时，孩子也得跟着我们早半小时到学校，睡眠也被剥夺了半小时，只为了我们能够吵完这该死的十分钟，哦不，五分钟的架。

总是举着手淌血，我感到有点儿头晕，先生来电说："路况好，早到家十分钟，修了架子，整理了行李箱，孩子也快洗完澡准备睡觉。"他已经做好吵架的准备了，就等我了。

我好奇地问他："地上的血，你看到没？"他说："什么血？我没看到，你怎么喘得那么厉害？"我说："我马上到家。"对面没反应，我这才发现手机已自动关机。

我望着一片漆黑的屏幕，发现血止住了，于是我决定，干脆再慢跑一会儿。架可以跑完再约嘛。

电梯里的恋爱

曹隆鑫

下班后他不会马上回家，他常去一家书店消磨掉一点儿时间。这天，他走到书店门口，书店的大门紧闭，停业的告示在一张雪白的大纸上写着，他每读一个字，心里就痛一下。他想，当初该多买些书才好。他在百感交集中走回小区，才惊觉回来得早了。

是早了，等电梯的只有他一个人。电梯缓缓而下，他在想着是不是再出去转一圈，这时候回家，他不想让老妈一边忙着做饭菜，一边还要和他没完没了地唠叨。

他扭了一下头，看见身边多了一个女孩。

一个很亮眼的女孩。

电梯停下，打开，他跟着女孩走了进去。

女孩摁了 26 层楼，他去摁楼层时手指尖儿俏皮地打了一个旋。

电梯缓缓上升。

似乎很慢。

这倒合乎他的心意。

偌大的电梯里，两个人待在一起，谁也不说一句话，沉闷闷的。应该说点儿什么，要不然就对不住女孩了。就像有一朵鲜花在旁边，你不看一下？你不闻一下？在这样的时候，低头看手机总是不妥。对，能有她的微信号就好了。可是，就这样明目张胆地跟她无话找话，会不会让人家反感？他这样想着，电梯停了，电梯门打开，女孩走了出去。他在电梯门即将关上时，鼓足勇气对着女孩的背影说：“你好！”

女孩的脚步停了下来，脸扭了过来，他的心擂鼓似的猛跳了一下，他在想着是不是该对女孩再说些什么，或者干脆就走出去。电梯门这时“哗”地关上了。

第二天下班，有朋友邀他去喝茶，他想都没有想，找了一个理由拒绝了。

他走进电梯房，在等电梯时左顾右盼。电梯下来了，电梯门缓缓打开，她还没有来。他有些失望，想着偌大的电梯里只有自己一个人，真是没意思。身后响起了脚步声，他扭头去看，是她！电梯要关上门了，他一个箭步踏进电梯，半个身子立在电梯门口。

走进电梯，女孩对他轻轻一笑，说：“谢谢！”

他很高兴，忙说：“不用谢，应该的。”

女孩说：“我认识你。”

其实都住在同一幢楼里，她认识他也不是件奇怪事。他想，我怎么就没有见过她呢？

他说：“对，我们认识。”

这样说就可以冠冕堂皇地和女孩说说话了。

电梯缓缓上升，电梯里的气氛很友好。

女孩说：“真可惜，那家书店关门了。”

他恍然大悟。难怪，她说认识他。他看书时沉得很深，要不然，他也会认识她。而且关于那家书店，他真有很多的话可以跟她说，可是话说出口他总觉得那都是些无关紧要的废话。他正在字斟句酌间，电梯突然停了。

这次电梯上升得太快了，他有些瞠目结舌，女孩似乎也挺惊讶电梯的上升速度。

他现在是一下班就直接回家。老妈似乎也没那么唠叨了。餐后老妈在收拾碗筷，他有时候也伸手去帮一把。

他已经知道了女孩的名字，还有一些关于女孩的很重要的讯息，奇怪，老妈这阵子也不追问他谈女朋友的事了。

有同事说他："这么早回去做什么？是不是……"他当然摇头。同事就劝他："跟我们潇洒去吧，说不定能遇上你的小仙女！"

他笑笑，还是独自大步流星地回家了。

走进电梯房，女孩已经等在那里。电梯打开，女孩先走进去摁了26层楼，转身对他说："我帮你摁好了。"女孩帮他摁了27层楼。26层楼到了，电梯门缓缓打开，女孩背对着电梯门和他说话，电梯门又缓缓关上。他赶紧提醒她，说："呀，26层到了！"他为自己的失职而自责。她笑着说："我到27层去看看，欢迎吗？"他笑了，快速伸手摁了一下15层楼，看着她说："我住在15层，你陪我去15层看看，好不好？"

第六辑

马丁的奇妙冒险

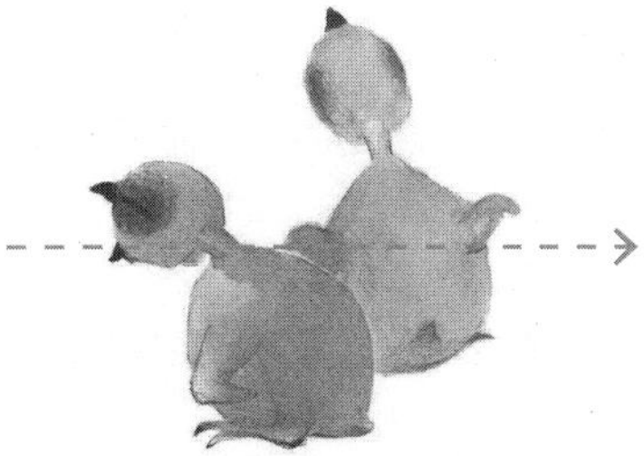

河流逸事

大 解

河湾村的南面被一条河流环绕，这条河流名叫青龙河。有一年春天，河水断流了。

就在河水断流的日子里，住在孤树下的刀客从此路过，当他走到干枯的河床中心时，河床里突然出现了一股涓涓细流。当刀客看见青龙河水如此之小时，不禁哈哈大笑。正在他狂笑之时，这条细弱的河水从河底上忽然飘起来，像一条水做的丝带缠住了他的身体，尽管他学过缩身之术，却还是无法逃脱。幸好船工及时发现了他，走过来劝说青龙河松开，刀客这才躲过一劫。

刀客被青龙河水缠绕，事出有因。传说他曾经在河水上试刀，一刀劈断了青龙河。当时有人看见他手起刀落，砍在河水上，青龙河疼得直哆嗦，身体扭曲抽搐，都变形了。当时河水裂开了一个大口子，久久不肯弥合。以这个刀口为界，刀口以下的流水迅速逃跑，流向了下游；刀口以上的流水不敢往下流，停在了那里。青龙河水就这样断流了。人们感到非常惶恐，大家都以为青龙河被刀客所杀，一刀砍死了。不料第二天，人们发现青龙河不治自愈，又开始了流动，河水上面只留下一道深深的伤疤。

这个刀客，并不是故意刀劈青龙河，他只是想试一下刀法，没想到河水太柔软，经不住这一刀，造成了严重的伤害，直至当场断流。

关于那次断流，还有另外一种说法。说的是一个巫师乘船过河，不小心把钥匙掉进了河里，为了找到钥匙，他把河水掀开了，他在河底找到了钥匙，但是河水却因此而受风寒，从此一病不起，日渐消瘦，最后成为一条水线，被路过的几头牛给喝干了。青龙河断流以后，过去需要摆渡才能通过的地方，人们可以直接走过去，木船停在干涸的河床上，成了摆设。即使不摆渡，出于习惯，老船工也要守护在船边，没事的时候就躺在木船里面，大草帽往脸上一扣，呼呼睡大觉。

说是老船工，实际上他并不老，也就四十多岁，上身不穿衣服，脚不穿鞋，皮肤黝黑，身体干瘦。由于他摆渡的时间太长了，人们就称呼他为老船工。老船工永远戴一顶大草帽，他的大草帽不是一般的大，而是非常大，他躺在木船里，草帽可以盖住整个上半身。

船工和刀客从小一起长大，见面谁也不客气。每次在船上相遇，刀客都带着刀，而船工戴着那顶标志性的大草帽。

刀客砍伤河流那天，船工也在场，并且劝阻过刀客，但是刀客出手太快了，劝阻的声音还没传到他耳朵里，刀就已经落在了水面上。

刀客和船工是表兄弟，小时候，刀客一心练习刀法，而船工只想摆渡，两人各自练习，都有长进。

起初，刀客的刀法非常稚嫩，连一个小旋风都无法劈开，更不用说砍伤一条河流。后来他拜过一位师傅，教他影子刀法。说白了就是拿自己的身影开刀，练习刀法。练到成熟，一刀就能劈掉自己的身影。如果身影掉了，还会再长出一个，似乎无穷无尽。而实际上并非如此，有一次他的身影被惊吓，缩回了体内，从此再也不敢出来了，他成了一个没有身影的人。人们见面跟他开玩笑，专门问他的短处，说，你的身影呢？他说，我的身影去小镇上的铁匠铺了，我在那里定制了一个刀环。人们知道他在瞎编，也不当真。

后来，他又拜了一位师傅，以水为泥，练习刀劈，这才引出了伤害青龙河的事故。

刀客的功夫，一时间成为人们的笑柄。

刀客住在一棵孤树下，一直到老，勤学苦练，最后成为一个绝世高手。

且说他过河时被青龙河水缠住，并没有呼救，而是想法自救。他练习过缩身术，自认为能够逃脱。当船工发现河床里有人被困时，刀客已经与河水纠缠了很久。这次纠缠不仅让刀客知道河流不能伤害，而且还会报复。此后，他再也没有做过损害河流的事情。

刀客被河流纠缠以后，反倒给了他一条启示，使他的缩身术又有了新的长进。他后来练到极致，很窄的门缝，只要刀能插进去，他的身体就能侧身而过。他到底是怎么过去的，连他自己也说不清楚。据说他学习了水的柔韧性和伸缩性，化骨为水，无孔不入，任何绳索都无法捆住他。

刀客练成自救的绝世功夫那一天，船工正在青龙河上摆渡，他们与洪流搏斗，冒死拼命，救下了一船人。

那是夏天的一个上午，青龙河里洪水暴涨，河水浑浊，洪流中到处都是凶险的漩涡。木船上乘坐十余人，老船工在船尾摆渡，船头摆渡者是一个小船工，也就十六七岁的样子。船至中游，小船工的竹竿够不到河底，水太深了，也就是三四竿的工夫，船头被洪流裹挟而下，一下子失去了控制，向岸边的一个石笼直冲过去。危险就在眼前，木船一旦撞上石笼，必定船毁人亡。就在这生死刹那，只听老船工大吼了一声：别慌！我来！说时迟那时快，老船工几个箭步就冲到了船头，与小船工调换了位置。老船工使出了拼命的力气，猛力插竿，只三五下就稳住了船头，木船被控制住，在离石笼不到一尺的地方，船划过去了。

一船人得救了，而老船工却口吐鲜血，蹲在了甲板上。

多年以后，老船工的儿子接替了他，也戴一顶巨大的草帽，也是那么瘦，也是不穿上衣，也是肤色黝黑，仿佛一尊青铜雕塑。

多年以后，刀客去了远方，临走时路过青龙河，他在岸边给青龙河郑重地下跪，一是拜别，二是道歉，再是感恩。他下跪的时候，船工正在摆渡，当时的天空阴云密布，天色暗沉，人们却看见青龙河在发光，从内部透出明亮的光泽，仿佛河底有一轮正在升起的太阳。

梦游者

大　解

一夜之间，河边的柳树枝条变了，突然梳成了许多条辫子，仿佛是经过梳洗打扮的小姑娘，让人感到好奇。

不只是一棵柳树，河边所有的柳树都梳辫子了，这就更让人好奇了。

人们纷纷传言，说是昨天夜里有七个姐妹从这里经过，沿河而下，莫非是她们梳理的？也有人说，是柳树自己长成这样的，因为一个正常人的身高是无法梳理柳树的树梢枝条的，除非使用梯子，而树下根本没有架设梯子的痕迹，地上也没有留下任何脚印。还有人说，昨天夜里刮了一阵奇怪的风，把柳树的枝条拧在了一起，于是就梳成了辫子。

有人去问长老，长老说，我活了两百多岁了，也没有遇到过这种事情，要不，我晚上做梦去问问我爹。

人们着急，说，要不你现在就做个梦吧，问问到底是怎么回事。

长老说，白天做梦不准，还是晚上吧。

第二天早晨，人们急不可耐地找到长老，问他夜里做梦了没有。长老说，做梦了，我在梦里看见我爹了，他说他也没有遇到过这种情况，他说他要去问问他爹，也就是去问我的爷爷，看我爷爷是不是经历过这样的事情。

人们一听，觉得这事没谱了，长老的父亲已经死去多年，他还要去问另一个死去更早的老人，假如更老的老人说，也要去问他爹，这样没完没了地问下去，恐怕也不会有一个结果。人们对长老的回答有些失望，但也没有办法。凡是长老不知道的事情，再问别人，也不会有什么答案。

正在人们感到奇怪，到处追问原因的时候，有消息说，河边柳树的枝条都松开了，所有的小辫子都解开了。

什么时候松开的？

好像是昨天夜里吧？但也说不准。

河边有没有脚印？

有脚印，据说夜里有七个姐妹在河里洗浴和梳头，人们只看见了模糊的影子，也没看清楚到底是谁。

长老听说柳树的小辫子松开了，好像解除了他心里的结，松了一口气，说，既然解开了，就不用让我爹去问我爷爷了。人们说，别问了，问了也不一定知道原因。

长老说，好，那我夜里做梦时告诉我爹，不用再问了。

事情到此似乎可以告一段落了，谁知，这才是刚刚开始，让人惊奇的事情还在后头。这些梳辫子的柳树在一夜之间都跑到了青龙河的对岸，又梳起了辫子。河对岸的村庄叫小镇，小镇的人们听说后，纷纷到河边看个究竟，也都觉得稀奇。

夜里，长老又去梦里找他爹，正想告诉他爹不用再问爷爷了，没想到他爹说出了一件事。他说，他活着的时候，遇到过柳树做梦，而且集体梦游，都走到了河对岸。

长老说，柳树也会做梦？

长老的父亲说，是。所有的树都会做梦，梦游时还会走路。长老说，那柳树梳辫子是怎么回事？

长老的父亲说，会不会是柳树之间相互梳理？

长老长叹了一声，恍然大悟，说，有道理。

长老谢过了父亲，从梦里出来，也不顾正是夜晚，先去告诉了铁匠，又去告诉了木匠，铁匠和木匠再去告诉其他人，河湾村所有的人都知道了这件事。

当人们好奇地来到河边时，发现那些跑往河对岸的柳树又回到了原来的位置，松开了辫子，仿佛什么事情也没有发生。

这天夜晚，人们回到家里睡下后，长老却梦游了。他离开家，又回到了河边，先是在河边走了一段路，用手抚摸了每一棵梦游过的柳树，然后顺着河边小路继续往前走。在没有路的地方，他像一个影子一样忽然飘了起来，毫不费力地走到了空中。他还是第一次在天空走路，虽然身体完全飘浮，有一种不踏实的感觉，但是毕竟是走在天上，还是有些新鲜感。他想，既然来到了天上，就多走一会儿，说不定还能顺手抓住几颗星星，不然用什么证明我曾经到过天上呢？他毫无顾忌地走着，突然发现一个磨盘大的月亮，挡住了他的去路。他意识到，既然月亮挡住了我，我就不能再往前走了，该回去了。这时他看见洒满月光的青龙河，河流两岸的村庄，都安静地躺在地上，唯独河边有些东西似乎在移动。他睁大了眼睛仔细看，发现是那些柳树，对，正是他抚摸过的那些柳树，可能又开始梦游了。他在空中看见这些柳树先是凑到了一起，相互梳理枝条，然后又散开，排着队向河流的下游走去。当它们走到月亮偏西的时候，又按原路返回，回到了原来的位置，停下来不动了。

长老心想，月亮都偏西了，我也要回去了，倘若天亮以后我还留在天上，肯定会被人们看见，并且会被人们嘲笑的。

长老飘飘忽忽地回到了地上，走回家里，神不知鬼不觉地悄悄躺下，继续睡觉和做梦。

第二天，人们问长老，夜里做梦了吗？

长老说，做梦了，我还到天上转了一圈，要不是月亮挡住了我的去路，我就会走到远处，不回来了。

人们围着长老，嘿嘿地笑着，并不完全相信，但也不敢完全否定，因为长老经历的事情太多了，其神奇超乎人们的想象。

水　神

大　解

有一年北方大旱，粮食歉收，秋冬倒是有吃的，入夏后就有些吃紧，入秋前明显出现了饥荒，家家缺粮，人们要勒紧裤腰带过日子。有的人实在挺不住了，开始啃青，吃了正在地里生长的尚未成熟的粮食。幸好河湾村靠山又临河，人们上山采集野菜，下河抓鱼，度过了艰难的时光。

没想到天不饶人，第二年又遇大旱，这就不是饿肚子的事情了，上一年的粮食都不够吃，家里没有一点儿存粮，紧接着又是大旱，真是要人命了。人们每天都必须吃东西才能活命，可是吃什么呢？

长老虽然两百多岁了，经历了许多灾难，但也有些挺不住，已经瘦得皮包骨头。他说，榆树的皮可以吃。于是人们扒下榆树的皮，晒干后碾成面，与野菜混在一起，熬成面糊，或是用榆树皮面包野菜团，蒸了吃。他说，野菜的根子可以吃，于是人们就上山采集野菜，并挖出野菜的根，回来后洗净切碎，生吃或煮熟吃。他说，青龙河的水可以喝，于是人们去喝青龙河水。他说，有的村庄已经饿死人了。人们都不说话，默默地看着他，希望他还能想出活命的办法。在最艰难的日子里，有人从山坡的石缝里挖出了非常细腻的黏土，尝试着吃了一些，没死，其他人也吃了一些，也没死。三婶把黏土做成饼，放少量盐，用火烤熟，味道比生吃好很多，于是有人就效仿她的做法，也烤熟了吃。

长老听说有人吃了土，就说，那东西不能多吃，吃多了拉不下来屎。

果然，吃土的人，都出现了拉屎困难的症状，受了很多罪，不敢再吃了。

正在人们彻底断粮，只能吃水和空气的时候，船工找到了长老，说，由于他常年在青龙河上摆渡，他和青龙河的水神混熟了，早年结为了兄弟。昨天他梦见了水神，水神的媳妇听说河湾村发生了饥荒，从下游驱赶来一群鱼，大概明天就可以到达河湾村附近，让村里人做好准备，抓住这些鱼。

长老听到船工的消息后，真是喜出望外，长舒了一口气，说，真是天无绝人之路啊，谢谢水神，谢谢水神的媳妇，真是救命来了。次日，人们早早等在青龙河边，见下游真的来了许多鱼，人们在浅水处，用荆条编织的筐，扣住了许多鱼。

水神和水神的媳妇，果然守信用，真的驱赶鱼群来了。人们感激不尽，说了不少好话，同时也感谢船工，说他结交了水神这样一个好兄弟，顺便还夸奖了水神，说他娶了一个善良的媳妇。长老说，河里来了鱼，我们不要一网打尽，够吃就行，等吃完了再去河里抓。

人们听了长老的话，都不多抓鱼。

野菜、树皮、草根、土、鱼，让河湾村的人们渡过了饥荒。后来，为了感谢水神的救命之恩，人们用石头在青龙河边搭建了一座水神庙，庙虽小，但也是人们的一点儿心意。经常有人给水神供奉一些水果、野菜、粮食，等等。但人们从不烧香，因为水神生活在水里，香火毕竟也是火，水火不相容，相互避讳。

渡过了饥荒的人们一直牢记水神的恩德，有时人们路过青龙河时，想起水神，就在河边松软的沙滩上，面朝河水跪下，嘴里也不多说，下跪，是个心意，也是个礼数。

大约过了三年，船工找到长老，神色有些慌张，说，他梦见水神病了，需要多种草药。水神体弱不便，而水神的媳妇常年在水里，并不认识草药，因此他们给船工托梦，希望得到他的帮助。

长老听说水神病了，意识到事情的严重性，说，水神救过我们全村人的命，我们要尽全力帮助他。

于是，全村的人们上山采了药，在长老的带领下，来到青龙河边，把采集的草药全部投进了河水里。

草药在水面上漂着，并不沉入水里。这时船工站在船上，拱手说，水神兄弟，我们给你送药来了，千万别客气，快收下吧。

船工说完，那些漂浮在水面上的草药当即就沉进了河水里。人们这才放心，知道水神收下了草药。

就在草药下沉的一瞬间，站在河边的人们都看到了令人惊奇的一幕，在一段平静的水面上，突然站起两个人。这是两个透明的裸体的人，一男一女，像是水做的雕塑，站在河面上。他们双双向船工行了一个弯腰礼，随后又转向河边，向抛撒草药的人们弯腰行礼，最后这两个人双手抱拳，直直地沉入到河水里。

当看到这神奇的一幕时，人们都惊呆了，一句话也说不出来，生怕一眨眼，就错过了哪个细节。

当这两个透明的人沉下去好久之后，人们才缓过神来，面面相觑，说，水神！

漂移的房子

浅　蓝

小方不想在村子里待了。梦村的人，太热情，太狡黠，动不动就推开他的房门，瞧瞧他在做什么，问问他养的小猫抓到老鼠了没有，他种的花又开了几朵？虽然人们很和气，但他感到自己被窥视，没有独立的空间。

他想走，就削了一根长了十年的竹子，在一个农历十五的夜晚，划着他的木房子走了。

是的，房子可以像船一样被划走的。在梦村就是这样无所不能。小方的木房子在空中飘啊飘，离地越来越高，从树顶上划过，避开电线杆与烟囱，从某个视角看，他的房子是往月亮上飞去。但他只飞了三里地，就找到了一个小山冈，上面有块较平整的土地，长着茸茸的草。小方让房子降落到草地上，像落在地毯上一样。

第二天，梦村的人起床一看，小方的家变成了一块平地。他们也不奇怪，因为这种情况是可能的，并被允许的。

小方在那座小山冈上，开荒种地。他种小麦、玉米和豆子，也种萝卜青菜，还修了篱笆，种百日菊、蔷薇与月桂树，并养了一条狗。

不干农活儿的时候，他就写作。

他是一名作家，每晚看书到深夜。他的书不多，但每一本书，都要读很多遍，直到烂熟于心，倒背如流，然后他就将书烧成灰，冲水喝掉。他曾向一名女作家推荐这个方法。女作家听了，惊奇又厌恶地笑着，掩住红唇，皱起眉头，身体颤抖了一下，仿佛她已经将那灰水喝到嘴巴里了一样。她揉着胃部，娇滴滴地说：那该有多难喝呀。

他解释说，不难喝。好书烧成的灰，一点儿都不难喝，还有各种各样香甜的奇异味道。劣书烧成的灰，才会又酸又涩，令人反胃。故此，选书不能只依据当下的时尚。有一回，他买了本很流行的大师的书，一翻开，就闻到了浓浓的过期菜油的味道。他坚持看了三页，就放下了，为此他后悔了三天。他的嗅觉与味觉现在已经越来越敏感，作家，还是忠于内心的好。

梦村的人，都知道他吃书的事，觉得他是疯了。村子里的每个人遇见他时，都要看看他的眼睛，希望看到涣散的眼神。但看来看去，他的眼睛都炯炯有神，越来越犀利。只是人越发消瘦了。好像他的全部的营养都给了那双眼睛，都滋养了另一个看不见的世界。

他们建议小方说，该娶个妻子，为他料理家务了。

但他们又都不肯将女儿嫁给他。他们觉得，一个整天写字的男人，一个离群索居的男人，是不可靠的。他不像能挣大钱的样子，他们宁可将女儿嫁给理发匠、杀猪匠、磨豆腐的。

小方也觉得，自己需要娶一个妻子了。

春天花开了，看到蜜蜂蝴蝶都翻过墙来，绕花丛哼着情歌跳舞，他就想有一个女人。

他托人向胡家的女儿胡翠儿求了婚。

胡翠儿已经二十八岁了，还没有嫁出去。原因是她有缺陷，她的手指是连在一起的，手指间长着薄薄的蹼。虽然她长得还算貌美，但远近村子里的年轻人对她敬而远之，怕娶了她，将来下一代也有畸形的手掌。

为了这个缺陷，胡翠儿也很自卑，怕人指指点点，所以很少出门，在家织布、绣花，也看书。

小方自从吃掉了一本《麻衣相书》后，就学会了相面。他看到这世间，有些人是狼山虎豹转世，比如梦村的村长，他行走的姿势像豹子，有些人是禽鸟转世，比如村口小杂货铺的老板娘，她的眼白发红，趴在柜台上，眼睛向上翻着与小方说话时，小方看到了一只鹰的体态与神情。

而胡翠儿的前身，是一尾鱼。小方注意到，她身后常常有鱼形的影子。胡翠儿无论织布还是绣花，也总是爱绣一尾尾的鱼。对于胡翠儿有蹼的手指，小方并不觉得有什么不好，反而觉得那纤纤十指间连接的薄薄的肉膜，看起来挺性感。他不觉得一个女人与别人的手掌不一样，是多大问题。这是个秩序的世界，同样也是个混乱的世界。大家有一模一样的十指，是正常的，但倘若有人的手与别人不同，也是正常的。小方不想过与别人一样的人生，也便能接受与别人不一样的妻子。况且，他认为，有缺陷的女子，做了人妻，必然会因为自己的缺陷而谦虚宽忍，以更多的勤劳与美德来弥补丈夫的遗憾。

小方为胡翠儿打了两支鱼形的银簪子，又置办了彩礼家具，将女人娶回了家。

娶妻第三天，他就开始后悔了。这个女人像所有的庸妇一样，开始了她滔滔不绝的挑剔与抱怨。无论天气的阴晴、小狗的叫声、清贫的生活、孤独的环境，还是小方爱吃书的习惯，都被她横加指责。

小方很苦恼，想揍这个婆娘一顿，没想到自己手无缚鸡之力，根本不是对手，反而被胡翠儿扛起来，扔进了辣椒地。从此以后，小方就不再反抗，只躲进书里，任抱怨在头顶上飘来飘去。

抱怨像一股又一股黑烟被缓缓喷出，连篱笆墙边的花朵，也开始没精打采，渐渐枯死了。

在抱怨中，小方看到了他以前没有发现的东西。他觉得胡翠儿越来越丑，不止她宽大的骨骼、不成比例的身形是丑的，她的单眼皮，她的迎风落泪的沙眼，甚至连她长着蹼的纤细手指也越来越像鸡爪子。现在小方看书一个字也记不住，也写不出来一行东西，觉得自己真的要疯掉了。有一天，趁着胡翠儿回娘家的时候，他又找到那根竹竿，带着他的房子与他的狗，想要离开。

可是，他竟失去了漂移的魔法，咒语不灵了。

每一个走进婚姻的人，都将失去他半人半神的身份，内心渐渐浑浊，成为与地面紧紧相连的人，这也是梦村人催他结婚的原因。这是只有结过婚的人才知道的秘密。

影子桃树

浅　蓝

有两千年的银杏、一千年的松树不奇怪，有五百年树龄的桃树就闻所未闻。太美的事物，果实太丰美的树，都容易被戕害。

没有美人能活五百岁的，除了仙女。没有桃树能活五百年的，除了影子桃树。

影子桃树本是一株普通的树，长在洛阳城外的旷野中。16 岁的春天，她花开繁茂，像一片燃烧的红云，方圆十亩的田野，都覆满了她的落英，方圆百里的土地，都能闻得到她的芳香。白天蜂绕蝶舞，百鸟来仪，车马络绎，衣香鬓影，弦歌细细。夜晚清露滴垂，宿鸟昵语，四野清寂，树精与狐魅出没。

那晚是月半，清风吹拂，明月在天。

仙女们手挽着手，像一剪剪燕影，从月亮里徐徐下来，围坐在桃树下唱歌，跳舞，作诗。

绯衣仙女伤感地说："白日红尘浊气冲天，遗憾吾等不能近前细观桃色。"

白衣仙女微微一笑，说："妹妹请看！"长袖轻轻拂了一拂，便点亮了满树的桃花。

每朵桃花，像一盏粉红的小灯。整棵树，便如一株披着盛装的仙树。

仙女们像蝴蝶一样绕着桃树上下翻飞，曼歌妙舞。喝得微醺的绯衣仙女，更是忍不住拈起酒壶绕着树根浇了一圈。

这棵 16 岁的桃树，打了个激灵，一下子开了心窍，从此有了灵性。

灵性一开，周身放射的光焰与粉香又增添了一倍，照得旷野通明，一时惊动了夜巡的地仙。白衣仙子吃了一惊，慌忙熄了树上的花焰，叫姐妹们念动咒语隐身。地仙猜出缘故，亦不敢声张冲撞，绕道走了。

仙女们再念动咒语现身，已无兴致，就一个接一个挥袖转身，飞天而起，渐渐隐入月色之中，不见了踪影，只留桃树沉浸于无边的荣耀与无边的寂寞。

她既开了灵窍，从此便不再是一株普通的桃树。

她还记住了那句隐身的咒语，借此躲过了一次又一次不怀好意的觊觎、砍伐的厄运，避开了刀兵之劫。

她一口气活到了 500 岁。

活到 500 岁的桃树，已经很苍老了，如今她开花的时候，树冠仍能覆盖方圆十亩的土地。她有时也在附近慢慢走动，今年在这座山坡上，明年可能走到另一座山坡上，但也不是全无限制，她走不到她根系扎不到的地方。

年纪大的树就像年纪大的人一样，都好静。一年四季，她有三个季节在隐身。只待春天花蕾饱满的时候，她才偶尔现身。因为香气一天比一天浓郁，要隐去这些香气太费力，要一天到晚念咒语，念得她口干舌燥没力气。

在洛阳城外的旷野上，每到春天，这棵古老的桃树，就铺开一大片红云。洛阳人看惯了，倒也见怪不怪。他们有时候还会打个一两吊钱的赌，赌今年这棵桃树从哪个地方现身。后来，大家为这棵桃树取了个名字：影子桃树。

影子桃树今年春天出现在了南野。一个耕夫亲眼看见她，在早上的一片薄雾中缓缓现身。先出来的是树冠上的一条侧枝，慢慢地，一朵小红云变成一片大红云，直到嶙峋壮大的黑色树干也显现出来，此时香风习习，香雾冉冉扩散。

人们早就翘首盼望影子桃树的出现。消息一传开，乃扶老携幼，前来观赏。有祈福者，燃香烛跪拜。有胆大者，攀树登枝，折花插瓶。有爱慕者，朝夕载酒携妓饮于树下，作诗题句，喧闹不止。不数日，树就有些颓态，花也落了不少。

这时人臣们在朝堂上议事。

有大臣献出妙计，可以将桃树永留人间，同时决定在桃树周围建歌馆楼台，引曲水清池，养鸣禽异兽，植珍花瑶草。

月末晦日，云朵铺满夜晚的天空。五更时，桃树尚在梦中，有一只白凤鸟飞来，绕着桃树上下翻飞，焦急地鸣叫冲撞，叫醒了影子桃树。

“桃夫人，桃夫人，快走吧，官兵要来捉你了！”

“捉我做什么？”

“他们要用钉子把你钉在原地，不让你走动了！”

影子桃树吓了一大跳，她要走。可是她已经五百岁了，已经很苍老了，手脚没有过去灵便。她说：“谢谢凤鸟儿，让我缠缠脚，缠了脚再走。”

她有一千只小脚，脚缠了一大半时，天亮了。官兵“沙沙沙”地从四面八方赶来，穿着黑衣服的士卒，齐刷刷围拢了未及时隐身的桃树。

还有 300 只小脚未缠完。

一半的身子隐在虚空中，一半的身子在现实中。

官兵趴下身子，手拿黑铁锔钉，钉牢了那一半的树根。

花朵顿时凋谢，红雨一样轰鸣着落了满地。

这半株桃树，黑黢黢像伤残的人一样，从此就站在洛阳的旷野中，再也走不了了。影子桃树从此不再开花，不再结果。不开花的树，也就没有了慕名赏玩的价值，被寂寞地留在旷野里。没了蜜蜂蝴蝶，百鸟也大多搬走了，只剩一群麻雀“叽叽喳喳”在这里逗留，灰白的鸟粪在树干与地面覆了厚厚一层。夏天的时候，桃树还生了虫子，虫子日夜咬啮着木头，纷纷吐下木屑。但她仍是有用处的。突然有一天，开始有人来树下求药祈福，在树上系红丝带，越系越多，新旧堆叠。树下撮土烧香，人来人往，烟尘弥漫。

直到几年后的一个春夜，一场大火，将一切夷为平地。

起夜的人看到，火光中，几万朵灯盏一样的桃花，腾空而起，照亮整个夜空，最后又隐于黑暗之中。

勒瓦尔的陶罐

陈　炜

午后，一个消息传遍了勒瓦尔村：吟游诗人来了。人们期待着傍晚劳作结束后，听吟游诗人弹着竖琴吟诵英雄传奇。勒瓦尔是个渔村，离西罗王国最大的港口城市泊拉多只有半个钟头的车程，但人们不喜欢已在城市崭露头角的戏剧，依然对传统的吟游诗人情有独钟。

傍晚，村民们陆续来到村中心小广场。名叫皮斯伯格的吟游诗人银白的须发寥寥无几，说话有点儿漏风，少说也有八十岁。

等小广场上有了一半人，皮斯伯格就从背囊里取出小小的竖琴，开始弹琴吟唱。他唱的是老霍拉斯侯爵出生入死为国立下大功的疆场传奇，诗句华美，场面动人。但听众好像略显失望，这个故事他们已听过多遍，眼下他们想听的是最近库图拉将军临危受命出山大破敌军、凯旋后功成身退的故事。还有一点儿让他们感到困惑，皮斯伯格似乎并不投入，吟唱时目光四处扫射，好像在寻找着什么。

一个钟头后，皮斯伯格唱完了，人群渐渐散去。

皮斯伯格收拾好竖琴，与留下的几个老人攀谈起来。闲聊几句后，皮斯伯格问道："各位兄弟，梅丽莎今天怎么没来？"

一个缺了好多牙的老汉说："梅丽莎肯定不会来，她可不喜欢听这样的英雄传奇。"

"怎么了？难道她[illegible]人吗？"皮斯伯格惊道。

一个胡须很长的老汉说："她倒是一天一个样，前两天学会走路了。"

"不不不，"皮斯伯格说，"我问的是老太太梅丽莎，有八十来岁。"

"没有，我们村没有叫梅丽莎的老太太。"缺牙老汉说，"我们村只有一个梅丽莎，就是那个刚学会走路的小女孩。"

"真的吗？"皮斯伯格难以置信。

皮斯伯格的语气让老人不高兴："这还能有假吗？我活了这么多年，村里人叫什么名字我还不知道？"

"那……"皮斯伯格愣了愣，"那么，这个村是叫勒瓦尔吧？"

"是啊！"长须老汉说，"一直叫勒瓦尔，没有别的名字。"

"你们听我说，"皮斯伯格平复了一下情绪，"52 年前，我三十岁的时候到过这里，给大家唱过老霍拉斯侯爵的传奇，你们还记得吗？"

缺牙老汉说："以前每年都有吟游诗人到村里来，也就这几年才少了。我记得吟游诗人很多次在这里唱过这个传奇，但我不记得你，毕竟年头太久了。"

"好吧，我说说那年来时的情形吧。"皮斯伯格说，"那年我到了这里，唱了一晚上，当夜就生病了，发热得厉害。村民们把我安置在一间空屋里，一个叫梅丽莎的女子每天都来照顾我，给我送饭送水。梅丽莎不是很年轻，看上去只比我小一两岁。我意识到，她对我很有好感，很可能是爱上我了。五天后，我身体复原，梅丽莎进来送水，我搂住要亲她。梅丽莎说，如果我留下来，她就是我的妻子。可是我犹豫了，虽然我喜欢她，可做一个吟游诗人云游天下是我的追求啊！我没有答应她，想把她搂得更紧。梅丽莎很失望，挣脱后就跑了。离开这里的五十多年里，我走遍了整个王国。去年冬天，我发觉身体不行了，随时可能死去。我一直走着没有停下，从没想过在哪里终老。我想起了梅丽莎，她是我一生中在感情上最接近妻子的人，我希望能在她的身边死去，如果她已经死去，我希望埋在她身边。我忘记了这个村子的名字，就沿着海岸线边唱边找，到了泊拉多听到勒瓦尔这个名字，一下就记起我就是在这里遇见了梅丽莎。"

沉默了好一会儿，长须老者抹了抹眼睛：“你的故事太动人了！可是，勒瓦尔没有你说的这个梅丽莎，非常抱歉。”

“不会啊！”皮斯伯格着急地从行囊里掏出一块陶片给大家看，“梅丽莎跑出去时，把桌上装水的陶罐撞掉在地，摔碎了。我走之前，捡了一块水罐的陶片带在身边，说不定这上边还有她的手印呢。”

缺牙老汉说：“老哥啊，不是我想打击你，我们勒瓦尔村靠海，从海外来的锡器又多又便宜，村里人盛水都用锡罐，既轻便又不易损坏，从来不用陶罐。”

皮斯伯格呆了半晌说：“可这里就叫勒瓦尔。”

“是的，就是叫勒瓦尔。”长须老汉说，“据我所知，王国的海边只有我们这个村叫勒瓦尔。”

皮斯伯格小心地把陶片放回背囊说：“再见了，兄弟，我再沿着海岸线找。”

“老哥，住一夜再走吧，已经很晚了。”老汉们挽留道。

“谢谢，不用了。我走得慢，早一点儿出发也是好的。”皮斯伯格背着行囊，慢慢地消失在夜色中。

水　妖

陈　炜

莫雷拉失望到了极点。他在若热湖边待了整整半个月，却没有见到水妖的一丝踪影。

二十五年前，莫雷拉四岁的时候，第一次听爷爷讲起若热湖水妖的故事。从那时起到成年，他听许多人讲过水妖的故事，水妖的名字不一定相同，有的在湖里，有的在海里，有的在江里。成年后，莫雷拉心中的水妖定型了，虽然面目还很模糊，但依然让他觉得触手可及。

莫雷拉先后让父母失望。他的父亲是医生，在王国西部声誉甚隆，一直希望独子能够从医，而他却偏偏选择了学画画。他的母亲希望儿子早日成婚，而他却毫无此心，除偶尔找女模特练习素描外，几乎不跟女性往来。

到了二十九岁，出师数年后，莫雷拉的画技已有所成。他没有接下教会的壁画订单，而是携带简单的行李悄悄离开了家。

莫雷拉来到沉寂的若热湖畔，每天沿着湖边行走，不时从行囊中拿出画卷看看，长时间盯着幽静的湖面。夜晚，他就在湖边的大树下露宿，抱着画卷而眠。

画上画的是水妖。从年少时起，莫雷拉曾画过数百幅水妖图，这是他新近画的也是他唯一满意的一幅。之前的水妖图，都已被他付之一炬。

这半个月里，莫雷拉见到了若热湖的阴晴风雨、雾霭波涛，见到了湖里的鱼虾、水藻，就是没有见到水妖。他携带的粮食已经耗尽，不得不准备离开。

收拾完毕，莫雷拉背上扁扁的行囊，把画卷捧在手中。走出一段路，他又折回去，猛地将手中的画卷扔进湖里。“谎言，一切都是谎言！”他大声叫着，泪流满面。

突然，湖水翻腾起来，白浪涌起，水雾漫天。等恢复平静后，莫雷拉惊呆了：他投入湖中的水妖图变成了立体的，他跟前站着一个既清纯又妖娆的年轻女子，这正是他梦寐以求了许多年的人。

“我是依希娜，你打算离开再也不回来了吗？”

“不不，”莫雷拉说，“我本来想回去再好好画一幅，没想到你终于出现了。当然，不可否认，这两天我确实从心底里有些动摇了。”

“你现在感觉如何？”

“美梦成真。”莫雷拉说，“现在，就算我死在湖边，也心满意足。”

依希娜说：“我不能理解你的想法。美梦成真的时候，为什么想着去死？”

“也许是太高兴了吧，只能用这样的语言来表达我的喜悦。”莫雷拉说，“如果可以的话，我愿意一直看着你。”

“直到死的那一天？”依希娜说着，两个人都笑了。

两个人聊着聊着，不知不觉天色渐暗。依希娜脑袋靠着莫雷拉的肩膀，两人看着湖面落日的余晖慢慢被月光的颜色替代。

“好了，你见到了我，也聊了这么多，该回去了。”依希娜说。

“不，我还没在月光下听到你歌唱呢。”莫雷拉说，“你要知道，我期待这歌声已经二十多年了。”

依希娜略有犹豫。“你难道不知道，被我歌声诱惑的人，会失去他的灵魂吗？”

“我灵魂中的大部分，早已归你所有。我不会害怕失去任何东西。”莫雷拉说得很坚定。

依希娜的歌声响起，融进月光，融入湖面的水汽，让莫雷拉觉得自己像是飘浮在空气中。

歌声停歇，莫雷拉如同微醺一般，半闭着眼，沉浸其中。

“午夜前我必须回到水下。”依希娜说，“你回去吧。”

莫雷拉说：“真不想离开你啊！我们还能再见面吗？”

依希娜沉吟片刻：“如果你还有能将若热湖激起巨浪的画作，那么我们还是会再见面的。”

依希娜消失了。

在叽叽的虫声中，莫雷拉离开了若热湖，一步步向着家乡的方向而去。

莫雷拉越来越沉默，简直到了除了绘画就与世隔绝的地步。他有时也觉得对不起亲爱的父母，但是直到他们去世，他都没有让他们开心过。

花了十年时间，莫雷拉想忘掉依希娜的容颜，重新画一幅水妖图，但他一直做不到。依希娜的形象就像刻在他脑子里一样。

人到中年后，莫雷拉终于放弃了再作一幅水妖图的想法。他尝试着画若热湖，那氤氲的水汽、幽灵般的水鸟、浮动的波光。

一次偶然的机会，邻近的一位爵士到了莫雷拉的画室，见到了大批关于若热湖的画作。他大为赞叹，希望以高价收藏其中的一些。但被莫雷拉拒绝了，说这全是未完成的作品。

莫雷拉靠渐渐稀薄的家产生活着，步入老年。他还是每天待在画室里，拿着画笔，有时几天都不能落下一笔。在病倒之前，他毁掉了绝大部分画作，只留下了一幅放在画架上，这是他认为最接近完美的一幅。

雷雨后的一个夜晚，莫雷拉躺在床上，呼吸困难。他觉得自己的生命就在屈指可数的几个呼吸之间了，遗憾的是，这些年来没有一幅自认为可以拿去见依希娜的画作。他挣扎着起来，拿起调色板和画笔，颤巍巍地站在画架前。他抱着最后一试的想法，用画笔在画布上轻轻一点，若热湖中多了一道暗白的笔触。

这是水妖依希娜，远远的看不清面目的依希娜。画作终于完成了。莫雷拉干枯的眼里落下泪来。他听到了歌声，又听到了若热湖畔依希娜的歌声。

次日，爵士见情形有异，带人撞门而入。莫雷拉躺在地板上遗容安详，画架上空空如也。

红鲤鱼

岑燮钧

小姐来过几趟，但每次都是稍稍一坐就走了。

小姐一走，他再也读不进书去。他神思如飞，却又木讷如痴，直到斜光射进帘栊，书房里通红一片。他走到小姐坐过的凳子前，搬起来，似乎还有一缕香气。他端着凳子，突然猛摔出去。这么大的响声，把他吓了一跳，再把它扶正时，一只凳腿已经瘸了。

半夜里，叫春的猫发出一种像婴儿啼哭般的声音，撩得人心里抓狂。

有一晚，他被什么声响惊醒了，再也睡不着，就披衣起来。走出书房，花园里影影绰绰，仿佛有什么人似的。他装着咳了一下，走到池塘边。水里有细细的波纹，月亮在波纹里时不时皱一下眉。他撩衣蹲在池边，一时光影散乱，一条红鲤鱼游到他身边。他对着鱼儿看，鱼儿竟然也对着他看，鱼嘴里吐着小泡泡，仿佛在呢喃什么。看着看着，他不由得害怕起来，捡起一颗石子砸去，红鲤鱼立即不见了。

天亮的时候，园公来扫落叶，只见花园的侧门开着。到傍晚时，发现姑爷不见了。

这时，山间的小径里，他正急急赶路，寻找一座道观。几年前，他跟父亲来过一趟。道长是父亲的一位故交。当时，父亲要到一个很远的地方去赴任，他是来卜吉凶的。

他在跌跌撞撞中，翻过山头，太阳已经下山，天一下子暗起来。

终于，在天全黑前，道观出现在山的另一头。当他敲响山门时，一只夜鸟突然从门前的树上“嘎”的一声飞出去，把他吓了一跳。一名年轻的道士开了门，诧异地看着他。他说明来意，年轻道士就引着他，走过回廊，来到后面的房间，只见一位黑胡子的道长正在打坐。过了半晌，道长睁开双眼，一脸正色地看着他。他报出父亲的名讳，道长的脸开始和缓起来，道长打发那名年轻的道士为他收拾房间。

“你就在观里读书吧。”

“我想跟着师傅清修。”

“不急。”

每天早上，天刚蒙蒙亮，道长就在院子里舞剑。到太阳升起来时，道长就收住身架，把剑一抛，拿起剑鞘一顶，只听唰地一下，不偏不倚，长剑插进了剑鞘，然后，道长连剑带鞘扔给他。他跟在道长身后。道长的头发全是黑的，没有一根白发。他的父亲去赴任时，已是头发花白。他早上梳头时，在梳子里也发现了一根白发，这让他的心灰下去，灰下去。因为晚上，他又没有忍住。他一直为自己的恶习而感到神思恍惚，觉得自己在虚弱下去。

“师傅，请收我为徒吧。”

“你想为徒时，就已经是徒弟了。”

傍晚时分，道长总爱站在鱼沼边，看群鱼嬉戏。他随侍左右，发现鱼沼里也有几尾红鲤鱼。有一回，他拿馒头屑喂红鲤鱼，鱼群顿时乱成一团，道长转身就走了。

那一日午后，他捧着一个小香炉穿过庭院时，看见一个年轻女子的身影走出山门，身后是两个嬷嬷，遮挡了他的视线。但是，一缕清香，让他猛然想起了他摔断腿的那个凳子。莫非是她？他放下香炉，想追出去，却又怕被她看见。他转到侧门，再去看时，只看见一顶轿子的轿顶，在山的那边一耸一耸，一晃就不见了。

他回来拿那个小香炉，小香炉也不见了。他没精打采地回到自己的房里，那个小香炉却放在窗下，已插上了三炷香，正袅袅生烟。他愣愣地看着这三炷香，感觉那袅袅的香烟，仿佛是自己出窍的魂儿。

黄昏时分，天像着火了一样，烧红了西山。他站在琴台上，不知怎的，眼皮发跳。道长在弹琴，琴声油盐不进，没有一点儿烟尘气。看着满山的红光，他感觉那火烧云越烧越红，越烧越近，仿佛要蔓延到道观里。他忍不住说了声：“师傅，你看……”但师傅好像什么也没听见似的。而他，却分明看见自己家的火烧起来，烧了整整一夜。那时，父亲的灵柩还停在堂上。他是在任上告病还乡的，然后就一病不起。岳父来看望父亲时，父亲握着岳父的手，又把他的手拉在岳父的手掌上。父亲与岳父是总角之交，他与小姐很早就有了婚约。小的时候，两家的花园里曾留下他们的笑声，他也曾在她家的后花园用网兜兜了一尾鱼苗儿，放在她的手掌上。那时，她说，她要变成一条漂亮的红鲤鱼。

后来，岳父让他在后花园读书，什么时候有了功名就完婚。

月亮很亮，青山的影子很清晰，道观像座水晶宫。师傅打坐去了。他走过鱼沼时，发现一条红鲤鱼浮在水面上，像死了一样。他探下身去，红鲤鱼依然一动不动。他确信它已经死了。他从檐下拿来一个撩浮萍的网兜，一兜，红鲤鱼就进了网兜。他捧着这条鱼回到自己的房间，把鱼放在一个盆子上。这条鱼湿漉漉的，好像活着一样，它是睡着了吧。小的时候，嬷嬷曾说，你睡着的时候，就是把你放到河里，你也不会醒来。鲤鱼的眼睛好明亮，乌黑乌黑的。突然，红鲤鱼醒来了，跳到了桌下，它不断跳跃着，“啪嗒啪嗒”，向他靠近，仿佛摇身一变，就会成为一个妖精似的。摇曳的烛光，像波涛一样向他涌来，这条红鲤鱼似乎跳得更加波澜壮阔了。在这静夜里，鲤鱼跳动的声音，特别刺耳，让他感到惶恐不安。他忍不住俯身捉住这条红鲤鱼，狠狠地向地面摔去，红鲤鱼跳了一跳，真的不再动了。而他，感到身上一层薄汗唰地冒出来，就像他晃白的脸色。

他一夜没睡好，天亮醒来的时候，感到头重脚轻。

隔了一天，他向师傅告假，说要下山一趟。师傅没有摇头，也没有点头，拂了一下浮尘，继续打坐。

过鱼沼时，他看见水面上又浮着一条红鲤鱼，眼珠子泛着白，似乎瞥了他一眼。

他再也没有回来。

海德里克的眼泪

靳雪明

演出完毕，海德里克卸完妆，换了一件提前准备好的、跟舞台帷幕一样颜色的斗篷，躲进了巨大的帷幕里。

五分钟后，海德里克听到踢踢踏踏纷乱的脚步声，在走廊里、化妆间、舞台上。

“他到哪里去了？到哪里去了？”

“是呀！前门后门都有人守着。”

脚步声渐渐远去，海德里克在帷幕里又待了半个小时才出来。他知道，他们没有恶意，只不过是想跟他收集几滴他的眼泪，仅此而已。

海德里克提高斗篷，裹在头上，只留出两只滴溜溜乱转的眼睛。他蹑手蹑脚，小心地观察着周围的环境。一个清洁工正在走廊上打扫卫生。他慌忙藏到拐角处。

海德里克记得这个清洁工也跟他收集过眼泪，他很开心地送给了他。后来，清洁工家里的人也让清洁工向他收集眼泪，他也给了。再后来清洁工的邻居、亲戚朋友也托清洁工向他收集眼泪，他勉为其难，一一满足了他们。可是他们邻居的邻居、朋友的朋友、亲戚的亲戚同样托清洁工来向他收集眼泪，他只好逃走了。

作为城市唯一一个还能拥有眼泪的人，他曾经以为这是至高无上的荣誉。他被允许在城市最高级别的剧院表演各种悲伤的、痛苦的、撕心裂肺的哭声，包括兴奋的、喜极而泣的哭声。

当人们还沉浸在他精彩的表演中，响起雷鸣般掌声的时候，坐在前排的一个漂亮的小女孩，捧着一个透明的玻璃瓶子走到他面前。

“亲爱的海德里克先生，您能给我收集一些眼泪吗？我奶奶躺在病床上，快要死了。她说来到这个世界的时候，上帝赐给她一切，走的时候她要把上帝赐给她的一切还给上帝，可是她没有了眼泪。她说如果能拥有几滴眼泪，上帝就会宽恕她，不会降罪于她。”

小女孩眼巴巴地看着海德里克，他不禁悲伤地流下了眼泪。

“请上帝宽恕她吧！”

海德里克接过女孩的玻璃瓶，把刚才残留在脸上的泪珠收了进去。

“愿上帝保佑你！”小女孩高兴地走了。

围观的人们议论着什么，海德里克不关心。他很开心他能帮助一位即将离世的老人完成心愿。

“愿上帝宽恕她吧！”他又一次向上帝祈祷。

第二天演出前，领导给他一个玻璃瓶，说在舞台上表演时的眼泪属于剧院的公共财物。

海德里克觉得自己一边深情投入表演一边收集眼泪很滑稽。可是这丝毫没有影响观众的热情，他们仍然报以雷鸣般的掌声。

海德里克看见领导捧着玻璃瓶兴高采烈地离去。他知道接下来是经理、副经理、同事，然后是他们的亲戚朋友邻居。

观众们把海德里克堵在剧院门口，跟他收集眼泪。他不得不重新调动一次刚才已经使用过的泪腺，满足几个人的愿望。更多的人每天等在剧院前门。他不得不从后门溜走。可是后来后门也有人守候。他又把自己装扮成最普通不过的市民，混杂在人群里逃走。可是最近被人发现。他又不得不变化成帷幕的一分子，一动不动，等候着他们离去。

终于，剧院里空无一人。海德里克虚弱地坐在地上，从紧裹的斗篷里拿出一个玻璃瓶。他酝酿了许久，终于从眼角流下几滴眼泪——最近他发现，他的眼泪越来越少了。他把眼泪收集进玻璃瓶，放进斗篷，紧紧地裹起来。

这是属于他自己的眼泪。

向日葵

王小东

当窗前的向日葵长到一人高时，妈妈离开了家。

爸爸开始酗酒。春天里，妈妈在木栅栏边撒了些花草的种子，花一小朵一小朵地开放，不惹眼，香气时不时从窗户钻进屋里来。现在，酒气冲淡了花香，我一度怀疑，家里所有的东西都在酒里发酵了。

爸爸很久没理发了，胡子和头发蓬乱得像院里的杂草。如果妈妈在，肯定会说，亲爱的，要给孩子做个好榜样。

头顶那个巨大的蓝色天幕还在。爸爸妈妈说，那是穹顶的底部，我们以前也在那里生活。妈妈总是谨小慎微的，时刻让我远离那些怕人的东西——穹顶食品。

我能想象出他们做出那个决定有多难，从穹顶离开前必须取出植入体内的上万枚芯片，到地面后，他们必须像原始人那样生活。从我懂事时起，我觉得他们很快乐，虽然再也不能像在穹顶那样轻而易举地获得物质和精神满足了。

妈妈说，穹顶的食品对我而言是致命的。每次说到我因为接触这些食品痉挛得险些死去时，妈妈浑身都在颤抖，仿佛因食品过敏而痉挛的是她。

今天爸爸又喝醉了，晃晃悠悠地给我端来晚餐。他不善言辞，但我能感觉出他的用心，菜色做得很像妈妈的手艺。

我说，向日葵开了。

他的舌根有些硬，是吧。

从前，看着忙碌的父母我很安心，自从妈妈离开后，我心里空落落的。我真想去嗅嗅那向日葵的香味儿，我一直奇怪梦里闻到的那种芬芳是不是向日葵散发出来的。

我全身上下能自由活动的只有头部，出生时便是如此，十五年来也一直如此。我愉快地把晚餐吃下去，爸爸眯着眼，很满足。

说实话，晚餐并不如妈妈做的可口。

晚八点便不再百无聊赖了，感谢穹顶的人没遗忘地面的人，穹顶分出的流量，让我们不必彻底做回原始人。我们可以同步看到那个盛大的真人秀节目《奇怪的人》。

节目里的选手都经过一些神秘的遴选程序，签署保密协议，并且用高超的整容技术改头换面后才能登场。最近，我迷上了那个新晋选手，她在上一集中取得完胜。

她的名字叫杜阿。

今晚，杜阿最后一个出场。这次她要面对一个巨大的挑战。前面那些身材高大的选手表情痛苦地退了下去。蛛网一样的细线与杜阿头部连接起来，选手们人生最痛苦的记忆将被提取出来，通过谐振器将痛苦放大数倍后，重新输入。计时器上显示选手们坚持的时间，前面选手的最长纪录是十分钟。

说实话，看着杜阿娇小的身体，我真为她捏把汗。可杜阿毕竟是杜阿，一小时后，裁判员宣布比赛结束，杜阿表情平静地走下赛场。

现场观众发出一阵骚动，她难道是机器人？

爸爸的状态越来越差，妈妈一走便把他的心带走了。那天晚上他破例没喝酒，好像有很多话要对我说。

我们没钱了。

没事的，明早您能让我闻一闻向日葵的香气吗？

那晚我才知道，为了维持我的生命，他们变卖了所有资产，包括他们在穹顶的永久居留权。

穹顶，那个幽蓝色的大球，再也回不去了。

如果没钱，我们会不会饿死？

这倒不会，不过你的防过敏药物就没了。

然后呢？

当晚爸爸破例同我一起看了那场真人秀总决赛。他随口问，冠军有什么奖励？我说，奖金丰厚。

果然不出意料，杜阿赢得了最后的冠军。

第二天，爸爸费了很大力气才把我弄出房门。我的身体插满了管子，像变异的章鱼。向日葵开着，晨光里，花瓣镶着金边。一天的时间很快过去，爸爸带我走向了落日。家里那扇关闭的房门将不再有人打开，爸爸把我们一家三口的照片埋在了向日葵旁。

很多年后，我对妈妈说，如果那天她晚来一步，她可能真的见不到我和爸爸了。

妈妈，您真的是杜阿？

妈妈摸着我的头，脸上的微笑像极了盛开的向日葵。

马丁的奇妙冒险

孙在旭

马丁在马路上捡到了一支笔，当时他脑中只有一个想法，他要用这支笔写出一个伟大的作品。于是他立刻跑回家提笔写道：有一天，马丁走在街上遇见了另一个马丁。

他玩味着这句话，觉得一篇伟大的小说至少应该有一个这样的开头。他继续往下写，可是笔尖刚触到纸面就定住了，他无法挪动笔，也无法把视线挪开，就这样定定地看着墨点在纸上洇开来，越变越大，开始旋转。一阵眩晕袭来，马丁觉得自己掉进一个黑色的漩涡中，几秒钟后，大脑失去了意识……

但故事还在继续，这是一支神奇的笔，静谧的屋子里只听见笔尖摩擦纸面的声音，这支笔继续写道：两个马丁开始打量对方，这才感到事情有些蹊跷。天啊，我竟然遇见了另一个自己。一个马丁问，你是谁？另一个马丁说，你又是谁？两人沉默几秒钟，同时说道，你是假的。两人争执起来。同样的话同时说出口，同样的动作同时发生，最后只能以眼神示意，你先说。妈的，这一切到底是怎么回事？这句话依然是两人同时开口。

手机突然响了，马丁一哆嗦，从漩涡中醒来。是单位领导打来的。喂，九点多了你怎么还没来上班？马丁连忙解释，对不起领导，路上遇到点麻烦，我处理完马上过去。领导嗯了一声挂断电话。天啊，我不是在上班的路上吗？怎么突然回家来了？咦？这是我写的吗？马丁看着纸上的文字，突然冒出一个想法，如果这是真的就好了，那个“我”就可以替我去上班了。啊呸，做什么美梦呢，真是异想天开。他用力摇了摇头，把这个想法抛开，当务之急是赶紧去上班。

马丁放下笔，匆匆出门了。这支笔微微动了一下，伸了伸懒腰，缓缓站起来，继续写道：两人不想被路人嘲笑，于是指着一处墙角，示意去那里继续争执。到墙角后，马丁小心翼翼地蹲下，另一个马丁却没有做同样的动作。马丁缓缓站起身，强忍着怒气，你耍我？说吧，你到底是谁？从哪来？又有什么目的？另一个马丁摊了摊手，这正是我要问你的。

九点五十。办公室里一共四个人，三男一女。马丁和宋丽共用一张桌子。宋丽今天化了妆，她每翻动一下文件夹，身上的香水味就往马丁这边飘。马丁瞥了宋丽一眼，这种美让男人心荡神驰，让女人心生嫉妒。他深吸一口气，突然感觉肚子抽痛了一下。心想，真不该一边吃东西一边赶路的。肚子越来越痛，他赶紧起身出去上厕所。

狭小的厕所隔间，黑黝黝的，一点动静也没有。马丁能从它的沉默中认出死神。如果前一刻，死神来临，他绝不反抗。突然外面有脚步声响起，他看到一双鞋，那是他的鞋。哦，不，那也许是死神的脚步。他必须反抗，他现在只想赶快回到有宋丽的办公室。

正在冥想之中，马丁发现自己已经回到办公室，一坐下就闻到一股气味。一个同事问，马丁，你是不是放屁了？马丁刚想辩解，另一个同事夸张地捂着鼻子说，你就不能去厕所再放吗？马丁满脸通红，瞥了一眼对面的宋丽，很想说，我就是到厕所才放的啊，话到嘴边又咽了回去。宋丽低着头不看他。整个办公室的气氛对马丁极其不利。

唉，惯犯了。一个同事把窗户打开说。另一个说，是啊，老屁精了。然后大家哄堂大笑。马丁叫苦不迭，气味确实是从他这边传过去的，但他清楚自己并没有放屁。宋丽没有跟着笑，她依旧低着头不看马丁，白皙的小手把一小瓶香水偷偷推了过来。马丁涨红了脸，噌地一下站起来说，不是我放的，真不是我放的啊。

别解释了，解释就是掩饰，掩饰就是事实。一个同事阴阳怪气地说。就在马丁想要继续辩解时，他看到一个和自己穿同样衣服的男人从门口一闪而过，那身形像极了自己。他也不管是不是在工作时间，立刻追了出去。那个人飞快地跑到楼梯口，停顿了一下，迈开大步往楼下跑去。马丁追到楼下时，那人已经不见了。

马丁的家里，那支笔继续写着：另一个马丁在马丁的威逼利诱下，终于答应替他去上班，但前提条件是，马丁必须写出一篇伟大的作品。不然的话，后果自负。

马丁在街上寻找着那个可疑的男人，忘记了时间，脚下依然是熟悉的大地，却不知身在何处，而那人却像人间蒸发一般。迷茫之际，一道耀眼的金光刺痛他的双眼，他揉了揉眼睛，看到地上躺着一支笔。还没等他想些什么，身子就不由自主地弯了下去，仿佛这支笔有魔力似的。

与此同时，家中那支笔继续写道：办公室里一共四个人，三男一女。马丁和宋丽共用一张桌子。宋丽每翻动一下文件夹，身上的香水味就往马丁这边飘。他深吸一口气，突然感到肚子一阵剧痛，当他想要去厕所时已经直不起腰了，甚至连动都不能动一下。体内的一股气流正在下移。宋丽小声问，你没事吧？马丁故作镇定地摇了摇头，额头上沁出的豆大汗珠出卖了他。房间里没安空调，空气异常沉闷。体内那股气流越来越急，越来越猛，有如洪荒之力。

马丁捡起笔，就近找到一家文具店要了一张纸，提笔写道：有一天，马丁在马路上捡到了一支笔，有一天马丁遇见了另一个马丁，有一天马丁用这支笔写道，这一切都是虚无。

现在办公室里只剩三个人，两男一女。宋丽看着对面的桌子问，马丁呢？没人回答。三十多平的房间里，灯光昏暗，这难熬的一天马上就要过去了。

分身术

闫玲月

丁一对面，站着另一个丁一。这无疑是当今最成功的克隆术。高鼻梁宽额头，甚至左胳膊上榆钱大小的胎记都丝毫不差，连丁一都怀疑自己这是不是在做梦。

你真的是另一个丁一？对面的人笑了笑，标志性地打了个响指，居然连打响指的姿势都如出一辙。丁一拉着他来到镜子前，左看右看上看下看，也打了个响指连连说，好，好，好，你是从我的身体复制出来的，你就叫丁二吧。当然，需要你冒充我时你还是叫丁一。对方回答说，我可以叫丁二，但我不是冒充你，我是另一个你。

有点儿意思，另一个我。丁一给了丁二一个大大的拥抱。

干脆来一场说走就走的旅行，海南岛的沙滩大海椰子鸡，让丁一的身心得到了释放。上班已经够累人了，丁一的岳母来了之后，在她的煽风点火下，让本来就不怎么样的夫妻感情一下子降到了冰点。

半个月没回过家的丁一，其实很想回家看看，说不上是对丁二的不放心，还是对妻子的不放心。

一路风风火火地回到家门口，掏出钥匙时，丁一发现一个残酷的事实，他不能回家，因为丁二在他旅行前就冒充自己回到了家。他站在门口犹豫再三，终于没有勇气开门，而是敲开对门邻居的家。

邻居是独居老人张大爷，老伴儿前两年得了重病去世，唯一的儿子远在国外做工。张大爷身体不好，给老伴儿治病花光了积蓄，经济拮据，正在招租。丁一的想法是借机在张大爷家租住，张大爷家的阳台刚好对着他家的客厅，有利于观察他家人的一举一动。

丁一其实和张大爷并不熟悉，只是听岳母提起过这些琐碎事，岳母还说你张大爷眼睛也越来越不好，对面打招呼都快认不出我来了。

张大爷看到丁一，一把将他拉进房间，连连说，丁一啊，快进屋。丁一打了个激灵，暗暗责怪岳母乱讲，张大爷一眼就认出他来，简直就是火眼金睛嘛。正不知如何是好，忽然又听到张大爷开口，前几天多亏了你，否则我就去见阎王爷了。

奇怪，前几天我还在海南啊，难道是他将丁二当成我了？丁一连忙摆手，对张大爷说，我不是丁一，我是丁二，是丁一的孪生弟弟。张大爷使劲揉了揉眼睛，围着丁一转了一圈，连连说，太像了。丁一趁机编了个理由，听说我哥丁一前阵子家里闹矛盾，我妈不放心，非让我过来看看，我也不好直接回去，能不能在您这里暂住几天，也好暗中观察他们现在过得到底怎么样。

没问题。张大爷爽快地答应了。丁一从张大爷口中得知，前几天他做饭时因高血压发作晕倒，锅烧煳了，是丁二发现后从阳台跳进来关了火，又送他去医院抢救。丁一听完吓出一手心冷汗，自己从小体育就差，跳阳台救人做梦都不敢，看来这丁二确实比他强。

不知丁二和我的老婆岳母相处得怎么样，丁一每天早晚偷偷在阳台望向自家客厅。早上，丁一睡眼蒙眬地跑到阳台上，发现丁二正端着两盘煎蛋递到老婆和岳母面前，三个人有说有笑，趁岳母去厨房的间隙，丁二竟然和老婆来了个闪电吻，那动作像极了丁一当年追求老婆，青涩而甜蜜。丁一下意识地摸摸自己的嘴唇，将手指收拢成拳。

连续观察了三天，丁一发现丁二每晚都回家吃饭，有一天还看到丁二腰间系着围裙，将岳母最爱吃的糖醋鱼端上来，岳母尝了一口，夸他做的比她做的好吃。丁二还给老婆夹菜，岳母也给丁二夹菜，看得丁一心里酸溜溜的，岳母从来没给他夹过一口菜，当然他也从来没下过厨，更别说那么复杂的糖醋鱼。他只会品菜，动不动再挑点儿不足，岳母挖苦他长了一张皇帝嘴。

张大爷问丁一看到些什么，丁一说，看到了一个不同的丁一。张大爷笑了，拿出一枚硬币，说，其实人和这硬币差不多，都有正反两面，将心比心是最好的相处之道。丁一点点头，他想回家了，他要当面告诉丁二，你不只是我的复制品，更是我的指路灯。

打开家门，老婆亲热地接过丁一手中的包，岳母递来一杯茶。丁一忐忑不安地问，丁二去哪儿了？老婆嗔怪道，我看你像丁二，快洗洗手吃饭，妈做了你最爱吃的猪杂汤。丁一听后心里一怔，猪杂汤曾经是岳母最痛恨的。

丁二到底去哪儿了呢？丁一无数次地在内心问自己，回答他的只有岳母满意的笑容和老婆无限的柔情。

第七辑

不能随便给动物脱衣服

短制［四题］

何小竹

机 场

鸡笼山机场建在鸡笼山的山顶，山下是鸡笼镇。这是一个闻所未闻的机场，每周只有一架飞机降落。

我因为偶然的原因，来到了这个机场。送我到机场的朋友说，碰碰运气，还不知道今天来不来飞机。

当地人都把降落在鸡笼山机场的飞机称为过路飞机，就是一周当中肯定有一架飞机飞来，但不知道它哪天、哪个时候来。就像临时过路一样，哪架飞机有空位，就飞来停一下，看看有没有人，有人就带上。

我问朋友，连机场的人都不知道哪天、哪个时候有飞机要来吗？朋友说，差不多吧，他们也只能是提前一个小时接到通知，从某地飞往某地的某次航班要在这里降落。但你也看到了，我们从镇上开车上来，就花了一个半小时，即使机场的人跟你熟，向你通风报信，说今天有架飞机要飞过来，你也来不及啊是不是？

我们把车停在机场候机室门口。山上的风很大，朋友说，你下车后先靠住车门，抓住把手，等站稳了再走。他这一提醒，倒让我害怕起来，会不会一不小心就被吹到山下去了啊？

机场的候机室只有一间杂货铺大。我对朋友说，这根本不像候机室。朋友说，但也不像杂货铺啊，杂货铺有这样舒服的椅子坐吗？的确，候机室虽然小，但这一排椅子却是地道的机场候机的椅子，跟成都双流国际机场的椅子一模一样。还有洗手间，我去了一下，洗手间不仅干净，洗手台边的墙上还有抽纸筒，我抽了一张出来擦手，纸的质地也跟双流国际机场的一样。一个穿着蓝色工装的老头拿着一只拖把在拖地。我问他，今天有飞机来吗？老头看了我一眼，没有任何反应，他好像听不懂我说的话。

朋友说，今天是周三，他上次到这里坐飞机就是周三。他的意思是，周三来飞机的概率比较高。但我不太相信，就他这一次数据，根本没有说服力。我问他，你们镇上除了你，还有人来这里坐过飞机吗？他说当然有，镇长，副镇长，还有派出所所长，鸡笼中学校长，都坐过。他本人是鸡笼卫生院院长。他们都是周三坐到飞机的吗？我又问。不知道。他拿出手机，要不我打个电话问一下？我说不用了，肯定不是周三。他嘿嘿一笑，把手机放回了兜里。

我本来可以坐火车回成都，有一班从宁波开往成都的火车要经过鸡笼镇。但朋友说，既然你那么急着回去，不妨考虑一下坐飞机。于是他给我讲起了鸡笼山机场。我是个好奇心很重的人，他讲的这个山顶上的机场一下就激起了我的兴趣，赶不赶时间倒在其次了。

我也曾问过朋友，这个连航班都不确定的机场有何存在的必要？朋友很神秘地压低嗓音说出了两个字：战备。我一听就笑了。我说，你在喜马拉雅山修机场我都可以理解，是战备，因为那边既有印度，也有尼泊尔，还有尚未建交的不丹。但你说你们鸡笼山会跟谁打仗？朋友摆了摆手说，你不懂，这个只能意会不可言传。

最后我不得不承认，朋友在没有数据支持下的直觉是对的，周三来飞机的概率很高。就在我完全不抱希望的时候，候机室的喇叭响起了一个悦耳的女声，她用我们熟悉的机场普通话加英语播报了这一激动人心的消息：先生们，女士们，请注意，从郑州飞往成都的 CA4278 次航班即将降落鸡笼山机场，请您抓紧时间，做好登机的准备。

我问朋友，这机场还有女职员？朋友说，有的，是个退役的空姐。

酒　店

他的人生理想是一辈子住酒店，像作家纳博科夫那样。他还告诉我，《洛丽塔》这样的小说就是在酒店里写出来的。但他并不是一个作家，没有在酒店里写小说的计划。他只是喜欢住酒店的那种感觉，房间有人打扫，床单有人换洗，有免费早餐，其余两餐也可以在酒店内解决。但这还不是主要的，主要是住在酒店里那种陌生和漂泊的感觉，好像自己永远是一个异乡人。差不多四十岁的时候，他实现了自己的理想。他卖掉了自己的公寓和公寓里的全部家当，将个人物品浓缩进一只旅行箱。当晚，他就拖着这只旅行箱住进了本市最豪华的一家五星级酒店。他给我打电话，让我去喝一杯，以示庆祝。酒是酒店房间里现成的，苏格兰威士忌。这个浪漫主义者特意穿上了一件酒店客房的睡衣，还建议我也穿上，我拒绝了。作为一个现实主义者，我问了他一个财务问题，公寓卖了多少钱？这样的酒店你能住多久，计算过没有？而且我还告诉他，据我所知，纳博科夫在《洛丽塔》出版之后，赚了一大笔版税，在瑞士买了一栋别墅，终于结束了住酒店的生涯。他有点不高兴，觉得我太实际，目光太过短浅，难道我就没本事继续挣这酒店的房费？再说，纳博科夫买别墅跟我有什么关系？但是，他在这家酒店只住了一个月，就换到了另一家酒店，这次是四星级的。但他否认换房是因为听了我的告诫。跟财务规划无关，他说。他的理由是，同一家酒店不能住太久，一个月是极限，否则，那种陌生感和漂泊感就没有了。诚如他所言，之后他频繁更换酒店，由于更换得太频繁，他也懒得每次都告诉我了。有一天，差不多十年后吧，他打来电话，让我去他那里喝一杯。我按他发给我的定位导航图，找到了北门靠近动物园的一个小区。我有点惊讶，问他，你买房了，不住酒店了？他微笑着环顾了一下自己住的这套两居室的公寓，然后带一点挑衅的口气对我说，你凭什么说这不是酒店？我也环顾了一下房间，所有陈设都跟普通家居一样，只是家具少一些，杂物少一些，客厅的摆布有点酒店的味道。真的是酒店？真的是，他点了点头。这是一家很特别的酒店，与你见过的所有酒店都不一样，它没有一个固定、集中的大楼，上万间客房分散在这座城市的各个小区里面，就像这样，但管理依然是酒店式的，房间有人打扫，床单有人换洗，灯泡坏了水龙头坏了有人维修，最重要的是，那种陌生感和漂泊感依然很浓厚，你可以在这个小区住一周，下一周拖着你的旅行箱又可以住到另一个小区去，甚至你想每天换一个小区住都可以。说话的时候，一个女人从卧室里走了出来，他只顾说话，没给我介绍，女人有点尴尬，站也不是坐也不是，看见我也不知该怎么打招呼。我只好先朝她点了点头，说了声你好。她也回报一个微笑，但没说话，看着我那位还在侃侃而谈的朋友，等着他发话。他说，这绝对是酒店理念的一次革命，想一想，以后的所有小区都可能是一家家隐藏式的酒店。说到这里，他才像突然发现了那个女人，然后对我介绍说，这是小刘，她跟我一样，热爱住酒店。但他还是没介绍我是谁。小刘只好又朝我笑了一下，问，留下来吃饭吧？我去买点菜。小刘出门之后，我问他，准备结婚吗？他说，结婚也是可以的，纳博科夫曾经就是一家人住在酒店。

寺　庙

老王穿越回古代，做了一个书生，在进京赶考的路上，住进一个寺庙，却发现，寺庙里先于他已住了一个书生。那书生问他，为何不住客栈？老王说，听说留宿寺庙常有艳遇。那书生冷笑一下，艳遇个鬼。他又问书生，你为何住寺庙？书生也很爽快，直言说，我没钱住客栈，银子要留着路上买馒头吃。他又问老王，考了几回了？老王说，头一回。又问书生，你呢？书生叹了口气，十回了。十回？十回都住寺庙？书生点了点头。老王一下跳起来，那你一定有过艳遇，十回总有一回吧？书生摇了摇头说，不瞒兄台，一回都没有。老王有点沮丧，这，这怎么回事，明明书上写了，进京赶考的书生留宿寺庙常有艳遇，难道是假消息？见老王一副垂头丧气的模样，书生说，你看上去也不像缺银子的人，还是回客栈去吧，住寺庙很辛苦的。但老王不甘心，来都来了，不试一下怎么能说服自己呢？就这样，老王道别书生，在寺庙的另一侧安顿下来。诚如书生所言，寺庙不比客栈，不仅洗漱不方便，睡的地板也硬得让人翻来覆去睡不着。只得从书箱里拿出书来，借着窗外皎洁的月光，重温书中那些记叙艳遇的章节，情浓之时，又自个儿解决了一下，方才迷迷糊糊地睡去。常言道，来得早不如来得巧，就在他即将进入一个梦境的时候，梦境变现实，一阵奇怪的声音把他惊醒。老王翻身而起，屏息细听，发现那声音来自寺庙的另一侧，即书生安睡的地方。傍晚与书生道了别，两人就再也没有碰过面。照说，大家都是书生，又在赶考的路上相逢，同住一间寺庙，坐下来喝一杯，彼此交流交流读书和考试的心得，是再自然不过的事。但老王对那书生有种莫名的戒备，不想多说话。那书生似乎也没有结交这位不速之客的兴趣。所以两人不约而同地看了看窗外的天色，便互相道别，各去一侧睡觉了。现在看来，书生是把老王当成了寺庙艳遇的竞争者，所以才那么冷淡。真是个城府很深的人啊。老王一边偷看着书生的艳遇，一边感叹。但他还是很高兴，虽然这艳遇并没发生在自己身上，但至少证明书上写的是真的，留宿寺庙常有艳遇。第二天，他去井台边洗漱，遇到书生，就对他说，先生不够诚实啊，想骗我回客栈，是怕我坏了你的好事？书生拱了拱手说，惭愧惭愧，让兄台笑话了。老王说，哪里哪里，先生艳福，晚生羡慕还来不及呢。书生愣了一下，随即笑道，兄台误会了，那是我家娘子，来送衣服的，因天太晚，就留她住了一宿，这不，天一亮就打发她回去了。老王还是不太相信，翻出书来给书生看。书生拿过书翻了翻，便笑了起来，真是抱歉，让兄台信以为真了，这书就是我写的，小说而已。老王大惊，敢问先生贵姓？书生说，我姓蒲，名松龄。

博物馆

阿娇有个爱好，到一个地方总要去参观那个地方的博物馆。她也不像有的人，去了博物馆回来就要写书，某某博物馆指南，某某博物馆之谜，从某某博物馆探寻某某的起源。她只是拍点照片，发发朋友圈。但是有一天，她的麻烦来了，警方联系上她，说她刚去过的洛阳博物馆有一件回心圆纹彩陶盆失窃了。警察是从洛阳追到成都来的，在阿娇下榻的酒店找到了她。阿娇问这跟我有什么关系？警察说，通过监控录像，你是那天最后一个离开博物馆的，而且你在回心圆纹彩陶盆那件文物前停留的时间最长。阿娇很生气，就凭这个也不能证明是我偷的啊，你们有更靠谱的证据吗？警察说，目前还没有，但我们查阅了这几年的博物馆失窃案，再比对你的朋友圈，发现全是你去过的。阿娇冷笑了一下，耸了耸肩，那你们是要逮捕我吗？警察也耸了耸肩，很遗憾，现在还不能，你只是有嫌疑，案件还在进一步调查中。

阿娇这次离开洛阳没有直接回杭州，而是绕道成都，除了想尝一下慕名已久的甜水面，就是为了参观四川省博物馆；但被警察这么一搞，情绪受到很大影响。去还是不去呢？阿娇算得上超级博物馆迷，到一个地方不去博物馆看看是睡不好觉的。来成都之前，她已经在网上看过几篇关于古蜀国的文章了，对带有科幻色彩的古蜀历史十分着迷，现在都到了成都，不去博物馆看看实物，能行吗？但现在嫌疑在身，再去博物馆，合适吗？阿娇泡在浴缸里，左思右想，最后决定，老子偏要去，身正不怕影子歪。

阿娇到了送仙桥四川省博物馆，就发现不大对头，自己好像被跟踪和监视了。这导致她在博物馆里总是心神不宁，看每一件展品都不够专注，有点走马观花的样子，而且自己都觉得，这个样子就是常言说的形迹可疑。算了，没心情看了，去吃甜水面，吃完甜水面径直回了酒店。事情就有这么巧，第二天她就被告知，四川省博物馆一件青铜面具失窃了。警察说，根据监控录像，她在这件青铜面具前停留的时间是她在别的展品前停留时间的三倍。她也想起来，自己在走神的状态下，确实对这个眼睛凸出的青铜面具有过特别的关注。这恰好是古蜀国的一件信物，1932 年出土于四川广汉三星堆。她还记得，自己对着面具拍了好多张不同角度的照片，发到朋友圈。而且，只发了这个面具的照片。她有点害怕起来，想到曾经读过的有关人格分裂的文章，难道自己还有另一个人格，是那个人格干了这样的事？但是警察摸了摸她的肩膀（摸她肩膀的是个女警察），笑了笑说，别紧张，昨天和今天我们一直在监视你，至少这次不是你干的。不仅这次不是她干的，基本上可以推定，其他那些窃案，也很有可能不是她干的。

警方开始搜索她的朋友圈，推测是，在她的朋友圈中有这么一个人（或团伙），专门盯着她发的博物馆照片，以此作为行窃的目标。也就是说，她发在朋友圈的博物馆照片，成了别人的行窃指南。警方搜索了大半年，阿娇的很多朋友都被约去警局喝过茶，但都因证据不足给放了出来。洛阳博物馆、四川省博物馆加上以前那些博物馆的失窃案，到现在也都还是悬案。不过从那以后，阿娇心有余悸，再也不去博物馆了，任何博物馆，包括她从巴黎卢浮宫门前走过都坚决不进去。说来又是巧，自从阿娇不去博物馆之后，就再没听说过博物馆失窃的案件了。

你要的帽子有人正在低价出售

姬中宪

昨夜他梦见了帽子，今早醒来就收到一条信息：“你要的帽子有人正在低价出售。”

他点进去，是那种黑色法式雅痞小檐卷边复古羊毛小礼帽，与他梦中所见略同。他正在犹豫该选经典压花汗带还是烫金纯棉汗带，以及要不要加装隐藏式头围调节仓，这才想起尚不知道自己头围多少，还是先测一测的好。他在备忘录中专门辟出一个文档“周身数据”，里面详细记载了腰围、胸围、肩宽、臂展、腿长、瞳距、脚掌长宽比以及眼压、BMI值、空腹静脉血糖指数等，以备不时之需——唯独没有头围。在下拉屏幕寻找头围正确测量方式的过程中，他看到了山本耀司暗黑系时装。

山本耀司1943年生于日本横滨，大学时一边学习法律，一边帮母亲料理裁缝事务，渐渐对服装产生兴趣，1970年去法国游历、深造，回国后创办了个人成衣公司，十几年后将时装店开到巴黎，1999年的巴黎秋冬时装发布会上，山本让模特装扮成新娘、头戴泰坦尼克号女乘客所戴的帽子走到伸展台上，然后从婚纱裙的拉链口袋中掏出鞋子、手套、捧花、喜糖喜蛋，立马震惊时装界和婚庆界。他短暂地想到自己也曾有过一次婚礼，可是他如今与婚礼上绝大多数人包括新娘均已断交，只有司仪微信尚存，逢年过节就发来问候信息，好像一直在窥伺他何时二婚。真正吸引他的，是山本年轻时的一张生活照，远景中一位路人手中拎的皮箱。

那皮箱呈牛油果绿色，一圈亮金铆钉，上搭铜扣（几乎能听到那铜扣咔嗒锁上的声音），一看就是20世纪的产物。他将这张照片下载了，把皮箱部分单独裁剪出来，放到购物网站上去搜索。可能因为照片分辨率过低吧，搜出来全是不相干的当代物件：一对绿色烤漆床头柜、一款蓝牙音箱、一种周边带槽孔的水暖增压阀、一辆载重叉车、一款专用于探月器上的信号发生装置……

所有这些商品的共同点在于：牛油果绿色元素（看来这搜索引擎也并非只做无逻辑的联想），唯独没有牛油果。他把搜索结果往下翻了十几页，也没看到牛油果。“这不公平，凭什么大家都在盗用牛油果的声名和颜色，却偏偏不提牛油果本身？”

他这样赌气想了一阵，屏幕就真的跳出一条条“墨西哥牛油果”“法国牛油果”“新西兰牛油果眼霜”“美国牛油果狗粮”……他点了墨西哥牛油果，屏幕跳出“附近门店急速送货”；点进去，跳出“快件消毒无忧收货”；点进去，跳出来芦荟抑菌洗手液；点进去，健康新年大礼包；点进去，拼单满188减10；点进去，转发享打折机票……他最后下单了一款自带1000首古典流行音乐曲库兼具K歌功能的马桶圈，然后起床去蹲马桶。手机留在床头充电。

寂寞的人都学会了独立进食

姬中宪

他有时只是为了听一听那位饭馆老板快活的语气，而去吃一种口感艰涩的三角煎饺。

“哎，来了！”他刚进门，厨房角落里的老板就发现了他，远远地招呼他，语气中透着熟稔，好像他们五分钟前才在街角碰见过并且约好了五分钟后再见似的。

“哎，慢走啊您！”这是在嘀一声付款码响过后，老板在送别另一位食客。

老板虽然人在厨房玻璃门后面，但左右手捏着面皮和擀面杖，眼睛却时刻警觉，好像包饺子只是一个幌子，为的是掩盖他观察员兼客服的身份。你哪怕只是在凳子上扭了一下身子、看了一眼吊顶，他也能及时送出一句关爱：“您看您正好坐在出风口下面，要么我帮您关小一点儿，还是您换到对面？”

他说这些话时，嘴角会立刻上弯，像他的煎饺一样弯出两个对称的尖，眼角和眉梢则会耷拉下来，五官迅速围拢成一个圆，就好像他用了那种快速整理手机桌面图标的应用似的。你有时会被这些问候语吓到，因为它随时响起，目标不明，即使是被说的人也要反应一下，毕竟多数人只为充饥而来，并不指望遇见一位嘘寒问暖者。如果你有更高的追求，得要花更大的价钱去更好的酒店。来这里，只求温饱，所以这老板的体己话常常等不来回应，有点儿“剃头挑子——一头热”。

“哎，好嘞！”客人不管提出什么要求，他都会习惯性地先来这么一声，嘎嘣脆，虽听着痛快，但有时也因为太熟练而出差错。“哎，好嘞——噢！虾仁荠菜的卖光了，不好意思不好意思，要么您换个别的？”

他声音清亮，带着话剧腔，像北京人艺那些老演员一样，即使不戴麦也要将声音清晰送到台下每一位观众耳中。他一个人营造出这种热气腾腾的氛围，但又不像海底捞那样，一群人嗡地上来给你唱歌跳舞挖耳朵，热情得叫人尴尬。你得承认，在这个热气腾腾的人面前，投诉几乎是不可能的，即使味道略有差池，你也没法很激烈地提出来，多半就自己咽下去了。因为老板这一声声招呼里，已经包含着歉意。老板本质上是一个出售声音和情绪的人，只是顺带送些吃喝。

一天午后，饭点早过，他进到店里，店内昏暗，平时负责点单和端盘子的两个服务员都不见了，只有靠墙处一个顾客，梁下闷头喝汤。他选了门口较亮堂的一个位子，逆光而坐。“哎？今天来得晚了嘛。”老板的招呼声从灶膛深处传来，比平时要低缓和迟疑一些，这让他想到才刚烧乏的炭，因为临时来客，不得不重新燃烧起来。

煎饺端上来时他正在玩手机，他看到老板的一双手红肿开裂如鲜肉。老板放下煎饺后并未离开，而是就势坐在他的对面，将贴墙一个纱罩揭开，露出一碗饭和一大盆咸菜毛豆。他将饭菜挪至面前吃起来。忽然他意识到可能坐了老板的座，然而此时换位置好像也不合适。“小度小度，继续播放《将军的女儿》。”老板突然冷冷地开口。

这让他不知如何接应，紧跟着响起了电影对白，他这才注意到桌上支了一个平板播放器，正在老板的语音指令下工作。看来这个座位还是老板平时休闲娱乐的专座，事到如今，他只好陪老板一起吃了。

他们的关系由老板和主顾变成两个食客拼桌，未免有点儿尴尬。

“哎，走了。”这时梁下那人起身了，老板从屏幕上匀出一只眼，懒洋洋地与那人告别。那人迎着光走出店门，身影高大，一时将他和老板置于黑暗之中。

老板盯着屏幕，单手扒饭。

那电影大概用了1.5倍速播放，男女配音演员说话叽叽喳喳的，像两只鸟，听上去有些轻浮。“他是一个做面食的人，然而自己却吃米饭。”他这样想着，当然并未说出口。

待到他稍稍习惯这种局面后，便频频偷眼打量这位老板。老板平时总以声音示人，一旦落实为眼前的形象，多少有些叫人不适，他的面相甚至令人生畏：左边脸焦黄，右边脸却好像生了白癜风，正如煎饺的两面。平日里他当然见过老板，然而老板多在灶台前，焦黄一面像是被炉火映照，斑白一面则像是沾了面粉，所以他一直未在意，今日才发现，焦黄与斑白是老板身体的一部分，也许因为他常年在火上翻烤自己，将自己烧制成煎饺同色。

“他就是一个行走的大煎饺。”他这样想着，再去咬煎饺，心下便有些异样，匆匆几口咽了，不敢细嚼。

老板痴迷于剧情，常常忘记吞咽，总要等到一句关键的对白说出来后，才脖子一伸，咽下一大口。他使用最经济的方式吃饭：嘴巴伸到碗前离食物最近的地方，一勺一勺，将饭菜平移进嘴里，就好像搬家公司总是将货车倒到离电梯最近的一个台阶下才开始动手。

每个人都有独立进食的权利。他听老板将那些咸菜咬出很动听的嘎吱嘎吱声，好像咸菜正与他窃窃私语。他前期似乎专捡咸菜吃，将毛豆剩下，那盆菜因此慢慢嫩绿起来，像渐变的色块。在这过程中老板变得越来越沉默甚至于冷漠了，好像今日的那份热情已告罄，他将打烊二字写在脸上。“小度小度，音量开大一点儿。”他像吩咐一个名叫小度的下人一样下令调高那两只鸟的音量，分明是要阻断人的声音，提醒对面的他别试图插嘴。“社会阶层主要是靠外放音量的大小来划分的，”他无端想到一个学术问题，“二者成反比，阶层越高，越倾向于将微信语音和短视频音量、梦话或吃饭吧唧嘴的音量、当众打电话和打喷嚏的音量、公厕大小便的音量尽可能放到最低，反之则尽可能放到最高。”

他紧吃几口，光线突然暗下来。他猜有一朵浓云正经过煎饺店的上空，仿佛老天爷含一口浓痰四下里寻找投射对象。云影随后便如同巨大的窗帘快速拉过，将店门口仅有的一线阳光遮住。老板的脸渐渐黑下去，遮住了原先的黄与白，整个人向他关闭起来。他意识到他在这里每多待一秒钟都是罪过，便起身告辞，在柜台前扫码付钱，将手里捏的餐巾纸丢进门口的垃圾桶里。

他听到身后百鸟争鸣，盖住了老板的告别声。

缥缈的钟摆

子　禾

我们是在一个已记不得名字的海边古镇上买的那台钟表，它只有一本瘦长的书那么大，淡淡的水蓝色，内里的表盘和摆钟都是骨白色，这骨白色中又有一点儿浅浅的金黄。整点报时，钟表会发出海浪般的声音，仿佛里面装着一个沉睡的大海。

我妻子（那时候我们还没结婚）坚持说，看到这个钟表的第一眼，她就想到了自己的一个梦，那钟表就出现在这梦中，只不过梦里的钟表特别大，大得就像时间本身一样让人深感压迫。于是就买了，五百九十八块。我记得很清楚，本来要六百，可我们身上只剩下五百九十八块现钱。摊主是个五十来岁的蓝眼睛中年男人，气质清和，他好心地说少两块钱就算了。

我捧着那钟表，小心翼翼回到宾馆，妻子一路拍照，还调笑说我太谨慎，像信徒捧着圣像一样。这说法倒不坏。只是回到宾馆的第二天，一早起来，她又神秘地问我："你看，这蓝色钟摆，会不会让你想到飘荡在大海上的船？"我不想探讨这些虚无缥缈的东西，但又不得不承认，还真是她说的那么回事：钟摆像苍白的小船，摇曳在蓝色的大海上。

我顺口说："缥缈的钟摆。"妻子很高兴，特意拉着我跑到一个小超市，买了一支尖锐的钢笔，在钟摆后面的一个角落里，写了几个小小的字：缥缈的钟摆。这就是它的名字了。

后来想起这件事，我觉得意味深长，我们写下的那几个字，仿佛从这钟摆里可以荡漾出一种时间，那时间就叫“缥缈的钟摆”。不过这些小心思并不重要。我要说的是，我们把这个钟表带回家的第三年还是第四年的某一天，突然发现它失灵了——确切地说，是部分失灵：钟摆还在摆动，但指针不转了，指针不转了，就没了整点，也就不再有海浪的声音。

那天，小海出生第七天，我妻子刚刚出院。小家伙由于长期被压抑在娘胎里而出现的那种皱巴巴的黑红色丑陋，逐渐消散，已变得相当漂亮了。进家门不久，他就滴溜着眼睛四处看，甚至显出兴奋的神色来。我突然想到那座被我们无比珍视的钟摆，便抱着他去看，我说：“看看这个，里面可是有片遥远的大海呢。”

可惜还不到整点，只能看到钟摆无声的晃荡。我一直在留意听，想给小家伙儿一点儿新鲜的声音，因为在医院的那几天，能听到的声音太单调了。可直到孩子睡着，也没能等到海浪声。再去看，才发现钟表的指针停留在早上五点四十八分。

我跟妻子说我们的钟表没电了，停了。妻子问我什么时候停的。我哪里知道，但我想了想，又说：“是五点四十八分停的。”妻子不敢相信似的睁大眼睛又确认了一遍才神秘地说：“你不觉得奇怪吗？”

“奇怪什么？”

“你不记得了吗？小海就是五点四十八分出生的！”

我这才意识到似乎哪里不对劲儿。这当然只是某种毫无意义的巧合，但尽管如此，我还是觉得总有哪里不对劲儿。第二天，孩子睡醒，我抱着他在屋子里走动，当看到那个晃荡的钟摆时，他竟然睁大眼睛，眉目间似乎还露出了一丝微笑。

不记得过了多久，我们就完全习惯了这个不表示时间的钟摆，小海也习惯了观看它无声的晃荡，习惯了看着看着就在眉目间荡漾起一丝若有若无的微笑。

我又出去上班后的一天，因为要出差，赶时间，习惯性地抬头看那座钟表，才再次意识到它已经沦落为一个摆设了。那次出差回来后，我跟妻子说都没说，就拿着钟表去镇上的一家钟表店。钟表匠五十多岁，一头霜发，看人时总要低着头，让目光从圆圆小小的黑框眼镜上方射过来，那目光像诗人一样忧郁，令人不安。

我问他这样的钟表能不能修，他又那样打量我一番，说：“是钟表就能修。”我问他多少钱，他淡漠地说先看看，让我两天后来拿。从钟表店回家后，我才知道自己惹下麻烦了，小海睡醒了要看钟摆，却怎样都找不到，就大哭不止。

我找出以前买的一只旧怀表，提在手里，让它做钟摆运动。小家伙看了一会儿，始终不笑，最后瘪瘪嘴，像是发现了我的调包计，却突然打个大哈欠，竟然睡着了。他是哭累了。我跟妻子说，钟表我拿去镇上修了。妻子没说什么，她知道我是想让小海听听海浪的声音。

再去钟表店时，那钟表匠一脸沮丧地看看我，又看看放在玻璃柜台上的蓝色钟表，说：“我和钟表打了一辈子交道，第一次见到这样的钟表。”他几乎解剖了他能解剖的所有部分，排除了所有机械故障，也新换了电池，可就是没法让指针再次走动起来。沉默就在我们之间弥漫开来，我们沮丧地看着柜台上的钟，钟摆微微倒映在浅绿色的玻璃上，梦一样晃着。

加油站

子 禾

我从上海出差回来，下火车时天已全黑。

公交车停在那个灰色的铁门前，下来几个黑影，又上去几个黑影。当不再有人上下时，司机小心地看了看后视镜——和我们在车上看到的一模一样——然后，公交发出一声怒吼似的轰隆声，沉重起步。这个被人类驯服的怪物大概累了。我能想象到，它的排气管喷出了一股苦涩的热气，喷在地上，让大地战栗。

我很难想象，为什么会有人将汽车排气管比作男人的性器。几年前，她略微有点不好意思地跟我说，她和她关系很好，所以一起坐出租时看着前面车辆的排气管，感叹它的粗壮，然后相视坏笑。她或许想暗示她信任我，对我无话不谈，但我由于矜持，竟没接上话，我辜负了她的信任。她人很好，胸部很大，像兜着两个小西瓜。

一辆蓝色帝豪停在我面前，打着双闪。手里的电话振动了一下，我马上接通，电话里说："上车吧。"我才知约好的车在我面前。我上了车。司机礼节性地说："你好。"但这种礼节性十分冷淡。我也同样礼节性地说："你好。"然后是沉默，一片有点尴尬的空白。我有些不自在。司机依然严肃地开着车，一丝不苟，他并没有不自在。前面的车都红着屁股上的灯，有一辆的尾灯中闪出一点幽蓝。

车流慢慢向前游动，大约十几分钟后才略微轻快起来，很快又慢下来。我几乎出于本能地牢骚了一句："没到下班时间，就这么堵了？"我没指望司机接话，他却接话了，说："按说不应该。前面肯定有事故。以前这个点从来不会堵。"

他说得没错，几分钟后，果然看到一辆火红色的比亚迪停在路中间，一个穿着职业装的女人蹲在车前哭泣，很伤心的样子，一个男的站在她面前。表情都看不清，只是双闪灯警示着危险。"操，车停在马路中央！"司机骂了一句，声音干涩。我说："可能车坏了。"我并不是为了表现我善于理解他人，只是随口一说。司机好长时间没话，过了好一会儿，像是自言自语："上个星期就有这么一出，车停在路中间，俩人吵架，女的哭哭啼啼，呀呀呀喊着脏话，那男的真他妈窝囊，一个劲儿说别生气，咱回家。我以为车坏了，没想到有人停在路中间吵架，也不怕被撞死。"

车的仪表盘滴滴响了两声。司机说："操。没油了。前面加油站得加点儿油。"我无所谓，于是嘴里嘟囔了一声："我无所谓。"车驶进了加油站。加油时，车里更是沉默得可怕，旁边便利店灯火通明，一个胖女人坐在收银台后面一边玩手机一边喝营养快线。店里出来一男一女，男的搂着女人的腰，手时不时滑到她的屁股上，女人一手打手机，一手蜻蜓点水般触碰着男人的裆部。司机说："操。"短促的声音像飞过一只突兀的蚊子。

那对男女已经走到我们的车旁，女的在电话里说："正在苏州逛街呢，和公司一个小姐妹……嗯……一会儿就回去啦……明天再电话……老公晚安！"我们驶出加油站的时候，后面传来那女人撒娇的嗔怪声。

"这绿帽子戴的。"我其实不想说什么，嘴里却飘出这样一句话。司机大概以为我在和他聊天，想说什么，又没说出来。沉默就像快要被吹破的气球，但他叹了一口气，那气球就浮在空中。沉默就像一堵无形的墙。过了好久，司机突然自言自语般说了以下这些话，但又没得到我的回应——我想我是在报复——更尴尬了："谁他妈知道呀，也许男的也在乱搞。"又说："你说有什么意思，人活着有什么意思，整天累得像狗，还要被戴绿帽？他妈的真可悲。"我感到他的声音里有种古怪的东西。

这时他手机响了，我瞥了一眼。“正开车呢，有事回去说……晚上不回家了？……什么？……出差不早说一声？……我他妈是管不了你，那也得告诉我……好，那我问你，你和谁在一起？……几个小姐妹？……我他妈是疑神疑鬼，我要完全不在乎你才满意吗？你他妈是不是想让我完全不在乎？……好，上海是吧，上海哪里？定位发我，我现在就过去……无所谓，你他妈少啰唆，定位马上发我……那破工作我早就不想干了，我无所谓……”

电话挂断了。车子猛然拐到路边的非机动车道上，停了。“下车。”我扭头，看到他眼睛里几乎要喷出火来，我感到惊慌，又突然感到难过，一边下车，一边说：“注意安全。”车门刚关上，一阵愤怒的给油声，车子就飞了出去。

我只好叫第二辆车，但是系统提示我：当前行程尚未结束，请确认行程结束后，再开启下一段旅程，祝您出行愉快！是的，我必须按这语气温和的提示，结束尚未结束的行程，再开启下一段旅程，我也希望我出行愉快。

到家已经八点多了，妻子躺在床上看书，《凡·高传》。我曾计划读这本书，至今没看。看得出来，妻子脸上的表情有点凝重，我说过会在七点十分左右到家——等车时，我发了微信，但大概要照顾小海，她并没看到，或者看到了。我去洗手间，然后去了一趟阳台，能看到月亮高高地挂在天上。我想，确实美满又冷漠。进屋后，我想悄声解释一下，或者说分享这个不太愉快的出行，但妻子将食指竖在嘴巴前，示意我不要出声。

第二天早上，我在阳台的沙发上看书，妻子过来靠在我肩膀上，过了一会儿又坐直，看着我说：“前两天整晚哭，哭得厉害，一直抱着，半夜的时候，我看着我的影子在玻璃上晃荡。有一个时刻，我真想使劲儿摔地上算了。”我紧张地看着她，不知道该说什么，妻子却看着我，微微笑了笑。我们同时往房间里看了一眼，小海醒了，闭着眼睛，大张着嘴巴，打了一个长长的哈欠。

一只杜鹃在叫

子　禾

应该是 3 月 13 日，我之所以总是记成 3 月 19 日，除了我莫名其妙地觉得 3 月 19 日更吉利，还有一个原因是，我总觉得事情刚刚发生。那天，微信上看到 D——我一位记者朋友，一位小资产者，活得很认真——写了一段虚无缥缈的文字。他是这样写的：下午 3 点的北京，雾霾确实比以往少了许多，空气轻松得几乎要做梦。

这很好。好空气有利于睡眠，有利于做梦。但我最近的梦总有点儿焦虑。我昨晚梦到我和妻子要去远方，但是误入了歧途，陡峭难行，并且天突然黑了。我怀疑我的带路人不是什么好人，但我不能当着他的面揭穿，我怕他杀了我们。妻子突然滑倒，向山下滚去，我飞跑着去截路，追上了，我问妻子有没有哪里受了伤。她没说什么，又说我们快回去，小海要醒了。她更爱小海。

我开着我那辆有着北京牌照的雪佛兰，想出门晃悠一下。从万寿寺都可以看到北京西站大楼。我觉得这有点儿夸张。但我不明白他想要表达什么，也许他根本不是在夸张。我特别希望他能提一句昆玉河。我在北京时，经常去昆玉河边玩。冬天的昆玉河，月亮打在冰面上都可以反光。有天晚上，我看到河边的落叶滩里躺着一个人，我以为是死人，可接着发现他在蠕动。后来确认那是个乞丐，躺在厚厚的落叶上手淫。这简直令人难以想象，他不冷吗？我妻子小时候去一个景区旅游，在一个荒僻处迎面碰到一个蓬头垢面的老男人，一只手不断地动着，猥琐地笑着。她说："现在才知道，他在做什么。"

有一些非北京牌照的车也挤在路上，并且喇叭声喧天。这时候，旁边开过来一辆雪佛兰，和我的竟然是一个型号，开车的是个女司机，从侧面看似乎很有风韵。她嘀了一下喇叭，一溜烟儿开过去。她可能是见到同款雪佛兰很亲切，所以打个招呼。也可能是看到我这个男司机开得那么“肉”，所以要超过我，那嘀的一声不是招呼，而是羞辱。我没看清她的模样。

这个下午像梦一样，晃了一下就过去了。确实，哪个下午不是像梦一样晃一下就过去了？或者也可以这么说：就没有过不去的下午。

朋友们，3 月 13 日下午 3 点，你在做什么？欢迎留言，我们做一个时代的实验，看看这个时代在干吗？时代在干吗？时代当然在进步。但我还是想：我下午 3 点在干吗？

其实很难说我在干吗。我或许在开车，在去公司的路上，或是在回家的路上，之后或此前，我曾向一位开着宝马的满嘴脏话的中年妇女及两个精明的小女孩儿推销我的东西，她们根本不把我放在眼里。我觉得她们极其庸俗，庸俗到让我不想见。有那么一阵子，我发飙了，我对她们怒吼：“好吧，我不卖了好不好，我不挣这点儿钱了，行吗？”她们倒是震惊了，这不符合她们对推销者的一贯印象，于是又赔出笑脸（她们就是那种人）说：“不要这样嘛，我们好好说嘛。”合同敲定了。

我开车离开时，那个河南口音的老保安冲我敬了个礼，那个保安估计快六十岁了，每次问他什么，他都会紧张地先说：“老板好！”我觉得很滑稽，当然不是他快六十岁这个事实，而是他敬礼的样子，并且他向我敬礼——他不知道我是刚刚装孙子出来。

晚上 12 点，妻子和小海已经睡了。我突然想起 D 那个“时代在干吗”的实验还没有回复，于是拿出手机，想着写点儿什么好，毕竟下午 3 点谁在做什么谁知道呢。我不想把 3 点在开车或在装孙子卖东西这种事说出来，毫无意义。我想说我在睡大觉做了什么梦又忘了，但这也没什么意思。我又想说我在梦游，但这过于神经质。我不知道还想了多少种回复。

最后的回复是这样的：我给小海换了尿不湿，他睁眼看看我，像是在嘉许我的劳动。实际上，我想——我根本不需要谁来嘉许，我换尿不湿是因为在某个时候，我需要做点儿什么。

我觉得这个回复很好，充满了隐喻。我点击了发送。马上收到回复：您的留言已提交成功，正在等待审核。0 点 18 分。我肩膀有点儿酸。但我知道，这很好，这个隐喻被我发给了 0 点 18 分的黑暗。这是新一天的黑暗。

窗外好像有一只杜鹃在叫，梦游一般含混不清。确实是，叫声朦胧。我想告诉它现在叫有点儿早，它们的好时候应该在黎明 4 点左右。我不知道怎么告诉它。

不能随便给动物脱衣服

谢志强

起因在于画在绘本上的《龟兔赛跑》的故事。

那天，小女孩莫名其妙地闹，似乎眼前的现实让她烦躁不安。妈妈无计可施，只好带她来到书城。一进入儿童图书的楼层，小女孩就平静了。

小女孩翻看着一个一个绘本，仿佛进入了另一个世界。终于妈妈催促道：“你选好了吗？妈妈该去准备午饭了。”

小女孩选中了一本兔子和乌龟赛跑的绘本。妈妈要去菜场买菜，让她自己回家。

以往，小女孩听到一则童话故事或是看了一本童话书，时常会指派家庭成员——爸爸妈妈、布娃娃，以及偶尔来看望她的爷爷奶奶、外公外婆，扮演童话中的角色（严格按照童话里的场景、情节、语言），当然，小女孩既是导演又是演员。偶尔角色不够，她就邀请邻居家的小男孩加盟，以一支草莓冰激凌作为“出场费”。她总能在现实中重现童话。按她爸爸的说法：现实的花园里开出虚幻的花朵。

女孩家里养了一只乌龟。那天星期六，小女孩叩开了邻居的门。

邻居小男孩，和她在同一所民工子弟学校上学，比她高一个年级（她念小学一年级），却常常受她的调遣。小男孩似乎也心甘情愿，何况，能吃上小女孩奖励的冰激凌呢。小男孩养了一对兔子，像两个白净的雪团。

小女孩邀请小男孩，带领一只兔子跟乌龟赛跑。她承诺，要是兔子胜利了，奖励兔子一根胡萝卜，并奖励兔子的主人一支冰激凌。其实，小女孩心里有把握，绘本已把结局告诉了她——乌龟能赢。

小男孩也想给小白兔换换口味，因为小白兔一直吃着他从菜场捡来的白菜帮子。

小女孩叫小男孩等候通知：准备完毕，我来叫你，你就带领小白兔代表队入场。

小女孩在客厅的地板上，用白粉笔画好起跑线和环形跑道，就像学校里的田径场。她还想象用手装成发令枪，模仿发出枪响……一切准备妥当，她已出了一头汗。遗憾的是没有入场式进行曲，那就用嘴巴“伴奏”吧。

这是个炎热的夏日，她移来落地电风扇，摁下电风扇的头，调到“摇头晃脑”模式，那样，风就可以吹遍整个比赛场地。她对木盆里的乌龟抱有十足的信心，乌龟整日不动，已经积蓄了多少力气呀！爸爸常说：“养兵千日，用兵一时。”她对乌龟也说了同样的话。

小女孩敲敲乌龟的背壳，问：“准备好了吗？”

仿佛在冬日，头缩在厚厚的被窝里，乌龟伸出头，似乎好奇外边发生了什么情况。

小女孩好像看见古装戏里的战将穿着厚重的甲胄，又重又闷。有一次，她去建筑工地给爸爸送饭，爸爸脱了外套，只剩一条汗湿的背心。爸爸说这叫“轻装上阵”。

小女孩扳了扳乌龟壳，扳不掉。乌龟四脚朝天，露出白白的肚皮。小女孩说：“穿这么多，咋能参加比赛？要轻装上阵呀。”

于是，小女孩搬来爸爸的工具箱，挑出起子。她本以为乌龟的背壳与身体之间，应当有纽扣一样的东西相连，可以用起子把它们拧开，不料硬硬的壳与软软的体，粘连得天衣无缝。于是她找来一把锋利尖刀，边剥边说：“我帮你脱掉外套，比赛后，我再给你穿上。”

小男孩抱着小白兔进来，看见木盆里的水一片鲜红。龟壳即将脱离乌龟的身体。小男孩说：“是不是乌龟不想比赛，你在惩罚它？”

小女孩双手鲜红，说：“我帮它脱掉外套，好让它轻装上阵。”

小男孩说：“不能随便给动物脱衣服。”

就这样，小女孩第一次没有在现实里重现童话，却给乌龟举行了一次葬礼。小女孩和小男孩在楼前的绿地里挖了一个坑，堆起一个小土包。

小女孩哭了。乌龟的小坟墓，使她想起有一天晚上，蚊子又叫又叮，开灯，胳膊上鼓起了一个豆粒般的肿包。她又抓又挠，哭个不停。

妈妈已经厌倦在女孩导演的童话里扮演角色——她要操心的事情实在太多了。她板起脸，手做出切菜的动作，一起一落，说：“现实就是现实，童话就是童话。要记住教训，两个世界不能弄混了，弄混了，就要出危险。”

不开心先生

徐　东

我总是不开心，说不出为什么不开心。

有人笑着说，我看，你以后干脆就叫不开心先生吧。

我觉得这个称呼不错，就说，以后你就叫我不开心先生吧。

那个人再见了我的面，真的就叫我不开心先生。我们一起聚会，就有了更多的人叫我不开心先生。再后来，我认识不认识、熟悉和不熟悉的人都知道我叫不开心先生了。

对于我来说，不开心先生是个抽象的存在，不开心先生住在我的身体里，生命里，也是我的一部分。我对着镜子，看着自己，也像是在看着不开心先生。

不开心先生面无表情，我看着他既熟悉又陌生。

我想和他聊聊。

我对不开心先生说，瞧你这闷闷不乐的样子，好像全世界都欠了你什么似的。今天阳光不错，不如去公园里走走。

不开心先生摇摇头说，我哪儿都不想去，什么事都不想做，我不开心。

我说，你为什么不开心呢，总得有个什么原因吧?

不开心先生说，我说不上究竟是什么让我不开心。昨天晚上我想写一写诗，可发了半天呆一个字也写不出来，我为此不开心。

我说，是啊，这样说来你是有理由不开心的。

不开心先生说，我感到自己还是个孩子，可实际上已经人到中年。我整天忙于工作，没有了以前所具有的激情与灵感，更没办法像以前那样想写就能写，并且还写得不错……

我说，是的，诗是自己与自己的一种隐秘的交流。可是说真的，我现在倒觉得，诗可以写，也可以不写——走出家门，去大自然中感受那些诗意的东西不也挺好吗?

不开心先生说，说的是，写和不写都没多大意思。我从来也没有写过真正像样儿的好诗。我辜负了自己，辜负了世界上所有美的人和事，现在的我看什么都是灰色的，甚至觉得活着也没有意思。

我说，事实上，我们是一个人。只不过我是理性的，现实的，你是感性的，理想化的，我们都很可怜的，因为我们想过那种诗意的栖居生活而不得。

不开心先生说，你说得不错，我们是一个人。你原本是个善良纯粹，内心充满了爱，也积极向上的人，可后来的你变了……你没有坚持自我，因为你选择了世俗的生活，有了老婆和孩子，有了房子和车子，每天都想着如何赚更多的钱——你冷落了我。

我说，对不起，我冷落了你，也等于冷落了自己。但我要生存，要发展，又怎么能任性地照着自己内心的想法去活呢?要知道，你不快乐，也让我不快乐。我脸上的笑，都是假装的，因为没有谁喜欢我整天阴沉着脸。

不开心先生说，是啊，是啊，也许你是对的，我不是在责备你，因为我们实际上是一个人，无法分开。不过我相信，对于每个有肉体也有灵魂的人来说，他要尊重的只有内心的现实——他要快乐起来，没有谁能让他不快乐，正如他想要写诗，没有谁能让他不写，除非是我。你要重视我的存在，尽可能地把时间与精力倾注在我的身上，不然我就不快乐，我不快乐也等于你不快乐。虽然这么说，但是显得我是那样的可耻。

我认真地说，对不起，我能感受到你为我所忍受的痛苦和煎熬……

不开心先生说，我总不能不顾及你的想法、你的感受、你的选择，正如你现在希望我快乐起来，希望我出去走一走，是一片好心，可事实上我只想静静地发呆……说真的，我越来越讨厌你，因为你变得虚伪，得过且过，这会让我感到，世上有许多人和事都是那样的不值得。

我点点头说，是的，是的，尽管世间有许多不值得，可我们还是要互相爱着，哪怕是虚伪地爱着。正如你不见得喜欢我，我也不见得喜欢你，可我们是同一个生命体，不可分割。

不开心先生气愤地说，我死了，我们就可以分开了。

我说，也许死是一种理想的归宿，凡是人皆有一死……

不开心先生说，你永远理解不了我，我也永远理解不了你，不过多说无益，让我们继续合作上一段时间吧。你假装你开心地活着，我继续当我的不开心先生。

我说，说什么都是白说，我们出去走一走吧——我何必征求你的同意，我说走就走。说完，我穿上衣服，从家里走了出去。

我所在的大都市高楼林立，宽敞的大街上车水马龙。我想，那只是表象，而不是人人都需要的某种内在的诗意的存在。好在一个个孤独而有爱的人，尚且有着隐隐的对诗的渴求，那是他们生命深处对灵魂的渴望。

我认为，每个人的生命中都有一个不开心先生。

虫 子

邢仁宇

我肚子里长了虫子。

现在我的肚子像是进了一窝活泥鳅，闹得肚子生疼，疼得我从工位蜷到了地板上。

我吃了打虫药，流着冷汗摸到了公司厕所，却发现厕所门口横了张桌子，桌子后面坐了个西装革履的男人，正仔细擦拭着手里的钢笔。

我半弓着身子趴在桌子上，痛苦地说：“你让让，我得赶紧上厕所。”

男人打量了我一会儿，开口问道：“预约了吗？”

我愣住了，什么时候上厕所也得预约了？我往厕所里探了探头，略带愤怒地摆了摆手说：“别开玩笑了，快让我进去，我的肚子疼！”

男人看我没有预约，从手边扯了张单据给我，说：“现在厕所人满，你先冷静冷静，三十分钟后再来吧。”

我难以置信地看着手里的单据，又看了看男人，那男人身旁不知何时出现了两名大汉，正轻拍着手里的铁棍。

我只得无奈地夹着腿挪回了工位，看着秒针一抖一抖地挪动着位置。

三十分钟后，我几乎是爬着到了厕所门口。门口的男人看了看我的单据，侧身给我开了厕所的门。我迫不及待地跑向蹲位，拉开了一扇蹲便器的门，却发现里面站了一位大娘。

我愣了愣，勉强挤出了个笑容，对她说：“大娘，你让让，我得赶紧上个厕所。”

那位大娘叹了口气，说：“你们年轻人啊，就是火气太旺了。”

我更加不解了，我上个厕所跟火气旺不旺有啥关系，我摔上门，打算换个坑位，却发现另一个坑位上也站着同一位大娘。

“你看看，”大娘说，“说你火气旺你还不信，火气不旺会不听人讲话吗？”

我的肚子开始给我下最后通牒，我捂着肚子，额角渗出了一层冷汗。“您行行好，”我对大娘说，“我就想打个虫子，您就放过我吧。”

大娘仿佛是受到了惊吓，激动地对我说道：“打虫？虫子那是说打就能打的吗？你有没有点儿基本的责任心？”

我蒙了，怎么打个虫子又扯到责任心上去了？

大娘并没给我辩解的机会，继续说道：“我也知道你不容易，但日子怎么着不是过啊，一帆风顺那还能叫生活吗？”

我捂着肚子回答：“那我现在最大的困难就是肚子疼啊，您做个善人，让我把困难解决了行不？”

大娘又说：“你现在觉得是困难，是累赘了？当初下肚的时候怎么那么开心？我看啊，你就是喜新厌旧了。”

我哭笑不得地回答：“是，我吃东西的时候是觉得不错，但我怎么知道它里面包着寄生虫呢？我这是被骗了啊！”

大娘叹了口气。“谁还不是被骗了呢？”她说，“刚接触时只看得见对方的好，处得深了缺点才显现出来，这换了谁都是一样的，不如忍一忍，等习惯了就好了，要学会包容。”

我急了，扶着大娘的肩膀对她喊道：“这是能包容的事儿吗？我再忍下去身子都要被作践废了。”

大娘把头一扭。“那不行，”她说，“你们处了这么久了我不信一点儿感情没有，你只顾着自己舒服，考没考虑过虫子的想法？若是虫子不同意离开，我就不能准许你打虫。”

疼痛感已经让我连半个字都说不出口了，我后退两步，摇摇晃晃地晕倒在了地板上。

等我再次醒来时，我已经躺在了医院的病床上，鼻子和嘴都塞满了管子。

“肠子给虫咬穿了。”护士头也不抬地说，“能保住命就不错了，也不知道为什么最近净是这种事。”说完她收拾好用剩下的药品，离开了病房。

我叹了口气，心想，起码虫子是打掉了，伤就慢慢养吧。我突然发现床边居然坐着一个人。那不是我的父母也不是我的亲戚，而是那个大娘。

“你说你怎么这么傻呢，”她抽泣着说，“你要是跟我说了情况有这么紧急我会不帮你吗？”

我想辩解说自己明明说过很多遍自己情况紧急，却被嘴里的管子卡住了。

“这样，”她抹了抹泪，“等你出了院我就批准你把虫子给打掉，咱开启新的生活！”

我傻眼了，看来虫子还在我肚子里呢！随着一阵疼痛，我又一次晕死过去。

喂鸽子

衣　水

紫荆山公园有一株古槐，我坐在古槐下，心无旁骛地刷抖音。一个五岁的女孩儿突然跑过来，使劲儿地推拉我。

“一块儿喂鸽子，”她稚声稚气地说，“一块儿喂鸽子。”

我听见女孩儿的邀请，但眼睛仍没离开有趣的短视频，只用眼角的余光扫了一下她。

“我不想喂鸽子。”

我感觉女孩儿气嘟嘟地噘了嘴唇，自个儿跑走了。

我刷着的短视频大多二三十秒，或高雅或媚俗，或幽默或悬疑。一条一条，一条又一条，还有各种产品广告，还有各种网红带货的直播。

刷抖音远比喂咕咕叫的鸽子快乐多了。刷到兴奋处，我不顾及淑女形象，竟然哈哈大笑，笑得浑身颤抖，笑得好几滴眼泪都跳出了眼眶。

“妈妈，”女孩儿再次跑回来，推拉着我，“饿了。”

“饿了？”我惊讶地瞅着她，“你家大人呢？”

“妈妈，”女孩儿愣愣地瞅着我，“妈妈！”

我一阵窘迫，仿佛满脸都是羞臊。刚满十八岁的我，没男朋友，没结婚，更没有生养。你知道，暑假一结束，我就去上大学了。

“找不到妈妈了？”

“妈妈，你说什么？”

女孩儿气咻咻地瞅着我，瞪着水灵灵的黑眼珠儿，甚是可爱。

“就知道刷抖音，”女孩儿恼火地嚷着，“钻抖音里去吧。”

我抬头看见一群人，都用手机录拍女孩儿和我。我尴尬极了。我刚满十八岁，我还是一个少女，我可不想成为一个被网民唾弃的网红。

“你叫什么名字？”我深吸一口气，静下心试探着问她。

“妈妈，”女孩儿跺着一只小脚，“闺女的名字你都忘了？”

女孩儿口齿清晰，嗓门也很洪亮，周围的人都会听到的。瞬间，血液暴涨得我满脸通红，就感觉千百个镜头像炮口一样对准了我。

我急中生智，慌忙捂住女孩儿的嘴巴。

“宝贝儿，”我把女孩儿揽在怀中，“跟妈妈自拍一个。”

我打开手机中的相机，调到自拍模式。我简直目瞪口呆，镜头中的女孩儿和我几乎一模一样。

“她到底是谁呢？”我心底纳闷。

我从背包里取出一块真空包装的法式面包。

“宝贝儿，”我深吸一口气，“吃完面包，找妈妈去吧。”

“妈妈？”女孩儿疑惑地说，“郭小橹，你就是我妈妈。”

我一阵惊愕，鼻梁上的眼镜吓得差点儿跳到地上。

女孩儿怎么知道我叫郭小橹？我怀疑是不是我的高中同学，早设计好了脚本，故意捉弄我？我向四周瞅了一阵，都是埋头刷抖音的人。刚才录拍我的路人甲乙丙丁，感觉我跟女孩儿的故事索然无味，早自动撤离了。周围没有我熟悉的人，也没有什么令人怀疑的蛛丝马迹。

女孩儿不是一个演员。

“宝贝儿，”我极力平静自己，“喂鸽子去。”

我牵着女孩儿的手，软乎乎、温热热的。不知为何，我竟然一阵激动，泪水溅到了眼镜片上。我感觉握住的不是女孩儿的手，仿佛自己的手，一只喜欢喂鸽子的手。

“喂过多少次鸽子？”我回想女孩儿时代的我，“我在幼儿园时画过一幅画，画上画了好多只咕咕叫的鸽子。”

我仿佛听到好多只洁白的鸽子，在遥远的地方咕咕咕叫着。

“宝贝儿，”我终于鼓起勇气，“叫什么名字？”

“我叫郭小橹，”女孩儿惊恐地瞅着我，“妈妈，你失忆了？”

“没有失忆，”我故作镇静，“告诉我，你妈妈的手机号。”

女孩儿愣愣地瞅着我，似笑非笑地说出了她妈妈的手机号。我多次拨打她妈妈的电话，对方一直处于通话状态。我怀疑是我的手机出现故障，借用一位路人的手机再次拨打。

我一直用来刷抖音的手机突然响了，我竟然把电话打给了自己。

“宝贝儿，”我泪眼婆娑地说，“妈妈陪你喂鸽子去。”

一把正在丢失的刀

张大愚

我的刀，在关键时刻，不见了。

我说的关键时刻是指中午我们单位领导要来就餐，点名要吃我做的金毛狮子鱼。这本来是一件很值得嘚瑟的事情，可现在却失去了机会。厨师没了刀，就等于战士没了枪，没有刀我就没法改出造型。别人的刀我使不惯，他们也未必让我用——如果干过厨师你就会知道，用别人的家伙什儿是很忌讳的事情。

我开始找刀。

在找刀的过程当中，老于一直在笑。

我瞪着老于：你笑什么？

他笑得更夸张一些：我笑我的，关你什么事！

是不是你把我的刀藏起来了？

笑话，吃饱了撑的啊，我为什么要藏你刀？

但我断定就是他藏起来了——这家伙对我一直就不友好。我心底的火马上烧起来了，随手抄起一件东西朝他头上抡过去。他惨叫一声，慢慢蹲下了，血像沸腾的热油一样从他的头顶翻滚出来。我倒退两步，手中的家伙当啷一声掉在地上——这不正是我的那把刀吗？刀怎么在我自己手里？我，还杀了人?！我泥一样瘫在地上……

大街上好像响起了警笛声。我猛地惊醒，原来是一个梦。看看表，离上班时间还早。奇怪，怎么会做这样一个梦？我和老于关系一向很好啊。我稳了稳心绪，决定提前去上班，在心里嘀咕了一路：我刚才在梦里杀了人，现实中就响起了警笛声，怎么会有这么巧的事？

走进厨房，我一眼就看见了老于。朝他点头的同时，那个梦也湿漉漉地从脑海里爬过去。我犹豫了一下，和他讲了这个梦。他嘎嘎笑着，指着我说：你呀。

我也笑了。

这时厨师长急慌慌地进来了，对我说：中午领导要来就餐，要吃你做的金毛狮子鱼，好好表现哦。什么？什么？我感觉后背直冒凉风，傻愣愣地盯着他。你怎么了？他诧异地看着我：快去准备啊！哦哦，我回过神来，去鱼缸里抓鱼。

这是条很聪明的鱼，我刚把它放到砧板上，它就意识到了危险，浑身的鳍都奓开来，尾巴啪啪地抽打着砧板。我一刀把它拍晕了，几缕血丝马上从它的鳃缝里流出来，像一根根红色的线。我对这种现象早已见怪不怪，眼睛眨都没眨一下。

我拿起刀正准备宰鱼，肚子突然绞痛起来，必须马上解决一下——关键时刻掉链子，可是又有什么办法呢？我去了一趟厕所，十分钟后，我回到厨房。砧板上的鱼不见了，刀也不见了。

这次是真的不见了！

谁拿走了我的刀？我心底的火又烧了起来。但一想到昨晚的梦，火很快就熄灭了。要理智！我对自己说。光生气有什么用？抓紧时间找到刀才是最重要的。

我开始找刀。许多人陪我找，老于也加入找刀的队列中。可是整个厨房翻遍了，连装胡椒粉的瓶子都打开看了，依然没有找到。

就在我快崩溃的时候，有人大声喊：快来，快来，都在这里了！我循声跑过去，下水沟里，一条鳃边拉着血丝的鱼嘴里叼着一把刀，正拧着身子倔强地往地面上跳。我大着胆子把鱼和刀放回到砧板上。平静了一下，准备接着改刀。这时鱼说话了：老张，我自己来吧。

你怎么会说话？你到底是谁？我听出自己的声音在发颤。

我是老于。鱼说。

你是老于？我惊得下巴都快掉了。

是我。鱼说。说完在案板上噼里啪啦蹦起来，越蹦越快，停下来的时候，已变成了一条改好刀的金毛狮子鱼。

快炸吧，别耽误了上菜。鱼说。

我拎着鱼走到油锅边，刚要下锅，它又说话了：不行，油温太低，再等等。两分钟后，油冒烟了，它自己跳进油锅里，在里面翻滚，鱼丝四散开来，一会儿就变成了一个须发怒张的狮子形象。我调好芡汁，浇在它的身上，随着嗞啦的一声脆响，它兴奋地叫起来：真爽啊！服务员过来端起盘子往楼上走。路过我身边时，鱼在盘里对我说：来世再见！

我忽然很难过，想着老于马上就要被人吃掉，忍不住放声大哭。

我又醒了。是被自己的哭声弄醒的。原来还是个梦。我又看了看表，上班时间到了。我来不及梳理这个梦，要赶紧上班去。

走进厨房，第一个看见的还是老于。我喊：老于！老于答应：哎。我又掐了掐胳膊，疼，非常疼。看来这回不是梦了。我刚想和老于说说刚才的两个梦，他却先说话了：老张，看看我的新发型怎么样？

我这才发现他今天把头发烫了，被染成黄色的头发根根支棱着，跟炸好的金毛狮子鱼一模一样。我愣了一下，飞一般往厨师长的办公室跑去。

我气喘吁吁地对厨师长说：今天是不是有领导来吃饭？

什么？他睁大眼睛看着我。

是不是点名要吃我做的金毛狮子鱼？

你说什么？他像不认识似的看着我。

热气球的高度

张大愚

后来，当尚天乘着热气球高高飞翔在村子上空的时候，我会想起他因放孔明灯而被我堂叔毒打的那个早晨。

作为母亲的陪嫁品，尚天从来到我们村上第一天起，就显示出他的另类与怪异。

他不爱讲话，也不和我们一起玩耍。他最喜欢做的事情就是一个人坐在村东梁头上呆呆地望着天空。

那是一道特殊的风景。他把头仰得高高的，目光网一样撒在天上；假如天空掠过几只鸟或一架飞机，他的眸子马上光亮活泛起来，箭一样追着鸟或飞机，接着惬意地闭一下眼睛，像是把它们收进网里；与此同时，坚硬的嘴角也变得柔软，慢慢渗出笑意来。

当然，这种场面是很少的。我们更多看到的是他皱着眉头苦苦思索的样子。没人知道他在想什么。作为他的堂弟（他母亲改嫁了我堂叔，我自然成了他的堂弟，起码名义上是这层关系），我不喜欢他这个样子。不光是我，好像村里所有人都不喜欢他，包括我堂叔。堂叔最不喜欢他的原因是：他想让尚天改随我们张姓，但没有得到他的首肯。这让堂叔心里很不舒服。随着时间的推移，两人的关系越来越差，我堂婶（他母亲）的地位也越来越低，特别是后来发生了“孔明灯事件”，将事情推向高潮，矛盾彻底爆发了。

十八岁生日那天晚上，尚天把一盏自制的孔明灯放飞到天上，结果出了意外——孔明灯落到了村头那片偌大的玉米秸垛上。

那片玉米秸垛对村上人来说是很重要的。漫长的冬天里，它是作为牛马等牲畜的唯一口粮和各家各户生火做饭的唯一燃料而存在的。可惜尚天的孔明灯落到了上面，翻倒的蜡烛一下子就把玉米秸点燃了，当时天干物燥，又赶上刮西北风，瞬间就烧成了一片火海。所有的人都赶去救火，但是火势太猛了，人根本近不了火场。大家只能眼睁睁看着玉米秸被大火疯狂地吞噬。

天明时分，火终于熄了，所有的玉米秸全化成了灰烬，连旁边的杨树林也被烧了一大片。

守了一夜的人们惋惜气愤，却又无可奈何。这时堂叔走到尚天跟前，一句话没说，一个大耳光就把尚天扇倒了，接着拳脚并用，把他打得鼻口蹿血。整个过程中，尚天没有反抗没有躲闪，神情漠然地任着堂叔猛打。

堂叔打累了，坐在一旁大口大口地喘气。尚天挣扎着站起来，一瘸一拐地去火堆里寻找什么。当终于发现了那个烧得只剩下铁丝架的孔明灯时，他血糊糊的嘴角竟然咧了一咧，绽出一缕微笑来。

大家面面相觑：这孩子连打带吓，八成是傻了吧？

这一点儿我们没来得及去验证，因为第二天尚天就离家出走了，一去就杳无音信。

尚天再次出现在村上时，已是十多年后的事了。

一个夏日的中午，尚天开着一辆轻卡车出现在村子里了。他把车停在村头的空地上（也就是当年着火的地方），指挥随行人员从车上往下卸东西——一堆像个大口袋似的红绿相间的绸布。然后在我们——包括他母亲——惊异的目光中，开始用一个大大的吹风机往里面充气。十分钟后，一个色彩斑斓硕大无比的热气球呈现在我们面前了。

我们第一次见到这玩意儿，惊讶得合不拢嘴。尚天倒显得很平静，他给我堂婶裹了一件防寒服，让她坐上去。

有人点燃了动力器，气球慢慢升空了。大家的目光随着热气球一点点上升，头越仰越高，气球越来越小，最终看不见了。半小时后，气球又慢慢出现在我们的视线里，越来越大，最后安全降落到地面上。

从吊篮走出来的尚天表情淡然，一副习以为常的样子。堂婶的神情却很复杂，似乎有些害怕，但更多的是兴奋与欣慰。这玩意儿真不赖！她笑嘻嘻地说，但马上又打了一个冷战：就是上面有点儿冷，整个球儿都挂了一层冰！

高处肯定是冷的。尚天接着母亲的话说。不过我喜欢这个劲儿——站得高才能望得远，从上面朝下看，人就跟蚂蚁似的。

眼前的事实让我们不得不对他刮目相看。大伙儿围上他，请他讲一讲他这些年的经历。他没有细讲，只是说：过去的事不提也罢，知道我现在在搞热气球不就行了嘛。说完掏出手机打开快手和抖音让我们看——上面是他录制发布的若干有关热气球的短视频，粉丝竟达到了十几万。

你真是咱们村的骄傲，要是你叔（他继父）还活着，肯定会很高兴的。有人插话说。听到这话，他脸色一变，但马上又恢复了原样，像一块云彩快速从阳光下飘过。

又有人说：好不容易回来了，也让我们每个人沾光坐一回吧！

他笑了：下次吧。

我们没有等到下次。尚天不久就带着母亲离开村子，像热气球一样飘走了。此后再也没有回来过。据说去了北京。

又过了好几年，有一次我因为洽谈蔬菜收购事宜到北京出差，乘地铁时，竟巧遇了尚天。他邀我到他家里。

他的家在十里河，整个小区全是高层，他的楼房则是高层里的最高层——33层。在他家里，我见到了堂婶。堂婶变化很大，白了胖了，比过去还显得年轻些。

尚天请我喝酒，然后领我去阳台看风景。我壮着胆子往下看，眼晕得不行，腿也直打哆嗦。一阵风吹过，感觉整幢楼都在晃悠。我说：干吗买这么高的楼啊？换我，打死也不住这种地方！他哈哈大笑道：你的胆儿也忒小了！还不如我妈呢。我每天都陪她在阳台待一会儿。停了一会儿，他又重复了那句话：

从上面看，底下的人像蚂蚁似的。

我想再高的楼，看下面的人也不会像蚂蚁吧？但我没说出来。

我问：现在还弄热气球吗？

当然。我准备挑战一下自己，目前国内热气球的极限高度是8000米左右。我想再创新高度。

哦？有具体目标吗？一万米？

没有终极目标，越高越好。他望着下面说。

我脑海中又浮现出他被我堂叔毒打后寻找孔明灯的那一幕——当年他为什么会那么在意一个烧成空架子的孔明灯呢？借着酒劲儿，我大胆地问了。

他看着我，停了一会儿，说：因为我在孔明灯上写了一个心愿。

心愿？什么心愿？

他笑着说：忘了。

看我不相信的样子，又说：那你猜吧。

我哪儿猜得着！这个问题跟你的热气球一样，又高远又神秘。我笑着说。

这不是我的真心话。其实我不是猜不着，而是不知该怎么说。

第八辑

吃石头的人

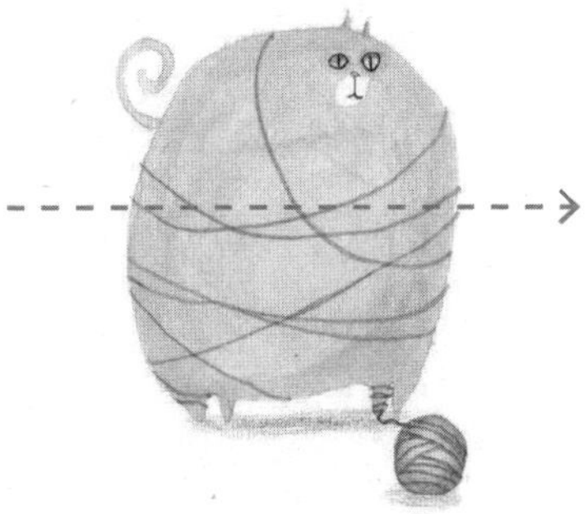

吃石头的人［外一篇］

东　君

那人抱起一块石头，说，这就是块肉。众人都笑了。他们说，他想吃肉都想疯了。但他仍然带着严肃的表情说，我说它是肉就是肉，你们不相信我也没法子。有人抢白道，除非你吃下它。那人说，好，我只有吃下它，你们才会相信我的话。众人摇头，说他真的是饿疯了。那人捧起石头，狠狠地咬了一口，咽下，嘴角居然流出了一抹油。众人的目光都聚集在那块奇妙的石头上。有人上前，舔了一口，说，果然是肉。此时，石头表面突然散发出一股肉香。他们都流下了口水，想吃。但那人立马把石头收回来，说，因为你们不相信这是一块肉，所以，即便有谁长着一副铁齿也咬不动。有人上前咬了一口，险些磕掉了牙齿。那时正是 1958 年，东瓯城闹饥荒，人们脑子里想的就一件事：吃。没饿死的，形如骷髅。唯独那个吃石头的人，吃得身宽体胖，活像庙堂里的弥勒佛。邻舍们暗地里诅咒说，胖顶个屁用？人越胖，死后蛆虫越多。大约是因了人们的诅咒，越三年，东瓯城里的人过上有吃有喝的日子之后，那个吃石头的人忽然就瘦了下来。一日，他看到粮管所里的一架磅秤，就站了上去。一看数字，斤两居然没有短少。他甚至疑心，自己的体重没有减轻，是心情沉重的缘故。那人终究放心不下，就去看医生，说明情况。医生经过望闻问切，也查不出个所以然。那人又去省城医院检查。X 光片出来，医生纳闷：那人的胃里居然塞满了石头。医生给他动了手术，取出了体内的石头。不多久，石头复生。那人无奈，到山里去找一位法力甚大的巫师。后来听说，巫师也治不好他的病。

那人带着绝望，索性跑到荒无人烟的山坳里面。多年后，曾有人在深山草寮里见过他，那人每天起来，头一件事便是把溪里的石头搬到屋里去，然后再把石头一一丢进溪流。那人说，他必须不停地往窗外丢石头，才能把身体里的石头驱逐出去。他到底活了多久，就没有人知道了。

喜欢冒险的人

他喜欢在雨后的悬崖边行走，有一次不慎滑落，身体卡在两块石头中间，犹如刀尖插进桌板兀自颤抖不已的刀柄。他当然没有死。他后来告诉人们，那一瞬间他看见死神朝自己扮了一个鬼脸，他也报以一笑。他喜欢跟锋利、刚硬的事物打交道，喜欢用剃刀刮胡子，喜欢在警察面前突然掏出水果刀，慢条斯理地削掉一个苹果。某个月夜，他独自坐在楼顶的护栏上，两条腿如丝瓜般垂挂着，并且悠然地晃荡着。一阵轻细的脚步声告诉他，身后有人正在向他走来。那一瞬间，一股气流也随之朝他后背挤压过来。他猛地回过头来，朝那人微微一笑，先生，能借个火吗？那人退后了一步。他放开了扶住栏杆的双手，从口袋里掏出烟盒，另一只手夹了两支烟。那人非但不敢上去接烟，还连连摇头表示自己没带打火机。他把一支烟放在耳朵上，把另一支烟横在鼻子下细细嗅着。他不知道，那人悄悄来到身后，究竟是要推他一把，还是误以为他要轻生而设法近身救他？抬头时，那人已经离开了。他感到有几分无聊，下了楼，来到一座大桥上，依旧选择一根栏杆坐了下来。他喜欢从一切危险的事物边缘掠过，但他更喜欢看到人们眼中掠过的那一丝惊恐。

绿洲往事

谢志强

夜 袭

父亲说起一件垦荒年代的故事。

荒漠上白天热得穿背心裤衩，晚上冷得盖厚被子。冷尿多热瞌睡，父亲夜间起来解手，以为面前是人堆，其实那是胡杨林。砍胡杨，平沙丘。都是千年的胡杨树，根很深，挖出一棵胡杨要费好几天的工夫。后来，种上了苞谷，住进了地窝子，苞谷苗长出来，像一片湖，地窝子倒像大沙丘。

夜晚起来解手，要从地底下上去，不浪费，对着苞谷撒尿。有一天深夜，父亲上去解手，突然发现地窝子周围都是高高的影子。战争年代，父亲曾夜袭过敌人的营地。他转身跑回地下——地窝子，他喊，我们被包围了。地窝子的战友都惊醒了。枪已入库，他操起坎土曼，冲上去。朦胧的月光里，他发现敌人已撤退了。战友们都埋怨他，好好的梦被打断了。

第二天，天蒙蒙亮，他去察看，曾经砍掉的胡杨树，不留一点痕迹，周围都是一望无际的苞谷，还不到膝盖那么高。父亲觉得可能是累糊涂了，站着解手竟然也会打瞌睡。很可能，砍掉的胡杨还在怀念这个地方吧，我们占了它们的根据地。

怀 表

连队里两个人有表。连长戴手表，我父亲揣怀表。有人说，一个养马的，还需要掌握时间吗？

父亲的怀表是战友牺牲前送给他的。他时不时地将怀表贴着耳朵，好像听战友的心跳，听战友说悄悄话。他从不让我碰那块怀表。

可是，怀表突然失踪了。

马厩是儿童和动物的乐园。职工养的鸡会飞进马厩，小伙伴儿还带着狗来玩。小伙伴儿起劲儿地帮助我父亲寻找怀表，弄得鸡飞狗跳，尘土飞扬，马们惊慌不安。父亲制止了混乱和盲目的行动。等安静下来，我说，爸，我来帮你找。

父亲从不把我放在眼里，他露出“死马当作活马医”的表情。我像连队卫生员的听诊器，一会儿跳上饲料槽，一会儿趴在有马粪的圈里，侧着头，贴着耳，终于听见垫圈草里的声音——怀表还在走。它在一匹大肚子的母马脚下的草底下。幸亏还没到该上发条的时间。

父亲说，小子，这回你脑袋怎么好使了？我说，马厩里安静了，怀表走的声音就能听见。父亲的脸上浮出“我怎么没想到”的表情。我追加一句，你说过，有一次战斗，你的耳朵贴着大地，听见敌人的坦克开来了。

颤抖的胡杨

垦荒年代，连队这一片绿洲，还是荒漠，父亲看中的那棵胡杨，树枝可以当椽子，盖地窝子。那一天，没有风，荒漠仿佛屏着气，所有的一切都凝滞不动，叶子泛着光亮。父亲挥斧，砍到第三下，感觉不对劲儿。他看见树的另一边，同样一根粗枝在颤抖，满枝的叶片在抖动。他被吓着了，他又试了一斧，同样的情景又出现，好像砍这边的一枝，那边的在疼痛。

父亲惊愣了。一棵树上的两根符合椽子标准的粗枝，竟然像举起的两条胳膊，做出一副欢迎的姿态。

所有的胡杨都被砍倒了，父亲护着那一棵胡杨，不让砍。他没说出理由（谁能相信呢），但他向连长提了一个建议，在树梢上挂起军旗：收工了，就不会迷路。

话梦录

张鲜明

是谁让你到这里来的

到一个地方去旅游，寄居在一户人家，这里像是一家客栈。闲来无事，我就踱出客栈，悠闲地四处走动。

这是一个村庄，成片的房子密密麻麻、横七竖八，房子的样式一模一样。本来，我记得是往左边走的，却走到了相反的方向。

我迷路了。

要尽快找到我住的那家客栈。在这个陌生的地方，就我一个人，天马上要黑下来了，我不能迷路。

在十字路口，我遇见一个人，是个老年男人，他面容模糊，像是木偶。我向他问路，他没有马上回答，而是像洗脸那样在自己脸上抹了一把，用诡异的眼神瞪着我，仿佛是一台仪器在对我进行扫描。过了几秒钟后，他伸手朝身后的巷子指了指。

巷子很深，两边是鹅卵石垒砌的墙。我走进去的时候，立马感觉到这巷子是一个活物，它向我发出邀请并进行引导。很明显，它是在用一种力量吸引和操纵着我。这背后一定暗藏凶险！我的脚步变得迟疑起来。

正想退出，可是已经晚了。原来，这巷子是一条胳膊，猛然把我举了起来。

天啊，这一切都是预谋好的！这一定是村庄或是客栈的主意。

这是一个农家院子，坐落在村子最高处，有一种悬空感，从这里能看到村里的每一栋房子。此时，我置身于一个露台，四周是城堞一样的青砖高墙，没有楼梯。定睛细看，这里其实是一张巨大的床，我就坐在这张床上。看样子，我是被人拐到这里来了。我能感觉到，在周围看不见的地方有许多只眼睛在盯着我。这里头有一些年轻人，都是农村孩子，我能透视到他们的样子。我躺下来，假装睡觉，而这床竟然能看透我的心思，它警惕地盯着我。大概是为了麻痹我，或是为了转移我的注意力，床的顶部开始播放投影，都是这个村庄的影像。我知道，这是宣传片。

我一直想着要回到客栈，就悄悄地掏出手机来。对了，手机里有导航软件，可以定位。可是，我入住的那家客栈叫什么名字？忘了。我努力地回想着，最终想到了三个字：向前去。不对，这不像是客栈的名字。可是，我实在是想不起来了。

总有一种摇摇晃晃的感觉。对了，这是在床上，是床在摇晃。这个地方不安全，我得赶快离开。我小心翼翼地挪动身子想爬起来，看能否找到出逃的办法。突然，床的旁边有轻微的响声传来。原来，在床下靠右的地方，有一个人正在坐起来。啊，这是一个高低床，那里也睡着一个人！

这是一个女人。这女人年纪很大，花白的头发披散着，脸上戴着一副皱巴巴的橡皮面具。她坐起来以后，朝脸上抓了一把，露出一双大而浑浊的眼睛。啊，竟然是我的母亲！我是说，她看起来像是我的母亲，她试图伪装成我的母亲。她眼神冰冷，显得很陌生。她什么也没有说，只是用意念告诉我：我可以帮助你离开，但你必须告诉我，是谁让你到这里来的？你为什么到这里来？

我答不上来，只好惊恐地站在那里……

战斗之蛇

一条蛇出现在我的面前，白蛇，有水桶那么粗。

这蛇跟我有关系，它好像是被我从什么地方放出来的，但想不起具体细节了。本来，我是应该用网兜或是布袋把它装起来的，但也许是考虑到它太大了，也许是由于疏忽，也许是出于懒惰，总之，我没有采取此类措施。白蛇一直跟着我，但它不是在地上，而是像风筝那样在我的头顶上方不高的地方悬浮着。蛇头白中泛黄，向前伸着，很像和谐号列车的车头。它的芯子一伸一伸的，两眼发出警觉的光芒。

我和白蛇出现在城市的街头。从街景看，这是二十世纪七八十年代中国的某个中等城市，街道两旁是两层或三层的楼房。我知道这条蛇有自己的想法——它想挣脱我，去干它想干的某件事情，而且是一件危险的事情。我明明知道它的想法，却没有办法阻止它——当然，我也没有想阻止或控制它的愿望。我茫然地站在街头。

突然，白蛇好像发现了什么，高高地抬起头，愣了一下，猛地一个俯冲，冲到街道右侧的墙根。原来，那里有一条与白蛇差不多大小的黑蛇，它是冲着黑蛇去的，它们在街边追逐、纠缠、打斗。

等我明白过来，已经看不清它们的身影了，只见两团黑白相间的影子像一团烟雾似的呼啸着向前冲去。两条蛇经过的地方传来噼噼啪啪的爆响，闪耀着一团团火花，天昏地暗，飞沙走石，树叶与烟尘纷飞，整个城市顿时陷入昏暗和混乱之中。这可能是那两条蛇触碰了电线，造成了电网短路，城市停电。

天啊，惹下大乱子了！

我沿着两蛇相斗的那条街往前跑，想去看个究竟。街边的电线都是断的，一根一根垂在半空中，一个女子在捡拾落在地上的电线包皮。她看了我一眼，我赶紧躲闪开了，怕被她发现我与白蛇的关系。幸好她不知道白蛇是我放出来的，其他人大概也不知道。我悄悄地往前走，想看看那两条蛇是死是活，以及它们对城市造成了多大的破坏。

没见到那两条蛇，只见街道的尽头有一个像是仓库那样的院子，院子周围有一些面容模糊的人，他们在议论什么。从只言片语中我听得出来，那两条蛇被收容到了这里，有关方面正在审查它们。听说一条蛇已经受伤，伤势严重。我隐约觉得那黑蛇很有来头，不知道最后会不会把我给牵连进去。

我原路返回，慢慢地走着，留心观察街上的情况，悄然搜集与那两条蛇有关的信息。突然，街道中央出现了一个有三间房子那么大的长方形深坑。我和报社的一位同事一起出现在这个坑里。在这里，我看到有两三名黑衣警察在水中直挺挺地躺着。水很清很浅，能漫过警察的半个身子。这是一种侦查手段，每个从这里经过的人都要像警察那样躺在水里，经过这样的检验之后才能通过。我猜想那几名警察大概跟黑蛇是一伙的，他们在用这种方式破案。由此推断，那条黑蛇可能死了或者是受了重伤。

我从坑中间走过去，心里很虚，可是不从这里经过又不行。看见一个身材壮硕、黑红脸膛的中年男人站在坑的前端，也就是出口的那一端，他负责盘查。我虚张声势地冲他大摇大摆地走过去，他竟然认识我，朝我谦卑地笑着，满脸崇敬的表情。他点头哈腰，做了个“请”的动作，意思是：您可以过去。跟我一起的那位同事紧跟在我身后，把记者证掏出来亮了亮。那人笑了笑，既不吱声，也不看证件，就让我们过去了。我在心里默默地替那人担心：万一被人检举，那可怎么办？

我们爬出土坑，感觉城里的气氛依然紧张。这紧张的气氛表明，马上就要召开公审大会，但究竟要审判谁，却不知道……

老愚的愚

余　途

十年少

老话说，笑一笑十年少，说的是精神好能够延年益寿。老愚本不是爱笑的人，庚子年摔了一跤，更加不苟言笑，白发也跟着染了一头，人都说显老。要说每天早起一睁眼，发现自己还活着，这是多好的事，就没事偷着乐呗，可老愚偏偏觉着没睡醒没睡够没睡透，想到隔壁老王不定怎么睡呢，他还生气。人就怕比，和别人比，和自己以前比，一比，准出毛病。老愚不爱吃早饭，也不是不爱吃，是有些东西不爱吃，爱吃什么弄什么吧，他又不爱弄，这不就没辙了嘛。若在那穷荒年月，想挑还没得挑。老愚十岁学做饭，能把米汤里的米捞出来蒸成米饭，再把米汤煮成粥，他还能把一棵白菜做成三样菜，菜帮醋熘，菜叶清炒，菜心凉拌。之后好了，过起了有吃有喝的日子。可现如今老愚又莫名其妙地担心起吃喝的事来，就说庚子年存的几袋米，还放着，楼道偶尔飞出米虫子，他也不知道是不是他存的米长了虫子。他还没想好今年入冬是不是再买几袋米存上。老愚摔的那一跤，让他浑身不舒服。上点儿年纪怕摔跤，摔了会让身体各部分零件散掉，是不是摔的最后一跤，也没准，像袁隆平老先生。老愚说，摔一跤，十年少，是少活十年的少。

韭菜的滋味

韭菜的滋味好，几乎人人都知道，老愚当然也知道。可说起割韭菜，却不是谁都知道，老愚开始也不知道。他第一次在韭菜地里动手，拿铲子就要挖，被制止，人家说他没常识。常识是什么？常识就是只要不是智商问题，都应该知道的事和道理。老愚被笑没常识，他倒没觉得寒碜。他是一个知道学习使人进步的人，早年被教化向书本学习向社会实践学习的道理，至今还受用。虽然有些事他明白得晚，可明白了总比糊涂着强。老愚一边拿刀子割韭菜，一边喜形于色地说："原来如此，韭菜是用来割的，割了长，长了割，割了还长，长一茬割一茬，一茬一茬割下去，哈哈！"韭菜刚刚割开，那蹿鼻子的味道让老愚着迷，以至于嘴上吃着韭菜炒鸡蛋，鼻孔到脑门都混合着那新鲜韭菜的得意滋味。可是不知道从什么时候开始，韭菜不再只是一个菜名，已成为一个社会学名词，频频出现在各类社交媒体。有一天，老愚被别人指着说："你这人，也就是一韭菜！"他才警觉起来。挨到夏末秋初的一个傍晚，大姐说吃韭菜包子，老愚神经质地感觉后背连脖子一阵发凉，晚上查看基金净值，又跌一大块。韭菜馅包子的味道向来不错，这一锅好像还有点儿活人的味道，老愚经常大脑失控胡思乱想。第二天他找到一块韭菜地，下铲子把韭菜连根挖掉。他就是想毁了它，可毁它也就毁了一块韭菜地。老愚说，那也解气。

多动的世界

动车在飞速移动，从一个站移动到另一个站，变动的是窗外的风景。老愚被晃动的男孩儿踩了一脚。没等他反应过来，脚又被踩了，等他反应过来时，男孩儿的脚又踩上来。男孩儿接着踩到一个女人，女人大声抱怨丝袜被踩破一个洞。

男孩的妈妈告诉女人，她的儿子有多动症，会一秒钟不能停地动。一直以为他是淘气，三岁时才发现他智力发育也慢……整个车厢很安静，妈妈讲话的声音很大，前后左右的人都在听她诉说。看不见男孩儿的人也不知道他做了什么动作，招致他妈妈的大声吼叫："你再乱动就把你扔到车外去！"动车车窗都封闭着，老式绿皮火车窗子还真能打开。老愚心脏承受着外界的刺激，身子发紧。他不敢回头看那男孩和他的妈妈。

有消息说邻国新冠病毒变异，发病人数和死亡人数急剧增长，治疗用的氧气奇缺。老愚深深吸了一口气，世界会因为疫情产生什么样的动荡？

动车到站，老愚眼前走着那母子俩，孩子不住地抖动，手腕上系着一条结实的绳子，另一头拴在妈妈身上。

对于多动的孩子，世界才是动荡的，而他却静止不动。

他的大树朋友们［外一题］

飘 尘

白天遛弯儿的时候，他看到一辆辆大卡车运着一棵棵大树进了城。当时，那些大树也看到了他，顿时发出痛苦的呻吟，眼泪从根须上滴答滴答流下来。他挤在人群中，沟壑纵横的脸上也滚下混浊的泪水。

在农村生活了一辈子，他能体会到老了老了还背井离乡的各种不适。

爸，城里条件样样都好，跟我进城享福去。这是儿子对他说的。

大树进城，打造森林化城市，森林与城市更搭。这是欢呼雀跃的市民们的热议。

城市样样都好，但你们是否问过我们喜不喜欢？他在心里嘀咕着。他用了“我们”一词，他把大树与自己称为“我们”。

深夜，他来到大街上，从一条街走到另一条街。白天运进城的大树，已被种在街道两侧，树身上都挂着一大袋液体，正滴答滴答地输着液。路灯亮着，出租车不时呼啸而过，他却感受到极端寂静，静得能听到大树们的谈话。

我们逃走吧。一棵黄葛树说。

能逃到哪儿去？一棵香樟树说。

我从A城逃过一次，躲回了老家，前几天又被连根拔起，再经历一次骨折筋断之痛，被运到了这里。一棵松柏说。

他忽然悲从中来。他说，我们都会客死他乡。

大树们也能听到他说话。人树一片悲戚。

第二天，他在去火车站赶车回家的途中不时听到人们议论，说城市里昨天新栽植的大树，一夜之间全都死掉了。这是集体自杀！有人这样下定论。

第三天，他在老家门前挖了一个坑，将包里不同树种的树叶都埋了进去。他想起深夜临别时，大树们各自摘下一片树叶交给他，嘱咐他说：把我们葬在乡下。

这确实是集体自杀。他喃喃自语。

尖　叫

从她记事起，她就常听到莫名其妙的尖叫，有时在睡梦中，有时是上课时，有时正在走路。

每次听到尖叫的声数不等，有时一声，有时两声，有时甚至十几声。每一声尖叫，都叫得惊心动魄，令她毛骨悚然。她问周围的人是否也听到了尖叫，周围的人一脸茫然。

十六年来，看了许多医生，但查不明原因，只有放弃。

她以为尖叫会伴随她一生，她为此感到绝望。

直到她陷入热恋中，尖叫出现的频率居然减少了。等她意识到已五个月没听到尖叫时，她特别惊喜。以前十多年来听到的尖叫，就像一场噩梦。现在，梦醒了。

再次听到尖叫，是她决定在医院做手术时。

一声尖叫，叫得她头皮发麻；再一声尖叫，叫得她疼痛难耐；三声，四声，五声……她蹲在了医院的台阶上，慢慢蜷缩成一团，如在母亲的子宫里。

周围一片混沌，她发现尖叫是由她口中发出的。母亲的腹壁被插入一根针管，插到羊膜囊中。针管注射进来的浓盐水，把她的皮肤灼得滚烫，并一点点萎缩。她不断地尖叫，一声又一声；她不断地躲避，却又躲不开，浓盐水逐渐沾满她的皮肤，她只能一声接一声地尖叫。

母亲未婚早孕，要打掉她。

她活了下来。早产导致并发症严重的她，居然顺利成长了。

周围的混沌散开，她回到了她即将年满十七岁的现实世界。她站了起来，她的手摸向已凸起的肚子，耳中隐隐约约还听到十七年前她在娘胎里的尖叫。

她向无痛人流科室凝视许久，还是走了过去。

耳畔的尖叫，又大了起来，一声接一声，声音中掺和着婴儿头骨被钳子钳碎的声音。

寓　言

安　纲

1. 寓言

我儿子忽然变成了一只老虎。老虎又瘦又高，看起来很精神。老虎偎在我右边，我看见时它正抬头看我。不知道什么时候，我儿子已经骑在老虎背上了，叫我坐在他后面跟他去商店买东西。到了商店他没有找到他要买的东西。他对我说:“爸，你带我回家吧！”说完他就不见了。我一个人骑着老虎回家了。

2. 无名而性感的生物

这是一个没有时间，没有过去、现在和未来的场景：一支溃败的队伍沿着城市边缘的一条溪流在月光下急行，一个穿牛仔裤的女孩趴在充气的气囊上顺着溪流飘，而我就在她后面的岸上，女孩微翘的屁股看起来很性感，溪水中到处是绿色的水草。我沿着溪岸想赶在她前面和她搭讪，她似乎早就知道了我要和她搭讪，她漫不经心地回头看我，我看见她的脸是一匹马的脸，不过她的脸跟人脸的颜色是一样的，白、细腻而光滑。

3. 溺水者

我们从湖中刚走出来，我回头，看到她像个溺水者一样脸朝下在湖岸长满青蒿的水沟里浮着，鼓起的白色夹克十分醒目，我心里一阵紧张，连忙跑过去，抓住她的衣服把她提起来，她好像是空的，我不用费一点劲儿。她轻轻地咳嗽了一下，然后开始不断地吐，吐出很多绿色的海草一样的东西。这时，我身后还站着一个我熟悉的人，现在我已经不记得她是谁了。她看都没看她一下。

4. 意外

有一次在我还是孩子的时候，我就看见我妻子和我孩子了。当时她们在我出生的房子前面一条路上走，我就在路边站着。我妻子手里拿着一个透明的塑料袋，里面装着一整条带鱼和斩了几段的带鱼，她对我说："你拿回家吃吧。"说完就把袋子递给我。我看见敞开的塑料袋里的那条完整的带鱼好像活了，在阳光下银光闪闪地翻动着，那一截一截的带鱼好像也在动，也全都活了。奇怪的是，我一点也不觉得诧异，倒是我妻子被吓坏了，赶紧把塑料袋扔给我。

5. 春天来了

万物复苏的春天，我在花园的一条小路旁边的草地上看到一对年轻夫妻，他们像我的邻居。他们把自己刚满一岁的儿子放进草地他们刚挖好的一个长方形地穴里，我看到他们时，他们已经填好了土，正跳在上面踩。

看见我从他们身边经过，那女的喘着气对我说："出去旅游，把孩子种下去，等我们回来他就长高了。"

那女的还想对我说什么，但那男的对她说："快点，我们把他踩实后还要浇水！"

我走过去在离他们五六米远的地方，回头看了一下，他们像一对孩子似的手拉手在他们儿子的新居上快乐地跳着。

6. 影子和太阳

阳光穿过我的时候，我正在消逝。现在我没有身体，阳光照在我的影子上，影子正在变浅。我的影子挡住了太阳，我儿子的影子变深了。但我儿子叫我别挡住他，他说他想晒太阳。

7. 笑

他和她两个人在餐桌前平静地吃饭。晚饭很素，稀饭，外加一碟小青菜和一碟白菜豆腐。

她说，明天用新买来的锅炖排骨，不用高压锅。他没听她说的什么，他只听见她说的话里有个“炖”字，他诡异地冲她笑了笑。笑声不大，像躲在喉咙里面。

他笑是因为她说“炖”的时候，他脑子里出现了一个影像，他看见他的头正在锅里炖着，而且就摆在他们吃饭的餐桌上。他的头顶上一团白雾，他的头一直在冒汗，他看见他的样子觉得很好笑。

他低头喝稀饭，故意把头埋深。

当他抬头看她时，发现锅里的头变成她的头了，现在是她的头在锅里炖着，她的头顶也是一团白雾。她冲他笑了一下，没有任何表情。

8. 越来越大的雨

是小时候夏天的下雨天，雨下得很大，簌簌的雨声我也听见了，跟我小时候听到的一样，河水漫上长满青草的岸上。

这一切都是我在河水里看见的，半透明的河水非常暖和。

河水差一点就淹没一棵倒伏在地上的碗口粗的柳树。摇摆的翠绿的枝条在河水中像在风中。

“柳树下面有一窝鱼。”我的妻子在岸边对我说。

“小声点，不要吵醒它们。”我对着柳树下刚生起的漩涡抛出了鱼钩。

没一会儿，就听见妻子喊：“上钩了！上钩了！”

我对她说：“趁下雨我先睡一会儿。”

水中是没有时间的。

我是被妻子吵醒的。她对我说：“那窝鱼不见了。”

外面的雨还在下，下得越来越大。我爸爸在我旁边。不知道他什么时候来的。我们都在水中。妻子一个人在岸上。

河水正缓慢地向岸上蔓延。

9. 我无法说清我们的关系

她睡在我旁边的单人床上。

在一片朦胧的晨光中我看见她用食指按着自己出血的牙齿，几乎下意识地，我的牙齿也开始流血，我暗自窃喜，也用食指按着流血的牙齿，我看她的时候她也看见我，我说：“好巧，我们牙齿都流血了。”

她对我笑了笑，我感到心里甜蜜，她的笑太迷人了。

我一骨碌从床上起来去洗漱间，然后像在一个车站的候车大厅里，我连去了两个洗漱间但都有人，去第三个时才没人，我在洗漱间一边照镜子，一边用手舀水冲牙齿的血，心里甜滋滋的，就像同时发生在两个恋人身上的相同的偶然之事，都会被赋予神奇的意义一样。

但我仍无法说清我们的关系。

10. 一朵玫瑰花

我在路边的暮色中碰到一个全身赤裸，皮肤很白但没有头的少女，感觉她的头像是刚被人砍掉，白皙的脖颈喷泉般向上涌着红色浪花。我看她时，她光滑肉感的身体转向我，然后对着我做出挑逗的跳舞动作，一点也没有悲伤的意思，所以，我也没有感到悲伤。

11. 受伤的大象

我和妻子在一家大型购物中心逛，人很多，穿过中间拱形连廊时，我看见一队野猪从我们前面走过。我跟妻子说，野猪是群居动物，一群野猪连大象也不敢惹。正说着我看见一头大象斜着走进了野猪队伍，但马上遭到野猪的驱逐。我指给妻子看时，大象像受了伤似的一瘸一拐地从野猪队伍中走出来。

12. 两只麻球

我和妻子在商场逛累了，到一个房间休息，房间里有个土炕，有个两岁大的孩子躺在炕上睡觉，旁边一个中年女的靠在窗台上，是孩子的妈妈，还有一个比这个大两岁的男孩躺在另一边侧着身子睡了，旁边一个年老的，是孩子的姥姥。

我刚进门时，就看见在两个孩子枕头边各放着一个麻球，我一点都不饿，但不知道为什么我特别想吃这个麻球，于是我想我该怎么跟这对母女说。

终于，我忍不住开了口：想和你们商量商量，我特别想吃这个麻球，能不能给我一个。

但那个中年女的没听懂我说什么，我说话的时候她的手一直跟她妈妈在比画。

妻子坐在门口的炕沿上，一句话也没说，忽然她指着刚翻过身平躺着的那个男孩对我说：“你看这不是小时候的你吗？”

跳格子

蒋静波

跳格子

她进来的时候，我正凝望着窗外的女孩和男孩出神。

冬日的阳光，穿过玻璃窗外的铁栅栏，投下格子状的花纹，冷冷地打在我脸上，虽然隔了一层玻璃，依然能感觉到凉意。两个衣着破烂的孩子，正专注于跳格子的游戏，仿佛感受不到冷。女孩用一块碎砖片在路面划几个格子，和一个比她小的男孩（她弟弟？）一起，轮流用单脚跳着踢一枚石子，依次踢进格子内。

显然是比赛，比谁踢得远。每踢一次，赢方就刮输方的鼻子。男孩跳格子的技巧显然不如女孩，总是输。又一次，女孩刮男孩鼻子时，男孩抓住女孩的辫子，猛地一揪。女孩摔倒在地，捂着脚，哭了。

“医生，医生。”她不知道什么时候走了进来。怀里抱着一个包裹。层层打开，里面是一个女孩，与跳格子的女孩差不多大。包她的是一条童毯、一条围巾、一件棉袄。

“怎么啦？”

“宝贝，告诉医生，你哪儿不舒服。”

包裹里的女孩像没听见似的，[illegible]了我一眼，面无表情。

我浑身一颤，好像有一股冷气灌进脖子。

女人絮絮叨叨，说她的孩子很聪明，就是不爱说话，不会笑，女人总是害怕，担心她会生病。

窗外，男孩在女孩面前做鬼脸，翻筋斗，女孩破涕为笑。两个人坐在画着格子的地上，互相拍打着手，嬉笑起来。

包裹里的女孩专注地盯着窗外，她突然脱下手套，学窗外的男孩和女孩，轻轻拍起手来，脸上露出有气无力的微笑。

我指指窗外，对女人使了个眼色，女人惊讶地看着我，抱起她的宝贝，熟练而迅速地裹成一个包裹，消失在格子深处。

掌 声

晚上，正当我打瞌睡时，楼下开快餐店的堂兄火急火燎跑了上来。刚才，厨师有急事走了，好多客人已点了菜。“求求你帮我应付一下。”他说。

平生第一次有人相求，我实在不忍拒绝。我这人虽然没啥出息，烧菜还是会的。偶尔，我也会学着电视厨艺类节目中的做法，给家人做几道菜。

我一拐一拐下了楼。心里有些不安。我能应付得了吗？

厨房宽敞，炉灶高大，按一下按纽，“呼——”火苗蹿得老高，与家里的小煤气灶差别很大，但我已没有退缩的余地了。

我将油倒入锅中，依次放入盐、辣椒、菜料。立刻，锅里欢腾起来，发出噼里啪啦的响声（家里的锅只发出嗞嗞声），就像热烈的掌声——对，就是掌声！从小到大，我虽然经历过不少有掌声的场面，如领导讲话、表演节目、讲座、竞赛等，但那都是为别人鼓掌。我从来没有资格也不敢奢望获得别人的掌声。现在，这炉灶、这只锅、这道菜，竟然在为我一个人鼓掌！

我精神倍增，臂力也大了起来，左手掌锅，右手掌勺，在起锅、翻炒、出菜中，那噼里啪啦的掌声响得更欢了。

堂兄拿着两听易拉罐啤酒走进厨房。窗外，东方的晨星在暗蓝的天幕中闪着白亮耀眼的光芒。该打烊了，时间过得真快。堂兄递给我一听啤酒，遏制不住兴奋地说：“老顾客吃出了不一般的味道，说希望今后还能吃到这样的味道。”堂兄说着，啪啪啪鼓起了掌。“没料到你还深藏不露，竟然留有这么一手。”

迎着堂兄充满期待的眼神，我也鼓起掌来。“我也没料到自己还能应付，来，干杯！”

寻找烦恼

诊所的门前，有一条小溪，还有一条小河。不知为什么，近来，常有鱼儿从溪中跳跃而出，跳到一边的小河里，有时，也有鱼儿从小河跳入小溪。小溪和小河因此欢腾起来。

我常望着小河小溪发呆，直到他走进来，将我的眼光与溪河的连接切断了。

我问：“你说你从来不知什么叫烦恼，那为什么你现在常常叹气？”

他懒懒地说：“做人真没意思。”

“为什么？”

“没有烦恼。”

我吃了一惊。到我这里来看病的，都是被烦恼（或自认为的烦恼）压得透不过气来的人。为没有烦恼而烦恼的，还是第一次遇到。

他断断续续地诉说着：

朋友 A 告诉他，邻居开了棋牌室，打牌声、喝酒声或吵架声，严重影响了 A 的生活。A 去交涉，事情没解决，反而受了一肚子气。他很羡慕 A 有这样能制造各种声音的邻居，他一个人住在别墅里，周围是人造花园，连鸟叫声也没有，更别说邻居的声音和影子了。

他的司机最近和兄弟因继承遗产之事上了法庭，如果司机不要求那么多，他们兄弟的情谊实在让人羡慕。如果换作自己，他情愿不要作为独子独享父母惊人的财富，只要兄弟姐妹的情谊，哪怕吵架也是令人向往的。

他的许多同学为创业而苦恼，有的创了一半而失败。他早被父母安排好要走的成功之路，他不会走什么弯路，公司里的智囊团都是国内顶尖的人才。

“我不知道自己想干什么？我能干什么？我为什么没有烦恼？”他紧紧抓住自己的头发。

我叹了一口气，忽然觉得自己也幸福起来。

这时，河水又晃动起来。我望着这位没有烦恼的烦恼者，做了个跳跃的手势，恰恰那时，一条鱼儿从河水里跳了出来，摔在了坚硬的路面上。

草　莓

渴了。

汽车堵在路边，已经好久。在这个城乡结合的地带，好多人拎着小塑料篮，兜售着草莓。

他从车窗里递出钱，买了一篮草莓，抓起一个，往嘴里送。瞬间，车厢里飘浮起草莓的味道。

“好吃，你怎么不吃？”他说。

我挑一个又大又红的，送入口中。其实，我不喜欢酸甜混合的草莓味，可他喜欢。

车厢里，回响起我们曾经百听不厌的乡村音乐，好像我们还是懵懂而不知烦恼的少年，好像我们回到了当年向往城市生活的时光。那时候，城市对于我们来说，是永不暗淡的夜色，是数不清的工作机会，是自己会找上门来的财富。

手机响了。是曾经询问过按揭买房的那个电话。

车子终于动了起来。一篮子的草莓，已经被我吃了大半。

“不怕酸了？”他笑着问。

“甜中带一点酸，也好。”

趁红灯停下的间隙，他轻轻地吻了吻我，是那又酸又甜的滋味。

反 转

“您是上天派来的使者吧……如果我死了，来生变成一条狗也要报答您的恩情……”

“救命恩人，医生说我的手术很成功，双腿可以保住了！可我实在拿不出这么多的医药费……什么，医药费您会负责到底？天啊，我是不是听错了？我怎么遇到了这么好心的人？”

“是的，今天就可以出院了，医生说，接下来一周检查一次，一个月后每月检查一次，半年后每年检查一次……如果没问题，就完全康复了。天哪，只有好心人才配拥有这样漂亮这么大的房子。您让我住这一间，太高兴了。别说是住，我连做梦也没想过能走进这样的房子，真是因祸得福。您说您就负责到底，等我完全康复，再送我回家，好，好，我完全同意。”

“先生，你怎么那么无情？你一年多以前不是说过，对我负责到底。什么，你说我现在比以前更加强壮？人是肉体动物，谁能保证以后不生病？以后生病了我怎么办？我得再住一段时间观察一下。”

“狗娘养的，你又救了一个人，要住进我的房间，花费我的钱？你怎么不经过我的同意，你怎么能践踏我的人格？我已经习惯了这里的生活……你叫我离开，没门！呸，你这个婊子养的，若把我惹急了，不信我放火烧了这房子！”

不安分的器官

金子璇

史密斯太太的假牙

演讲开始前，史密斯太太做了个深呼吸，平复一下激动的心情走上了主席台。“大家好，我是史密斯太太。”她刚做完自我介绍，口中假牙就掉了出来。“哦——天哪——我的——牙！”没有了假牙的史密斯太太有些口齿不清。礼堂中先是一片寂静，接着不知是谁起的头，一阵又一阵的哄笑声此起彼伏。

史密斯太太赶紧蹲下身子捡起假牙，假牙却从她的手里跳了出来，一下蹦到演讲台上。“大家好，我是你们的史密斯太太。”史密斯太太的声音在礼堂里响起，但在话筒后讲话的却是她的假牙。“哦，我的天啊，快停下！”史密斯太太看见她的假牙仍在台上讲得起劲，内容正是她事先准备好的！史密斯太太灵机一动，清清嗓子，开合嘴巴。“实在抱歉，各位，发生了一些小状况，下面让我为大家接着演讲。”假牙一张一合，配合着史密斯太太的嘴形，样子像极了双簧表演！

演讲获得了空前的成功。结束后，一个剧场老板找到了史密斯太太，激动地对她说：“太太，我想聘请您来我们剧院工作，专门表演用假牙演讲！”史密斯太太欣然接受。从此以后，史密斯太太就在各种舞台上演讲，她的名气越来越大，收入也越来越多。

蓝眼睛和绿眼睛

我有两只眼睛，一只是蓝眼睛，一只是绿眼睛。没有人知道，当我只睁开一只眼睛时，会看到与众不同的世界。

周四，我的数学老师——那个秃顶的油腻中年男子为我们准备了一场考试。下午他将我叫到办公室。“苏媞啊，”他拿出我的试卷，“49 分，下次要加油哦！”我悄悄闭上绿眼睛。天呀，数学老师竟然是一只怪兽，他那长长的獠牙上还沾着绿色的黏液。我连忙闭上蓝眼睛，睁开绿眼睛：一只猫坐在数学老师的位子上，正和蔼地看着我：“好了，你回去吧。”那只猫伸出猫爪将试卷递给了我。

回到家，我将试卷递给了妈妈。我刚将绿眼睛闭上，对面就出现了一只花斑大老虎，正凶神恶煞般地盯着我。“要加油啊！”妈妈用极温柔的语调对我说。那只花斑大老虎亮出了一口白牙，看那神情似乎是想吃掉我。我睁开绿眼睛，闭上蓝眼睛，那只花斑大老虎瞬间变成了毛色雪白的大熊，正咧着嘴冲我傻笑。她伸出白白的熊掌，拍拍我的头说：“去写作业吧，下次努力！”

晚上，躺在床上，我在蓝眼睛上贴了一张黑色的薄膜。

变　脸

我是个最普通的孩子，但我拥有一项不为人知的特异功能——变脸，这可不是川剧变脸，而是真正的变脸。每天早上起来，我都会拥有一张全新的面孔。

有天早上起来，我在卫生间的镜子里看见了迪丽热巴。于是，在公交车上，有人起身为我让座，有人送我礼物，有人找我签名。他们都是我的粉丝。下车走进学校，门口站岗的老师拦住我说：“你是……”“我是来上学的。”我冲站岗老师说。站岗老师一愣，立即恍然大悟，说：“你是来排节目的吧，我带你上校长办公室！”我连忙摇头，说：“不用了，我自己进去。”我飞似的冲进了教学楼。

英语老师正在课堂上带着同学们早读，看见我走进教室，她倒吸了一口凉气，眼睛瞪得老大。“你，你，你……”英语老师的嘴像是上了发条一般，一直重复着一个“你”字。

“我不是迪丽热巴，也不是古丽娜扎，我是你的学生，OK？”

课堂顿时安静下来，全班同学的眼睛都像英语老师那样瞪得圆圆的，我真担心下一秒就会有眼珠子从他们的眼眶中掉出来，在地上滚来滚去。

哈哈，这一天过得可真是奇妙。

可惜的是，不知道第二天我会变成谁。

2021 年选系列封面绘图画家介绍

黄菁 广西艺术学院美术学院教授，中国美术家协会会员，广西美术家协会理事，漓江画派促进会理事，中国南方油画山水画派研究院研究员，北京当代中国写意油画研究院理事。

《相公山的山》 黄菁　80 cm × 60 cm　油画

黄菁画作短评

（黄菁）不会把自己设计在一个既得的视觉符号里，以此换得所谓风格的建立，即便建立了符号或图式，他也会在有新鲜视觉到来时搁置它而另开新局。因为黄菁忠实于自己的感受，相信作品的独立价值。他认为每个画家都有一定的概念惯性和思维，这其实是风格、特点确立的基础。然而好画家却往往是在建立概念后，打破概念，再建立概念的循环渐进中确立自己并找到快乐的。因而黄菁选择一个题材一种画法的时候，也会很在意它是否可持续发展，是否有开拓专题的前景。

——刘新（广西艺术学院教授）

图书在版编目（CIP）数据

2021 我们都爱短故事 / “我们都爱短故事”编辑小组选编；秦俑主编 .-- 桂林：漓江出版社，2022.4

ISBN 978-7-5407-8972-5

Ⅰ. ① 2… Ⅱ. ①我… ②秦… Ⅲ. ①故事—作品集—中国—当代 Ⅳ. ① I247.81

中国版本图书馆 CIP 数据核字（2022）第 033373 号

2021 WOMEN DOU AI DUAN GUSHI

2021 我们都爱短故事

“我们都爱短故事”编辑小组　选编

秦俑　主编

出版人：刘迪才

责任编辑：谢青芸

书籍设计：石绍康

责任监印：张璐

出版发行：漓江出版社有限公司

社址：广西桂林市南环路 22 号　邮编：541002

发行电话：010-65699511　0773-2583322

传真：010-85891290　0773-2582200

邮购热线：0773-2582200

电子信箱：ljcbs@163.com

微信公众号：lijiangpress

印制：北京中科印刷有限公司

［北京市通州区宋庄工业区 1 号楼 101 号　邮编：101118］

开本：690 mm × 1000 mm　1/16

印张：20.5　字数：278 千字

版次：2022 年 4 月第 1 版

印次：2022 年 4 月第 1 次印刷

书号：ISBN 978-7-5407-8972-5

定价：60.00 元